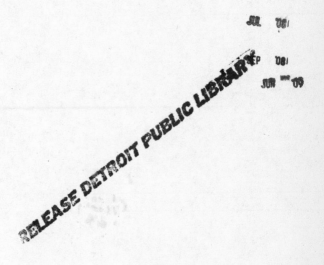

BESTSELLER

Jean Sasson nació en Alabama. Lectora empedernida, desde joven se sintió fascinada por otras culturas. En 1978 viajó a Arabia Saudí, donde trabajó una temporada como coordinadora administrativa en un hospital. Se casó con un ciudadano británico y realizó numerosos viajes por Oriente Medio, Asia y Europa. En 1983 conoció a una princesa saudí, cuya apasionante y dolorosa historia reflejó en la saga de *Sultana*, que constituye un retrato descarnado de la condición de la mujer en los países musulmanes.

Biblioteca

JEAN SASSON

Las hijas de Sultana

Traducción de
Gemma Rovira Ortega

DeBOLS!LLO

Título original: *Princess Sultana's Daughters*
Diseño de la portada: Equipo de diseño editorial
Fotografía de la portada: © Stock Photos

Segunda edición en U.S.A.: enero, 2006

© 1994, Sasson Corporation
© de la traducción: Gemma Rovira Ortega
© 1994, Random House Mondadori, S. A.
  Travessera de Gràcia, 47-49. 08021 Barcelona

Printed in Spain – Impreso en España

ISBN: 0-30727-422-5

Distributed by Random House, Inc.

Este libro está dedicado a mis padres,
Neatwood Jones Parks
y
Mary Harden Parks

Ésta es una historia verídica, pero se han cambiado los nombres y alterado ligeramente varios sucesos para impedir que algunas personas puedan ser reconocidas.

Al basar esta obra en hechos reales, ni la autora ni la princesa han pretendido censurar la fe islámica.

PREFACIO

La obra *Las hijas de Sultana* se basa en una historia verídica que explica cómo viven las mujeres de Arabia Saudí.

En una obra anterior, *Sultana*, publicada en 1992, describía la vida de la princesa Sultana desde la infancia hasta la guerra del Golfo, en 1991. El presente libro es la continuación de la historia de la princesa Sultana y de sus dos hijas.

Ya en el primer libro se dio a conocer el escenario de esta obra; aunque sería aconsejable que los lectores leyeran las dos narraciones, *Las hijas de Sultana* es una historia independiente y su lectura puede hacerse sin la primera.

A pesar de que se revelan muchos hechos de un país muy poco comprendido por el mundo occidental, ninguno de los dos libros pretende ser una historia de Arabia Saudí, ni reflejar la vida de todas las mujeres que viven en ese país. En realidad, las dos obras cuentan la historia de una princesa saudí y de su familia.

La lectura de estos dos libros, que tienen como protagonista a una mujer, nos aporta una conclusión: la subyugación y la degradación de la mujer constituyen una práctica corriente en Arabia Saudí. En la mayoría de los países rige todavía la doble moral, y ya va siendo hora de poner fin a la dominación del hombre sobre la mujer.

Los hechos que se relatan en esta historia verídica pretenden demostrar que para poner fin a los abusos de los hombres hay que recurrir a la instrucción, el valor y la acción.

JEAN SASSON

PRÓLOGO

A una gran roca no le afecta el viento; a la
mente de un hombre sabio no le afectan ni los
honores ni los insultos.

BUDA

En una ocasión leí que «con una buena pluma se puede apuñalar a cualquier rey». Mientras contemplo la fotografía de mi tío, Fahd Ibn Abdul Aziz, el rey de Arabia Saudí, pienso que no tengo ningún deseo de apuñalar
a nuestro rey, ni siquiera de encender la ira de un hombre básicamente bondadoso.

Paso los dedos por su retrato y evoco al Fahd de mi
infancia. El de la fotografía es un rey ya maduro que no
se parece en nada al joven de mi memoria; su semblante
severo y su fuerte mandíbula contrastan con aquel hombre encantador que recuerdo con tristeza. Retrocedo en
el tiempo y pienso en él antes de que lo coronaran. Alto
y robusto, extiende el brazo para ofrecer un dátil a una
niña que lo mira, impresionada. Esa niña era yo. Fahd
era un hombre corpulento, como su padre, y yo lo veía
como el hijo de un guerrero beduino, más que como el

hombre de Estado en que se convertiría. A pesar de mi carácter descarado, reaccioné con timidez y acepté el fruto que me ofrecía; luego corrí a refugiarme en los brazos de mi madre. Mientras saboreaba la dulzura del dátil, oía la cariñosa risa de Fahd.

Tal como manda la tradición, desde la pubertad nunca he permanecido sin velo en presencia del rey. Ahora él ya se ha convertido en un hombre mayor, de aspecto sombrío; creo que si los años dedicados a la política lo han fortalecido, las responsabilidades de su cargo lo han castigado mucho. Aunque es un hombre regio e imponente, no se puede decir que nuestro rey sea guapo: sus párpados caen pesadamente sobre sus ojos saltones y la nariz sombrea el labio superior, que enmarca una boca delicada. A mi juicio, en esa fotografía tan familiar para todos los saudíes y para los visitantes del reino, el vistoso retrato que cuelga en todos los edificios e instituciones oficiales de mi país, el rey parece lo que no es: un hombre amenazador e insensible.

Pese a su indiscutible poder y su enorme riqueza, su posición no es envidiable. Como soberano absoluto de una de las naciones más ricas de la Tierra, su reinado sobre el triste y cálido territorio de Arabia Saudí es una lucha perpetua entre lo viejo y lo nuevo.

Muchas naciones para seguir adelante abandonan o modifican las tradiciones y, poco a poco, adoptan sistemas de vida nuevos y más adecuados que las conducen a una forma de civilización más avanzada; pero nuestro rey no puede hacerlo. Él, un simple mortal, tiene que organizar la convivencia pacífica de cuatro grupos de ciudadanos divididos y completamente diferentes: los fundamentalistas religiosos, hombres austeros e inflexibles, que gozan de gran poder y reivindican el regreso al pasado; una prominente clase media con educación que exige la liberación de las viejas tradiciones que la repримen; las tribus beduinas que luchan contra las tentaciones de abandonar sus costumbres nómadas y rendirse al encanto de las ciudades y, por último, los miembros de la vasta familia real, que sólo desean riqueza, riqueza y más riqueza.

Además de esas cuatro facciones existe un grupo que ha sido olvidado: el formado por las mujeres de Arabia Saudí, tan diversas en nuestros deseos y demandas como los hombres que gobiernan nuestras vidas.

Yo misma, una mujer con grandes frustraciones, no puedo culpar al rey de nuestra difícil situación, porque sé que él necesita la lealtad de todos esos maridos, padres y hermanos para enfrentarse a los disciplinados religiosos, quienes sostienen que interpretan correctamente el código histórico de leyes para que los hombres puedan gobernar con severidad las vidas de sus mujeres. En Arabia Saudí son demasiados los ciudadanos de a pie satisfechos con el *statu quo*, pues para ellos resulta más fácil ignorar las quejas de sus mujeres que pactar con el rey la necesidad del cambio.

Pero a pesar de las dificultades, la mayoría de los ciudadanos saudíes respaldan al rey Fahd; sólo los fundamentalistas religiosos buscan su perdición. El resto de la población lo considera un hombre amable y generoso.

Además, las mujeres de mi familia sabemos que las esposas del rey adoran a su marido, y ¿quién conoce a un hombre mejor que sus esposas?

El rey Fahd no es tan riguroso como su padre y sus tres hermanos, pero no hace falta ser sabio para saber que *Sultana*, el libro que cuenta la historia de mi vida, será interpretado como una afrenta dirigida al hombre que gobierna mi país.

Eso es lo único que lamento.

Me digo a mí misma que decidí libremente romper el precedente de generaciones al desvelar secretos de familia. Ahora, por primera vez, me pregunto si no actué más movida por la pasión que por la razón; quizá mi entusiasmo y mi sinceridad me hicieron sobrevalorar mi capacidad para la intriga.

Para tranquilizar mi conciencia y calmar mis temores, recuerdo la intensidad de mi emoción: la furia que sentía ante el dominio ejercido por nuestros gobernantes mientras las mujeres, oprimidas, languidecíamos.

Fue mi rechazo de la indiferencia masculina lo que me condujo a la revolución.

1. DESCUBIERTA

> La desesperación nos enturbia la vista y nos tapa los oídos. No vemos otra cosa que tenebrosos fantasmas, y sólo oímos el latido de nuestro agitado corazón.
>
> KHALIL GIBRAN

Estamos en octubre de 1992, y yo, Sultana Al-Saud, la princesa protagonista de un libro de denuncia, cuento los días en el calendario con una mezcla de febril emoción y de melancolía. El libro que describía la vida de las mujeres de mi país se publicó en Estados Unidos en septiembre de 1992. Desde su aparición, me acompaña un tétrico presentimiento; me parece estar suspendida en el espacio porque soy consciente de que no hay ninguna acción, grande o pequeña, buena o mala, que no tenga un efecto.

Respiro hondo y, optimista, me digo que en medio del anonimato de la amplia familia Al-Saud no corro un gran peligro, pero mi fiel instinto me advierte de que me han descubierto.

Cuando por fin consigo conciliar mi miedo y mi sentimiento de culpa, mi marido, Kareem, entra en casa a toda prisa, gritando que mi hermano Alí ha interrumpido su viaje a Europa y que mi padre ha convocado una reunión familiar urgente en su palacio. Una furiosa mirada ilumina el pálido rostro de Kareem, quien parece un perro rabioso.

Enseguida me asalta un pensamiento espantoso: Kareem sabe lo de mi libro.

Me imagino confinada en un calabozo subterráneo, privada de la compañía de mis hijos y, por un momento, se apodera de mí la desesperación.

–¿Qué ha pasado? –consigo preguntar con una voz que no se parece en nada a la mía.

Kareem, encogiéndose de hombros, me contesta:

–No lo sé. –Enfadado, hincha las aletas de la nariz y añade–: Le he dicho que tenía una cita importante en Zurich mañana, y que iríamos a verlo a mi regreso, pero él ha insistido en que cancele mis planes y que te acompañe a su casa esta noche.

Después entra en su despacho hecho un basilisco y exclama:

–Tengo que cancelar tres reuniones.

Aliviada, me dejo caer en el sofá y pienso que no debo precipitarme; el enfado de Kareem no tiene nada que ver conmigo. Recupero el valor.

Pero todavía existe el peligro de que me hayan descubierto, y son muchas y muy largas las horas que faltan para que tenga lugar la inesperada reunión familiar.

Fingiendo una alegría que no siento, sonrío y charlo con Kareem mientras cruzamos el amplio vestíbulo, cubierto de grandes alfombras persas, y entramos en un enorme y majestuoso salón del palacio de mi padre recientemente construido. Él todavía no ha venido, pero advierto que Kareem y yo hemos sido los últimos en llegar. Allí están mi hermano y las otras nueve hijas de mi madre sin sus respectivos esposos; tres de ellas han tenido que volar a Riad desde Jidda, y otras dos lo hicieron desde At Táif. Compruebo que Kareem es el único familiar no directo: ni siquiera están presentes la última mujer de mi padre y sus hijos. Seguramente les habrán ordenado retirarse.

La urgencia con que se ha convocado la reunión me hace pensar de nuevo en el libro y el temor se apodera de mí. Mi hermana Sara y yo intercambiamos miradas de preocupación. Ella es el único miembro de mi familia que está al corriente de todo; sé que estamos pensando lo mismo. Todos me saludan con cariño, excepto mi único hermano, Alí, que me mira de reojo.

Al rato, entra mi padre en el salón. Sus diez hijas nos levantamos respetuosamente y saludamos al hombre que nos ha dado la vida sin darnos una sola muestra de amor.

Llevo varios meses sin verlo, y me parece más cansado y envejecido. Cuando me inclino para besarle en la mejilla, él se aparta, impaciente, y no me devuelve el beso. En ese momento todos mis temores se confirman; me doy cuenta de que he sido demasiado inocente al creer que los Al-Saud estaban muy ocupados acumulando riquezas para preocuparse de mis libros. Mi inquietud va en aumento.

Él nos pide que nos sentemos y nos dice que tiene noticias desagradables que transmitirnos.

Alí, con su morboso interés por el sufrimiento ajeno, está disfrutando y me contempla con una mirada cruel. Estoy convencida de que él sí conoce el motivo de la reunión.

Al momento, mi padre saca de su maletín negro un libro cuyo título no podemos leer; está escrito en una lengua extranjera. Vuelvo a pensar que mis temores son infundados y me pregunto qué tendrá que ver ese libro con nuestra familia.

Sin disimular su enfado, mi padre continúa diciendo que Alí ha comprado ese libro en Alemania, y que en él se cuenta la vida de una princesa, una mujer estúpida y ridícula que no es consciente de las obligaciones que acompañan a los privilegios de la realeza. Mientras camina por el salón con el libro en la mano, me percato de que la fotografía de la portada muestra a una mujer musulmana con velo, de pie sobre un fondo de minaretes turcos. Me aferro a la idea de que ha sido una anciana princesa exiliada de Egipto o Turquía la autora de un libro autobiográfico, pero rápidamente me doy cuenta de que en nuestro país esa historia no tendría ningún interés.

Cuando mi padre se acerca un poco más, consigo leer el título del libro: *Ich, Prinzessin aus dem Hause Al Saud.*

¡Es mi libro!

Como no he hablado con la autora del libro desde que me comunicó su venta a William Morrow, una importante editorial americana, no he podido enterarme de que *Sultana* ha sido un éxito y de que se ha vendido a numerosos países. Lo que tengo ante mí es, evidentemente, la edición alemana.

Tras un instante de júbilo, me invade el terror; las mejillas me abrasan, me quedo paralizada y apenas consigo oír a mi padre. Él sigue contando que Alí descubrió el libro en el aeropuerto de Frankfurt y sintió curiosidad; al ver que el nombre de nuestra familia aparecía en la portada, hizo que lo tradujeran.

Al principio, Alí pensó que alguna princesa enfadada con los Al-Saud había decidido divulgar algunos chismes sobre la familia. A medida que Alí avanzaba en su lectura, se iba reconociendo en los pasajes que hablaban de nuestros dramas infantiles; de esta forma comprendió lo que significaba aquel libro, y canceló el resto de sus vacaciones para regresar apresuradamente a Riad.

Mi padre se había hecho con copias de la traducción

para la reunión familiar. Así que mi hermano, a una seña suya, coge un voluminoso montón de papeles que estaban sobre la mesa y empieza a repartir a cada uno de los presentes un fajo atado con una goma elástica.

Kareem, desconcertado, me da un codazo y me interroga con los ojos.

Yo sigo fingiendo y le devuelvo una mirada perpleja. Me encojo de hombros mientras contemplo el fajo de papeles que tengo en la mano.

Mi padre grita mi nombre:

—¡Sultana!

Contengo la respiración.

Él, implacable, formula su acusación:

—¡Sultana, si tienes dificultades para recordar estos trascendentales acontecimientos, te sugiero que leas el libro!

A continuación, arroja el libro a mis pies.

Muda, inmóvil, me quedo mirando el libro que yace en el suelo.

—¡Recógelo, Sultana! —me ordena.

Kareem coge el libro y examina la portada. Se vuelve hacia mí boquiabierto, y dice:

—¿Qué significa esto, Sultana?

Estoy petrificada de miedo; mi corazón ha dejado de latir; me siento y escucho, esperando el latido vital.

Kareem, enfurecido, arroja el libro al suelo y empieza a sacudirme por los hombros.

Vuelvo a sentir el latido de mi corazón, pero al mismo tiempo me invade un pensamiento infantil: lamento no haber muerto para que esa culpa pesara sobre la conciencia de mi marido eternamente.

Los músculos de mi cuello crujen bajo la presión de Kareem.

—¡Contesta a tu marido, Sultana! —grita mi padre.

De pronto los años se esfuman: vuelvo a ser una niña y estoy otra vez a merced de mi padre. Ojalá mi madre estuviera viva porque sólo su amor podría salvarme de esta violenta situación.

Estoy a punto de llorar.

En muchas ocasiones me he dicho a mí misma que sin valor no puede haber libertad y, sin embargo, cuanto más lo necesito, más me falla. Siempre supe que si algún miembro de mi familia llegaba a leer el libro se descubriría mi secreto, porque ellos son las figuras clave de mi vida así como los protagonistas del libro. Cometí el error de sentirme protegida por el hecho de que la única que leía libros en mi familia era Sara. Pensaba que aunque se comentara algo de él en la ciudad, mi familia no lo consideraría importante, a menos que se mencionara algún incidente en particular que les pudiera hacer recordar su juventud.

Y resulta que ha sido mi hermano, un hombre que siempre ha condenado los derechos de la mujer, el que ha leído el libro que denuncia precisamente los insultos que sufren las mujeres en mi país. Mi diabólico hermano, Alí, ha desenmascarado mi precioso anonimato.

Dirijo tímidamente la vista hacia mi padre, mis hermanas, mi hermano. Como si hubieran ensayado, sus expresiones de sorpresa y de ira proyectan sobre mí una única mirada.

¡Sólo han tardado un mes en descubrirme!

Finalmente consigo hablar. Culpo de mi acto a la más alta autoridad y me defiendo con el argumento que mantienen todos los musulmanes cuando los descubren haciendo algo que merece ser castigado. Golpeo el fajo de papeles, y digo:

—Es la voluntad de Dios. Este libro es la voluntad de Dios.

—¿De Dios? —replica Alí, atento—. ¡Es la voluntad del diablo! —Se dirige a mi padre y, muy serio, dice—: Sultana lleva un diablo dentro desde el día de su nacimiento. ¡Este libro es la voluntad del diablo!

Mis hermanas empiezan a hojear sus respectivos ejemplares para comprobar si se han hecho públicos los secretos de nuestra familia.

Sólo Sara me apoya. Se levanta en silencio y se coloca detrás mío, con las manos sobre mis hombros, tranquilizándome con su suave tacto.

Tras su primer arrebato, Kareem permanece en silencio. Ahora está leyendo el libro. Compruebo que ha descubierto el capítulo que describe nuestro primer encuentro y nuestro matrimonio. Empieza a leer en voz alta las palabras que tiene ante sus ojos por primera vez.

Los gritos de mi padre encienden el odio apasionado de Alí, y ambos se superan el uno al otro en sus ataques verbales contra mi estupidez. Alí me acusa de haber cometido traición.

¿Traición? Amo a mi Dios, a mi país, a mi rey, en ese orden.

–¡No, yo no soy ninguna traidora! –exclamo–. Sólo las mentes mediocres pueden llegar a la conclusión de que soy una traidora.

Mi temor disminuye a medida que aumenta mi ira.

Pienso que los varones de mi familia están convencidos de que los hombres y las mujeres sólo pueden vivir en paz cuando un sexo es lo suficientemente fuerte como para dominar al otro. Ahora que las mujeres de Arabia Saudí empezamos a recibir educación y a pensar por nosotras mismas, las dificultades van a ser todavía mayores. Sin embargo, no me importa tener que luchar si eso significa conseguir más derechos para nosotras, porque una falsa paz sólo acrecienta la subyugación de la mujer.

Pero éste no es el momento más adecuado para teorizar.

La discusión continúa y acabo perdiéndome en los detalles. Por unos momentos, el miedo me ha hecho olvidar por qué pedí a Jean Sasson que escribiera mi historia. Dejo de escuchar las acusaciones y hago un esfuerzo para recordar a mi amiga Nada, que murió ahogada, y el cruel encarcelamiento de Sameera. Me pregunto si sus trágicas vidas habrán tocado ya la fibra sensible de los lectores. Antes de la publicación del libro sabía que ninguna de aquellas dos historias resultaría verosímil, a menos que los lectores repararan en las barbaridades que los hombres cometen contra las mujeres. Sin embargo, intuía que las personas que conocieran verdaderamente mi país –sus costumbres y tradiciones– convendrían en la verdad de mis palabras.

El recuerdo de mis desafortunadas amigas y de su triste destino renueva mis energías.

Pienso que los que buscan la libertad deben estar dispuestos a pagar su precio con su propia vida. Ha ocurrido lo peor: me han descubierto, ¿y ahora qué?

Es un momento crucial. Soy consciente de que he recuperado mi fuerza, por lo que me pongo en pie y hago frente a mis enemigos. Siento correr por mis venas la sangre de guerrero de mi abuelo Abdul Aziz. Desde pequeña, siempre he sido terrible cuando me he enfadado de verdad.

El valor me apoya en mi más firme resolución mientras recuerdo el rostro de un hombre amable que ofrecía dátiles a una niña. Se me ocurre una idea alocada; sin dudarlo, en medio de la confusión, grito:

–¡Llevadme ante el rey!

Los gritos se interrumpen. Mi padre, incrédulo, repite mis palabras:

–¿El rey?

Alí, impaciente, hace chascar la lengua.

–El rey no te recibirá.

–Sí, me recibirá. Llevadme ante él. Quiero explicarle los motivos por los que se ha escrito este libro. Quiero que conozca las trágicas vidas de las mujeres de su país. Confesaré, pero sólo lo haré ante el rey.

Mi padre mira a Alí con recelo. Me imagino lo que

están pensando: «Hay que ser honrado, pero no tanto.»

–Insisto, quiero confesar ante el rey. –Creo conocerlo bien. Sé que detesta las confrontaciones; aun así, me castigará por lo que he hecho. Pienso que necesitaré contar con el apoyo de alguien de fuera de Arabia Saudí para mantener vivos mis recuerdos–. Pero antes de hablar con el rey –continúo–, tengo que hacerlo con algún redactor de un periódico extranjero para revelar mi identidad. Ya que tengo que ser castigada, me niego a ser olvidada. Que el mundo sepa lo que les ocurre en nuestro país a los que dicen la verdad.

Me acerco al teléfono colocado sobre una mesita, junto a la puerta, dispuesta a notificar a alguien mi difícil situación. Desesperada, intento recordar el número de un periódico extranjero que había memorizado por si algún día necesitaba ayuda.

Mis hermanas empiezan a gimotear y a rogar a mi padre que me detenga.

Kareem se levanta para impedirme llegar al teléfono. Con una expresión severa, extiende el brazo y señala mi silla, como si ésta fuera el tajo del verdugo.

Pese a la gravedad del momento, encuentro graciosa su expresión. Me río: mi marido todavía no ha comprendido que para hacerme callar primero tendría que matarme. Y eso jamás sucedería: su incapacidad para cometer actos violentos siempre me ha fortalecido.

Durante unos instantes, ambos permanecemos quietos. Aprovechando el dramatismo del momento, grito:

–Cuando la bestia ha sido acorralada, el cazador corre peligro.

Tengo ganas de golpearle con la cabeza en el estómago, pero mientras pienso en si me atreveré o no a hacerlo, mi hermana mayor, Nura, interviene y nos hace callar a todos.

–Basta, por favor. Así no se solucionan los problemas. –Tras una pausa, se dirige a mi padre y a Alí–: Gritáis como unos locos; os van a oír los criados, y entonces sí tendremos problemas.

Nura es la única mujer de la familia que se ha ganado el amor de mi padre, por lo que él ordena que nos callemos.

Kareem me coge del brazo y nos sentamos en nuestro sitio.

Mi padre y Alí continúan de pie, sin saber qué decir.

Desde la publicación del libro, siempre me ha cohibido mi propio temor. Ahora, por primera vez desde hace semanas, siento la fuerza de un animal salvaje, y sé que lo último que harán los hombres será entregarme a las autoridades.

La reunión se reanuda en un tono mucho más tranquilo; se discute sobre cómo mantener en secreto mi identidad. Todos sabemos que se hablará y se especulará mucho sobre la princesa protagonista del libro. Al final, llegan a la conclusión de que los ciudadanos de a pie no podrán descubrir la verdad ya que no pertenecen a nuestro círculo. Por otra parte, nuestros parientes masculinos no representan en verdad ningún peligro, puesto que las mujeres y sus actividades están celosamente protegidas de ellos. Mi padre opina que sí son un peligro las mujeres de la familia porque a veces ellas participan de nuestras reuniones íntimas.

Se produce un momento de pánico cuando Tahani nos recuerda que todavía vive una anciana tía que participó directamente en el calamitoso matrimonio y en el divorcio de Sara. Nura logra tranquilizarlos al comunicarles que a nuestra tía se le ha diagnosticado una disfunción cerebral que afecta a los ancianos: sólo dice incoherencias; aunque hubiera oído hablar del libro por casualidad, la familia no se tomaría en serio nada que ella dijera o hiciera.

Al fin, todos suspiran aliviados.

Tampoco a mí me asusta esta anciana. De joven ya era

una persona alocada. Puedo explicarme su fogoso carácter mejor que los demás, gracias a las conversaciones secretas que tenía con ella, en las que manifestaba su apoyo en mi lucha por la libertad de la mujer. Se jactaba de ser la primera feminista del mundo, mucho antes de que las mujeres europeas pensaran en esas cosas. Incluso llegó a contarme que en la noche de bodas convenció a su marido para que la dejara administrar el dinero de la venta de las ovejas, alegando que ella podía hacer operaciones mentalmente, mientras que él tenía que contar haciendo marcas con un palo en la arena. Además, su marido jamás pensó en tener otra esposa; solía decir que mi tía era mucha mujer para él.

Con su risa desdentada, en una ocasión me dijo que el secreto para dominar a los hombres residía en la capacidad de las mujeres para hacer que el «bastón de piel» de sus maridos estuviera siempre rígido y a punto. Entonces yo no era más que una niña, y no tenía ni idea de qué podía ser un «bastón de piel». Más adelante, ya adulta, sonreía pensando en las lujuriosas actividades que debían de tener lugar en su tienda.

Tras la prematura muerte de su marido, mi tía llegó a confesarme que añoraba sus caricias y que su recuerdo le impedía aceptar a otro hombre.

He guardado su alegre secreto celosamente a lo largo de los años, temiendo que semejante confesión pudiera tentar al alma de mi tía.

Los miembros de mi familia continúan examinando detenidamente la traducción durante varias horas, y comprueban, efectivamente, que nadie puede relacionarnos con los dramas y las peleas que se describen en el libro.

Está claro que han logrado tranquilizarse; incluso puedo percibir que sienten cierta admiración por cómo he alterado la información pertinente que, de otra manera, habría conducido a las autoridades directamente hasta mi puerta.

La velada concluye con la advertencia de mi padre y Alí a mis hermanas de que no deben informar a sus maridos del tema de la reunión. ¿Quién sabe si algún marido tendría la tentación de contárselo a su madre o a una hermana? Mis hermanas les dirán que la reunión sólo trataba de asuntos personales de mujeres que no merecen su atención.

Mi padre me ordena severamente que no haga público mi «crimen». El hecho de que el libro sea la historia de mi vida deberá ser un secreto familiar. Continúa recordándome que, de lo contrario, además de sufrir graves consecuencias, como el arresto domiciliario, o incluso el encarcelamiento, los hombres de la familia, y entre ellos mi hijo Abdullah, serían criticados y despreciados por la sociedad patriarcal de Arabia Saudí, que no valora nada tanto como la capacidad del hombre para dominar a sus mujeres.

Bajo los ojos en señal de sumisión y prometo obedecer, pero me río por dentro. Esta noche he hecho un descubrimiento importantísimo: los hombres de mi familia permanecerán encadenados a mi persona y su dominio los oprimirá de la misma forma que a mí.

Al despedirme de mi padre y de mi hermano, pienso que el poder absoluto corrompe la mano de la persona que lo detenta.

Sé que a Alí, que se avergüenza de mí, le encantaría que me impusieran el arresto domiciliario, pero también sé que si llegaran a relacionarle con un ser tan despreciable como yo, su orgullo masculino quedaría gravemente herido.

Me despido de él con un tono particularmente cariñoso, y le susurro al oído:

—Recuerda, Alí, que no todos los que son encadenados pueden ser sometidos.

¡Es un gran triunfo!

Al regresar a casa, Kareem sigue mostrándose malhumorado y ceñudo. Fuma un cigarrillo tras otro y, en tres ocasiones, insulta en voz alta al chófer filipino por no conducir a su gusto.

Apoyo la cabeza contra la ventanilla del coche, aunque no veo nada de lo que ocurre en las calles de Riad. Estoy preparándome para una segunda batalla: sé muy bien que no podré escapar a la ira de Kareem.

Ya en nuestro dormitorio, coge otra vez el libro y empieza a leer en voz alta los pasajes en que sale peor parado:

—«Tras su apariencia de amabilidad e inteligencia se ocultaba un hombre astuto y orgulloso. Me disgustó descubrir que era pura fachada y, que en realidad, no tenía nada digno de elogio.»

Siento un poco de lástima por él porque cualquier ser humano sentiría ira y dolor si sus puntos débiles se proclamaran a los cuatro vientos. Intento controlar esa emoción recordando sus actos que tanto dolor me han provocado y que aparecen descritos en el libro. En fin, no sé si reír o llorar.

Es Kareem quien, con su exagerado comportamiento, resuelve mi duda. Mientras gesticula aparatosamente, recuerdo el hilarante espectáculo de títeres al que asistí la semana anterior en el palacio de mi hermana Sara, donde los muñecos iban vestidos con el típico atuendo saudí. Compruebo que cuanto más lo miro, más se parece Kareem a Goha, un personaje imaginario, entrañable pero excéntrico, del mundo árabe. En la obra Goha, alocado como siempre, hacía cabriolas por el escenario, intentando librarse de complicadas situaciones.

Intento contener la risa y me preparo para ver cómo mi marido se desploma e interpreta una típica rabieta infantil.

—«Ruborizado de vergüenza, se puso a maldecir; pensé que quizá estuviera enfadado por no ser capaz de controlar a su esposa.» –Kareem me lanza una mirada de odio–. ¡Sultana! ¿Cómo te atreves a reír? Estoy muy enfadado –dice.

Me encojo de hombros, todavía acosada por emociones contradictorias.

–¿Vas a negar que lo que estás leyendo es la verdad?

Kareem me ignora y continúa buscando los pasajes más críticos relacionados con su carácter, así puedo recordar los detalles de su temperamento que años atrás me llevaron a abandonarlo.

Sigue leyendo a gritos:

–«Cómo me hubiera gustado casarme con un guerrero, un hombre cuya vida se guiara por la ardiente llama de la rectitud.»

Kareem, cada vez más enardecido, me muestra el libro y señala las palabras que encuentra más insultantes: «Hace seis años, a Sultana le diagnosticaron una enfermedad venérea; Kareem, con gran congoja, acabó reconociendo que una vez por semana acudía a unas orgías... Después del susto de la enfermedad prometió que evitaría la cita semanal, pero Sultana dice que sabe que la tentación es demasiado grande para él, y que sigue con esas actividades. Su maravilloso amor se ha esfumado, y de él sólo queda el recuerdo; Sultana dice que seguirá junto a su marido, y que seguirá luchando por el bien de sus hijas.»

Kareem parece tan enfadado al leer ese párrafo que temo que empiece a llorar. Me acusa de «mancillar el paraíso», y dice que «nuestras vidas son perfectas».

Es cierto que durante este último año he recobrado parte del antiguo amor y la confianza que tenía en él, pero en momentos como éste me avergüenzo de la cobardía de los hombres de mi familia. El comportamiento de Kareem me demuestra que él ni siquiera se ha planteado cuáles son los motivos que me han llevado a arriesgar mi seguridad y nuestra felicidad al contar mi vida, tampoco le importan los trágicos sucesos que acaban con la vida de mujeres jóvenes e inocentes en nuestro país. Lo único que le preocupa es cómo se ve retratado en el libro, y el hecho de que salga mal parado en tantos pasajes.

Le digo que sólo él y otros miembros varones de la familia Al-Saud podrían provocar un cambio en nuestro país. Sí, sutilmente y con paciencia ellos podrían provocar ese cambio. Su silencio me llevó a suponer que los hombres de esta familia no pueden arriesgar su poder por sus mujeres. Están locamente enamorados de la corona.

Kareem recupera la serenidad cuando le recuerdo que nadie extraño a nuestra familia, aparte de la autora, sabe quién es él; y todas esas personas ya lo conocen bien, de sobra saben cuáles son sus defectos y sus virtudes sin necesidad de leer el libro.

Más tranquilo, se sienta a mi lado y hace el gesto de levantarme la barbilla. Con una expresión casi conmovedora, me pregunta:

—¿Le hablaste a Jean Sasson de la enfermedad que cogí?

Ante mi bochorno, Kareem mueve lentamente la cabeza de un lado a otro, parece muy molesto con su mujer.

—¿Es que para ti no hay nada sagrado, Sultana?

Así como muchas batallas finalizan con una efusión de buena voluntad, nuestra velada concluye con inesperadas muestras de afecto. Kareem, con gran asombro de mi parte, me dice que nunca me ha amado tanto.

Mi marido empieza a cortejarme y mis sentimientos se intensifican; ha logrado reavivar el deseo que creía perdido para siempre. No puedo dejar de sorprenderme de mi capacidad para amar y odiar al mismo tiempo a este hombre.

Más tarde, cuando Kareem duerme, permanezco despierta a su lado y revivo mentalmente cada uno de los momentos del día. Me doy cuenta de que pese a la garantía de protección que me ha dado mi familia (debida únicamente a su propio temor de sufrir las represalias) y a la aparente recuperación de mi matrimonio, no descansaré hasta lograr para mi amado país un cambio social auténtico que libere a las mujeres de la carga que compartimos. Las condiciones de vida que soportan me obligan a continuar con mi lucha por la libertad de las mujeres saudíes.

¿Acaso no soy madre de dos niñas?, me pregunto. ¿Acaso no les debo a ellas y a sus hijas todo mi esfuerzo por conseguir una transformación?

Al recordar de nuevo el teatro de marionetas que vi con los hijos pequeños de Sara, sonrío y pienso en las palabras del muñeco Goha, ridículo pero sabio: «¿Deja de ladrar un *saluki* (perro del desierto) fiel en defensa de su amo cuando alguien le arroja un hueso?»

—¡No! —exclamo.

Kareem se mueve y para que no se despierte le acaricio la nuca y susurro palabras cariñosas a sus oídos.

No pienso cumplir una promesa impuesta a la fuerza. Será el mundo quien decida cuándo debo callarme. Continuaré revelando los hechos reales que ocurren tras el secreto del velo negro hasta que a la opinión pública deje de interesarle las tribulaciones de las mujeres. Ése es mi destino.

Estoy decidida: contrariamente a las promesas que hice bajo la amenaza de detención, la próxima vez que salga del reino me pondré en contacto con mi amiga Jean Sasson. Todavía queda mucho trabajo por hacer.

Al cerrar los ojos me siento más centrada, pero mucho más triste que al despertarme esta mañana, porque sé que estoy pisando de nuevo un terreno peligroso; no importa, aunque mi castigo —y probablemente mi muerte— serán crueles, el fracaso sería todavía mucho más amargo, porque éste es eterno.

2. MAHA

(Cuantas más prohibiciones tenga la gente, menos virtuosa será.)

Tao Te King

Son nuestros seres más queridos los que más problemas nos dan. Nuestro hijo Abdullah nos preocupa; nuestra hija mayor, Maha, nos asusta, y Amani, nuestra hija menor, nos desconcierta.

Cuando Abdullah nos explicó con infantil entusiasmo los éxitos que había conseguido jugando al fútbol no me sentí amenazada. Kareem y yo estábamos encantados, como lo estarían todos los padres con los logros de su adorado hijo. Ya desde muy pequeño, Abdullah siempre había destacado en los deportes, y eso intensificaba el orgullo de su atlético padre. Mientras lo escuchábamos entusiasmados, no reparamos en que sus hermanas menores, Maha y Amani, estaban entretenidas con un videojuego.

Amani, nuestra hija menor, empezó a gritar y Kareem y yo vimos que la ropa de Abdullah estaba envuelta en llamas.

¡Nuestro hijo se estaba quemando!

Instintivamente, Kareem lo tiró al suelo de un empujón y apagó las llamas envolviendo a Abdullah en una alfombra persa.

Tras asegurarnos de que estaba ileso, Kareem indagó el motivo de aquel inexplicable fuego.

Le dije que el fuego había sido provocado por el mal de ojo, que habíamos estado alardeando demasiado de la belleza de nuestro hijo.

Cuando conseguí dejar de llorar, fui a consolar a mis hijas. ¡Pobre Amani!, los terribles sollozos sacudían su cuerpecito; la abracé y con el otro brazo hice señas a su hermana mayor para que se me acercara. De pronto vi, horrorizada, la expresión de ira y de odio en el rostro de Maha.

Tras buscar las causas del incidente, descubrimos la terrible verdad: Maha había prendido fuego a la túnica de su hermano.

Maha, que significa «gacela», no ha hecho nunca honor a su nombre. Desde que tenía diez años nos dimos cuenta de que poseía la diabólica energía de su madre. Muchas veces he pensado que en su interior debe desencadenarse una lucha continua entre espíritus maléficos y benéficos, con la victoria siempre de los maléficos. Ni los lujos del esplendor imperial, ni el amor incondicional de su familia han logrado templar su carácter.

Durante toda su vida ha atormentado a sus hermanos sin ningún motivo. No puede haber muchos niños que hayan provocado tantas crisis en su familia como lo ha hecho Maha.

Es una niña muy atractiva, con una personalidad increíblemente seductora. Parece una «bailaora» española, con sus ojazos y su negro cabello. Además de bella, es muy inteligente. Ya desde su nacimiento, me pareció que mi hija mayor había recibido demasiadas bendiciones. Como tiene tanto talento, es incapaz de concentrarse en un solo objetivo, por lo que no ha conseguido proyectar su energía en una sola dirección. La he visto iniciar un montón de proyectos prometedores que nunca ha llegado a cumplir.

En una ocasión Kareem dijo que temía que nuestra hija no fuera más que una niña brillante sólo por momentos, y que nunca iba a llegar a conseguir un solo objetivo en toda su vida. Para mí, Maha es una revolucionaria en busca de una causa, y eso me preocupa.

Como yo también soy así, soy consciente de los trastornos que ocasiona un carácter rebelde.

Al principio el problema parecía sencillo. Maha quería muchísimo a su padre y, con los años, la intensidad de sus sentimientos fue en aumento.

Kareem adoraba a sus dos hijas tanto como a su hijo, y hacía todo lo posible por evitar que surgieran posibles resentimientos como los que yo tuve que soportar de niña; pero fuera de casa, la sociedad hacía que Abdullah estuviera más cerca de Kareem. Ese peso de la tradición musulmana fue el primer golpe para la pequeña Maha.

Los intensos celos de Maha me recordaban mi desgraciada infancia; de niña, yo me había sentido aplastada por el severo sistema social que existía a mi alrededor; por ese motivo, comprendía la gravedad del descontento de mi hija.

Cuando Maha prendió fuego a la túnica de Abdullah, fuimos conscientes de que su afán de posesión iba más allá del afecto normal que puede sentir una hija por su padre. Maha tenía diez años, y Abdullah doce. Amani sólo tenía siete años, pero ya había visto cómo su hermana interrumpía sus juegos, cogía el encendedor de oro de su padre y prendía fuego a un extremo de la túnica de Abdullah. Si Amani no se hubiera puesto a gritar, Abdullah habría podido resultar gravemente herido.

El segundo incidente tuvo lugar cuando Maha sólo tenía once años. Era un caluroso mes de agosto y nuestra familia había abandonado la sofocante ciudad de Riad para reunirse en el palacio de verano de mi hermana Nura, situado en el fresco clima de montaña de At Táif. Por primera vez desde hacía muchos años mi padre había acudido a una reunión familiar de los hijos de su primera esposa, y fueron sus nietos los que recibieron sus atenciones. Él admiraba la estatura y la fortaleza de Abdullah, e ignoraba a Maha, que, en aquel momento, tiraba de su manga para enseñarle un hormiguero que los niños habían diseñado. Mi padre la apartó de su lado y siguió examinando los bíceps de Abdullah.

Maha se sintió herida al ver que su abuelo prefería a su hermano y que sólo le mostraba indiferencia. Yo sabía que en aquel momento estaba muy dolida.

Como ya conocía su facilidad para montar escenas, decidí ir a consolarla, pero ella adoptó una actitud varonil y empezó a insultar a mi padre con feroces invectivas llenas de escandalosa indecencia, adornadas con viles acusaciones.

A partir de aquel momento, la reunión familiar perdió todo su encanto. Aunque me sentí humillada, reconocí que Maha le había dado su merecido a mi padre.

Éste, que nunca había tenido un buen concepto de las mujeres, no intentó ocultar sus sentimientos; se puso a gritar con tono amenazador:

–¡Apartad a esa horrible criatura de mi vista!

Me di cuenta de que mi hija había hecho renacer la desestima que mi padre sentía hacia mí. Nos dirigía alternativamente una penetrante mirada de desprecio.

–Los ratones sólo pueden engendrar ratones –le oí murmurar.

Kareem apartó inmediatamente a Maha de la vista de mi padre y se la llevó, retorciéndose y maldiciendo, para lavarle la boca con jabón. Desde el jardín podían oírse los gritos apagados de la niña.

Mi padre se marchó poco después, no sin antes decirnos que mis hijas llevaban la maldición de mi sangre.

La pequeña Amani, demasiado sensible para oír semejantes acusaciones, se puso a llorar.

Desde aquel día, mi padre no ha querido saber nada de mis hijas.

La agresividad y la hostilidad de Maha no le impedían tener de vez en cuando arrebatos de amabilidad y cariño, y después del incidente ocurrido en At Táif logró calmar un poco su temperamento. La ira de mi hija sufría altibajos. Además, Kareem y yo nos esforzábamos en dar a entender a nuestras hijas que las queríamos y las valorábamos tanto como a su hermano. Eso dio resultado, por lo menos dentro de casa, aunque Maha no podía dejar de ignorar el hecho de que tras las paredes de aquel hogar su persona valía mucho menos que la de su hermano. Los saudíes, incluida toda mi familia y, por supuesto, Kareem, tienen el hábito de dirigir su atención y su afecto hacia los hijos varones y de ignorar a las niñas.

Maha era una niña inteligente a quien no se podía engañar; la intransigencia de las costumbres árabes bullía en su interior. Yo tenía el presentimiento de que Maha era un volcán que algún día acabaría por entrar en erupción.

Al igual que muchos padres modernos, yo no sabía cómo ayudar a mi hija.

Cuando estalló la guerra del Golfo, Maha había cumplido quince años. Aquél fue un momento histórico que ningún saudí olvidará fácilmente. Se presentían cambios importantes, y a nadie le tentaba más la promesa de la liberación de la mujer que a mi hija mayor. Fueron muchos los periodistas extranjeros que se interesaron por nuestras amargas vicisitudes, y las mujeres que habían recibido educación empezaron a prepararse para el día en que podrían quemar sus velos, guardar sus pesadas *abaayas* negras y ponerse al volante de sus automóviles.

Por aquel entonces yo también participaba de la exaltación común, y no reparé en que mi hija mayor había trabado amistad con una adolescente que interpretaba al pie de la letra la idea de la liberación.

La primera vez que vi a Aisha, se apoderó de mí cierta inquietud; no fue motivada porque no perteneciera a la familia real, al fin de cuentas, yo también había tenido amigas al margen de los círculos de la realeza; Aisha pertenecía a una conocida familia de Arabia Saudí enriquecida con la importación de muebles que eran vendidos a las numerosas empresas extranjeras dedicadas a la decoración de un gran número de villas para el ingente número de trabajadores expatriados llegados a Arabia Saudí.

En realidad, mi desconcierto se debía a que la niña aparentaba más edad de la que tenía: con sólo diecisiete años, parecía mucho más madura y sorprendía por sus modales alarmantes.

Aisha y Maha se hicieron inseparables. La amiga de mi hija pasaba muchas horas en nuestra casa, ella gozaba de mucha más libertad que el resto de las niñas saudíes. Más adelante pude descubrir que sus padres la ignoraban prácticamente y que no parecía importarles demasiado lo que hiciera su hija.

Aisha era la mayor de once hermanos, y su madre, la única esposa legal de su padre, estaba inmersa en una eterna disputa doméstica con el padre de Aisha motivada por el hecho de que su marido se aprovechaba de una tradición árabe poco extendida conocida con el nombre de *mut'a*, que consiste en líneas generales en un «matrimonio de placer», o «matrimonio temporal». Ese matrimonio puede durar desde una hora hasta 99 años. Cuando el hombre comunica a la mujer que la relación temporal ha llegado a su fin, los dos se separan sin necesidad de tramitar el divorcio. La secta sunnita del Islam que domina en Arabia Saudí considera inmoral esta práctica y la condena, porque para ellos se trata sencillamente de una forma de prostitución legalizada. Sin embargo, ninguna autoridad legal se atrevería a prohibir al hombre esta práctica.

La madre de Aisha, que pertenecía a la secta sunnita, se quejaba continuamente de las novias temporales que su depravado marido llevaba a su casa para pasar una noche o una semana. Mientras tanto el marido, desoyendo las amenazas de su esposa, justificaba su actitud con un verso del Corán: «Puedes buscar esposas con tu riqueza, pero manteniendo siempre una conducta decorosa, y no mediante la fornicación; pero tienes que darles una recompensa por el placer que te han dado, de acuerdo con tu promesa.» La secta chiíta de la fe musulmana interpreta este verso como una autorización de la práctica, pero entre los musulmanes sunnitas no son corrientes esas uniones temporales. El padre de Aisha era una excepción, y se permitía la libertad de casarse con mujeres jóvenes con el único fin de acostarse con ellas.

Como yo seguía preocupada por las vicisitudes de las niñas y las mujeres indefensas de mi país, interrogué a Aisha sobre la indecente práctica de que había oído hablar a una mujer chiíta de Bahrein, a quien Sara había conocido en Londres.

Por Aisha pude saber que su padre no quería cargar con la responsabilidad de mantener permanentemente a cuatro esposas con sus respectivos hijos; por este motivo cada mes enviaba a un ayudante de confianza a las regiones chiítas para que fuera el encargado de negociar con diferentes familias pobres y obtener el derecho de casar temporalmente a sus hijas vírgenes. No resultaba difícil cerrar esos tratos con hombres que, además de tener cuatro esposas y muchas hijas, tenían muy poco dinero.

A veces Aisha trababa amistad con esas chicas que eran conducidas a Riad para pasar unas cuantas noches espantosas. Cuando la pasión de su padre disminuía, las jóvenes novias eran devueltas a sus familias con joyas de oro y pequeñas bolsas llenas de dinero. Según Aisha la mayoría de las novias no debían de tener más de once o doce años; pertenecían a familias pobres y no habían recibido ningún tipo de educación. En realidad, no eran conscientes de lo que les estaba sucediendo; lo único que sabían era que estaban muy asustadas y que aquel hombre al que Aisha llamaba «padre» les hacía cosas muy dolorosas. Aisha decía que todas las chicas lloraban porque querían regresar junto a sus madres.

En una ocasión, entre lágrimas, me contó la historia de Reema, una chica de trece años que habían llevado a Arabia Saudí desde Yemen, país azotado por la pobreza en el que viven muchas familias chiítas. Para Aisha aquélla era la chica más hermosa y más dulce que jamás había conocido.

Reema pertenecía a una tribu nómada que vagaba por las áridas regiones de Yemen. Su padre sólo tenía una esposa, pero ésta le había dado veintitrés hijos, de los cuales diecisiete eran niñas. La madre de Reema, envejecida a causa de tantos años de duro trabajo, había sido una mujer muy hermosa, por lo que todas sus hijas fueron muy bellas. Reema decía con orgullo que su familia era conocida en todo el país por la hermosura de sus mujeres.

La familia era muy pobre: sólo tenía tres camellos y veintidós ovejas. Además, dos de los seis hijos habían nacido con una disminución física: uno de ellos tenía las piernas torcidas y no podía caminar; el otro se movía con dificultad y no podía realizar trabajo alguno. Por ese motivo, el padre de Reema estaba empeñado en vender a sus valiosas hijas al mejor postor. Durante los meses de verano, la familia atravesaba peligrosos puentes de montaña y recorría caminos estrechos y tortuosos para llegar a la ciudad, con el fin de cerrar el trato con la hija que aquel año había alcanzado la edad del matrimonio según el Islam.

Un año antes de que Aisha me contara su historia, al cumplir los doce años, Reema había alcanzado la pubertad. Era la hija favorita de su madre y se encargaba de cuidar de sus hermanos disminuidos. La familia había rogado al padre que la dejara quedarse con ellos unos cuantos años más, pero él confesó con tristeza que no podía, ya que después de Reema venían dos hijos y la siguiente hermana sólo tenía nueve años. Esta hermana menor de Reema era menuda y delgaducha, y el padre temía que la niña pudiera tardar tres o cuatro años más en llegar a la pubertad. La familia no saldría adelante sin el dinero del matrimonio.

Reema fue conducida a Sana'a para casarse. Mientras su padre recorría la ciudad en busca de un novio adecuado, ella permaneció en una pequeña choza de barro con sus hermanos y hermanas. Al tercer día, su padre volvió a la choza con un hombre rico de Arabia Saudí. Reema dijo que su padre estaba muy emocionado porque aquel hombre representaba a un potentado de Arabia Saudí que estaba dispuesto a pagar una suma muy elevada por una chica hermosa.

El intermediario saudí insistió en ver a Reema antes de pagar el dinero, una exigencia que normalmente habría sido correspondida con la espada yemení en lugar de la humilde conformidad de un padre musulmán. El oro que el intermediario mostró a su padre fue más fuerte que las convicciones religiosas de la familia. Reema le explicó a Aisha que aquel hombre la había examinado como hacía su padre con los camellos y las ovejas en el mercado. También le dijo que todo aquello no le había parecido una ofensa porque siempre había sabido que acabaría siendo propiedad de otro hombre. Pero cuando aquel hombre insistió en examinarle los dientes, se retorció y se puso a dar patadas.

El intermediario declaró que Reema era de su agrado y pagó una parte del dinero acordado. La familia lo celebró matando una de las mejores ovejas mientras el intermediario se encargaba de los documentos para que Reema pudiera volar a Arabia Saudí. Su padre estaba feliz: la familia podría esperar los cuatro años que faltaban para que la hermana menor de Reema alcanzara la edad adecuada, el hombre de Arabia Saudí había pagado una gran suma por Reema.

Cuando su padre le dijo que era la chica más afortunada del mundo, también Reema olvidó sus temores e incluso llegó a emocionarse. A Reema le esperaba una vida regalada; comería carne todos los días, tendría criados y sus hijos recibirían educación y una buena alimentación. Reema preguntó a su padre si el hombre le compraría una muñeca como las que había visto en un número atrasado de una revista europea que los niños habían encontrado entre los cubos de basura de Sana'a.

Su padre le prometió que se encargaría de que el deseo de Reema se cumpliera.

Una semana después, cuando volvió el saudí, Reema se enteró de la terrible verdad: el matrimonio no iba a ser honrado, sino que era un *mut'a*, una unión temporal. Su padre se enfadó porque su honor estaba en juego; nadie podía tratar a su hija de una forma tan grosera. Intentó convencer al intermediario, diciéndole que después le resultaría muy difícil encontrar otro marido a su hija, pues ya no sería considerada limpia y tendría que verse obligado a mantener a Reema durante muchos años antes de encontrar a un hombre dispuesto a aceptarla como segunda esposa.

El hombre puso fin a su desconsuelo con un fajo de billetes y le advirtió que si rechazaba la oferta se vería obligado a devolver el dinero que ya le había entregado.

El padre de Reema no tuvo más remedio que ceder contra su voluntad, pues se había gastado una parte de aquella suma. Avergonzado, sin mirarla a los ojos, le dijo a su hija que debía irse con aquel hombre porque ésa era la voluntad de Dios. Después pidió encarecidamente al saudí que buscara un marido fijo para Reema en Arabia Saudí, pues él sabía que allí había muchos obreros yemeníes trabajando.

El intermediario le aseguró que lo intentaría, y que si no lo encontraba, Reema podría quedarse en su casa como criada.

Ella se despidió de su familia y se marchó de su tierra natal, dejando atrás a sus afligidos hermanos.

Durante el viaje, el hombre le prometió que le compraría una muñeca, aunque los religiosos las prohibían expresamente.

Reema, como la mayoría de las niñas árabes, sabía perfectamente cuáles eran las responsabilidades de una esposa, pues había dormido en la misma habitación que sus padres desde el día de su nacimiento. Reema ya estaba preparada para someterse a todos los deseos de su marido.

Después de su narración, Aisha dijo que lo que le provocaba más desaliento era la resignación con que la niña aceptaba su esclavitud; sabía que las lágrimas de la niña traicionaban su declaración de que no se sentía desgraciada por lo que le había pasado. Reema estuvo llorando los seis días que pasó en casa de Aisha, sin oponerse al derecho del padre de Aisha a hacer con ella lo que se le antojara.

Al cabo de un tiempo, el intermediario encontró a un yemení, que trabajaba de botones en una de sus oficinas, dispuesto a aceptar a Reema como su segunda esposa. Este hombre tenía a su primera mujer en Yemen y necesitaba otra que le hiciera la comida y cuidara de él.

La última vez que Aisha vio a Reema, ésta abrazaba a

su pequeña muñeca y seguía obedientemente a un hombre para ir a casarse con otro hombre al que no conocía.

La madre de Aisha, una piadosa sunnita, estaba tan escandalizada por lo sucedido con Reema que fue a quejarse ante la familia de su marido. Aquella desesperada actitud por parte de la esposa provocó un considerable revuelo en la familia, pero nada de lo que los padres del marido hicieran o dijeran podría convencer a su hijo de que abandonara su viciosa conducta. Al final, aconsejaron a la madre de Aisha que rezara por el alma de su esposo.

Muchas veces me he preguntado qué sería de aquellas niñas, las novias de la *mut'a*, porque en el mundo musulmán es bastante difícil concertar un buen matrimonio para una niña que ya no es virgen. Supongo que esas hijas innecesarias de familias pobres acaban casadas como tercera o cuarta esposa con hombres sin dinero ni influencia, como le ocurrió a Reema, o a mi amiga Wafa, que también fue obligada a casarse con uno de esos hombres contra su voluntad.

La casa de Aisha era un infierno y el libertinaje de su padre la llevó a vivir en medio de una inevitable decadencia.

Mi hija Maha, imprudente por naturaleza, se sintió cautivada por su carácter; yo recordaba mi rebelde juventud y sabía que sería inútil prohibir a Maha que viera a su amiga.

Los frutos prohibidos son demasiado tentadores para los niños, sea cual sea su sexo o su nacionalidad.

En un momento álgido de la guerra del Golfo, nuestro rey prohibió a las más agresivas bandas de policía moral que acosaran a los visitantes occidentales. Estaba claro, los hombres de nuestra familia sabían que no era conveniente que los periodistas occidentales conociesen la realidad del país. Las mujeres se beneficiaron de aquel mandato real: la ausencia de atentos policías religiosos patrullando por las ciudades de Arabia Saudí, en busca de mujeres sin velo para golpearlas con sus bastones o para salpicarlas con pintura roja, les parecía un sueño. Lástima que aquella orden sólo tuviera validez mientras durara la guerra, pero por unos meses las mujeres saudíes disfrutamos de un maravilloso respiro. Durante aquel embriagador período, fuimos llamadas a ocupar nuestro lugar en la sociedad e, ingenuas, pensamos que aquella situación favorable duraría eternamente.

Para algunas mujeres aquel exceso de libertad tan repentino resultó desastroso. A los hombres les disgustaba que las mujeres no se comportaran como santas, y no podían entender la confusión que las contradicciones causaban en nuestras vidas.

Ahora sí he comprendido que Aisha y Maha eran dos niñas saudíes que todavía no estaban preparadas psicológicamente para la libertad.

Debido a las inusuales condiciones creadas por la guerra, Aisha había conseguido que la aceptaran como voluntaria en uno de los hospitales de la ciudad, y mi hija, por supuesto, también quiso trabajar en la misma institución. Iba al hospital dos veces por semana, después de sus clases. Para ella fue una experiencia maravillosa porque, aunque tenía que llevar la *abaaya* y el pañuelo de cabeza, no la obligaban a ponerse el odiado velo en el interior del hospital.

Cuando terminó la guerra, Maha se negó a volver a las antiguas costumbres. Se aferraba con fuerza a su nueva libertad y nos rogó a su padre y a mí que la dejáramos seguir trabajando en el hospital.

Finalmente consiguió nuestro permiso aunque a regañadientes.

Una tarde que Maha tenía que ir al hospital entré en su habitación para decirle que el chófer la estaba esperando. Por un capricho del destino, abrí la puerta justo cuando mi hija estaba escondiendo una pistola de pequeño calibre en una cartuchera de piel que tenía atada al muslo.

No pude decir nada. ¡Un arma!

Kareem estaba haciendo la siesta y al oír nuestros gritos vino corriendo a ver qué pasaba. Maha nos confesó que durante la guerra Aisha y ella habían decidido armarse por si el ejército iraquí irrumpía en Riad. Ahora que la guerra había terminado, pensaba que tal vez necesitara protegerse de la policía moral, que había vuelto a amenazar a las mujeres por la calle.

La policía moral o policía religiosa, también llamada Mutawwa, está formada por miembros del Comité para imponer el bien y perseguir el mal. Durante la guerra del Golfo, el rey Fahd ordenó a sus integrantes que relajaran su hábito de perseguir a las mujeres que no vestían apropiadamente. Ahora que los periodistas extranjeros se habían marchado del reino, esos fanáticos habían reemprendido su actividad con más dureza que nunca, llevando a cabo detenciones y procesamientos continuos de mujeres.

Por esta razón, Maha y Aisha habían decidido que no permitirían que los fanáticos persiguieran a víctimas inocentes.

Me quedé mirando a mi hija, sin poder dar crédito a sus palabras. ¿Es que acaso se había propuesto disparar contra un religioso?

Kareem se enteró de que la pistola pertenecía al padre de Aisha, quien, como otros muchos árabes, coleccionaba armas de fuego y no había echado de menos las dos pistolas que su hija y Maha habían robado.

Imaginaos nuestro horror al enterarnos de que la pistola estaba cargada y de que no tenía seguro. Maha nos confesó llorando que habían estado haciendo prácticas de tiro en un solar que había cerca de la casa de su amiga.

Kareem, furioso, recogió la pistola y a empujones metió a Maha en su Mercedes. Tras ordenar al chófer que saliera, condujo él mismo como un loco por la ciudad de Riad hasta llegar a la casa de Aisha con la intención de devolver la pistola y de advertir a sus padres de las peligrosas actividades que realizaban nuestras respectivas hijas.

Aquel sorprendente descubrimiento trajo como consecuencia una reunión urgente con sus padres; para poder hablar a solas mandamos a las niñas a la habitación de Aisha.

Su madre y yo, todavía cubiertas con nuestro velo negro, conversamos por separado sobre las hijas que habíamos traído al mundo. Por primera vez en mi vida me alegré de llevar el velo porque podía mirar al padre de Aisha, aquel pervertidor de menores, sin disimular mi odio. Me llevé una gran sorpresa al comprobar que era un hombre joven de aspecto bastante agradable.

«Desconfía de los que parecen una rosa –me dije–, porque incluso las rosas tienen espinas.» Como el tema principal de la reunión era la conducta de nuestras hijas, tuve poco tiempo para indagar en los oscuros secretos del hogar que estábamos visitando.

Kareem y yo jamás olvidaremos lo que descubrimos aquella noche acerca de las convicciones de nuestra hija mayor.

Siempre he censurado las prácticas injustas y las costumbres crueles a que se ve sometida la población femenina de Arabia Saudí por parte de gente que interpreta demasiado rígidamente –y, por lo tanto, a menudo malinterpreta– las leyes dictadas por el profeta, pero nunca he dudado de la existencia del Dios predicado por su profeta, Mahoma. Nuestros tres hijos han sido educados para seguir las enseñanzas del profeta y del Corán. El hecho de que uno de ellos pudiera blasfemar o poner en duda la palabra de Dios me hubiera causado una gran tristeza.

47

Cuando les comunicamos que habíamos llegado a la razonable conclusión de que tendrían que dejar de verse y buscarse otras amigas y otros intereses, mi hija se arrancó el velo de la cara, levantó, irritada, la cabeza y nos lanzó una mirada de odio que incluso a mí, que la había llevado en mi vientre y la había amamantado, me llenó de terror. De no haber oído sus palabras con mis propios oídos, nadie habría podido convencerme de ellas.

–¡No pienso obedeceros! –gritó con decisión–. Aisha y yo nos marcharemos de este país que odiamos y nos instalaremos en otro lugar. ¡Odiamos este país horrible! Para ser una mujer en este espantoso país tienes que manchar tu vida con las más tremendas injusticias.

Le salía espuma por la boca y su cuerpo temblaba de ira. Me miró a los ojos, y añadió:

–Si una niña vive modestamente, es idiota; si vive normalmente, es una hipócrita; si cree en la existencia de Dios, *¡es imbécil!*

–¡Maha! ¡Estás blasfemando! –consiguió decir Kareem, paralizado.

–¿Blasfemando? ¿Dónde está la blasfemia? *¡Dios no existe!*

Kareem se puso en pie, se acercó a Maha y le tapó la boca con la mano.

La madre de Aisha gritó y se desmayó, con razón, porque en mi país una sentencia como aquélla puede costarte la vida.

El padre de Aisha nos gritó que nos lleváramos a nuestra monstruosa hija de su casa.

Kareem y yo intentábamos dominar a Maha, que de pronto había adquirido la fuerza de un gigante; se había vuelto loca, sólo los locos tienen esa fuerza. Después de muchos forcejeos, la metimos en el asiento trasero del coche y volvimos a casa a toda prisa. Mientras Kareem conducía, yo intentaba tranquilizarla, pero aparentemente ya no me reconocía. Después se quedó inmóvil, parecía que se hubiera desvanecido.

Rápidamente nos pusimos en contacto con un médico egipcio que gozaba de la confianza de nuestra familia. En un intento vano de calmarnos, el médico nos dijo que había muchas adolescentes que tenían trastornos parecidos, y se puso a citar estadísticas de una enfermedad que sólo afecta a las mujeres.

Según él, en la pubertad las niñas producían una gran cantidad de hormonas, y esa circunstancia les podía provocar en ocasiones una locura pasajera. Nos tranquilizó diciéndonos que había tratado muchos casos como aquél en la familia real y que nunca se había encontrado con complicaciones ni secuelas permanentes. Sonrió y declaró que todavía no había perdido a ninguna paciente.

Según el doctor, Maha tenía que permanecer sedada durante unos días, tras los cuales se recuperaría por sí sola de aquel ataque de histeria.

El médico nos proporcionó una gran cantidad de tranquilizantes y nos aseguró que volvería a la mañana siguiente para examinar a la paciente.

Kareem le dio las gracias y lo acompañó a la puerta. Cuando volvió, nos miramos sin saber qué decirnos.

Mientras Kareem se encargaba de que nos prepararan el avión privado, yo llamé a mi hermana Sara y le pedí que se quedara con Abdullah y Amani hasta que nosotros regresáramos: nos íbamos a Londres; nuestra hija necesitaba los mejores cuidados psiquiátricos. Le rogué que guardara el secreto sobre lo que había sucedido. Si alguien preguntaba algo, podría responder que Maha se había visto obligada a acudir a un dentista de Londres. Esto no representaría ningún problema: los miembros de la familia real saudí viajaban regularmente al extranjero para seguir tratamientos médicos, por lo tanto, aquel viaje no tenía por qué levantar sospechas.

Mientras preparaba su maleta, encontré varios libros

y documentos que había escondido debajo de la ropa interior. Eran textos de astrología, magia negra y brujería. Maha había subrayado muchos párrafos en que se detallaban revelaciones y profecías. Lo que encontré más alarmante fueron unos diabólicos artículos sobre cómo se podía provocar el mal en la gente que nos ha ofendido, o sobre cómo enamorar a los hombres, o causar la muerte por hechizo.

Entre sus cosas, me llamó la atención una piedra negra con una sustancia de color gris que no pude identificar envuelta en una prenda de Abdullah. Me llevé la mano a la frente. ¿Sería posible? ¿Había planeado Maha hacer daño a su propio hermano? Si aquello era cierto, yo había fracasado como madre.

Profundamente trastornada, empecé a recoger las pruebas de los bárbaros intereses de mi hija. En medio del aturdimiento, intenté recordar cómo era Maha en su infancia. ¿Dónde había aprendido mi hija aquellas cosas, y cómo se le había ocurrido coleccionar aquel tesoro de oscura parafernalia?

Evoqué la figura de Huda, la esclava de mi padre, muerta hacía tiempo, y su capacidad para predecir el futuro. Pero ella había muerto antes del nacimiento de mi hija. Que yo supiera no había ninguna esclava o criada africana en nuestras casas que fuera bruja como Huda.

De pronto, como si me hubieran golpeado, me quedé paralizada al pensar en mi suegra, Noorah. ¡Tenía que ser ella! Noorah, que no perdonaba a su hijo que se hubiera divorciado de mí y que no hubiera tomado una segunda esposa, siempre me había odiado, aunque disimulaba su auténtico sentimiento con sus falsas atenciones.

Noorah había deducido por lo que su hijo le contaba que Maha era mi punto débil. La vida mental de Maha siempre había sido conflictiva y dolorosa, y Noorah ya se había encargado de indagar en aquel dolor y había encontrado por fin un aspecto vulnerable.

Era evidente que Noorah parecía sentir más afecto por Maha que por sus otras nietas; Maha, tan insegura, siempre había agradecido sus atenciones. Mi hija pasaba muchas horas a solas con ella. Noorah, que tenía una gran fe en el ocultismo, se había encargado de transmitir a mi hija sus creencias. ¿Cómo pude ser tan estúpida y creer que actuaba desinteresadamente?

El amor que Noorah aparentaba sentir por Maha me había enternecido, hasta el punto de haberle expresado muchas veces mi profunda gratitud por las generosas atenciones que dedicaba a mi hija más problemática. Noorah, movida por su odio hacia mí, había decidido hundir emocionalmente a la frágil Maha en el abismo.

Sabía que tenía que contárselo a Kareem; tendría que actuar con cuidado porque a Kareem le costaría mucho creer que su madre fuera capaz de comportarse de ese modo. Si no lo hacía bien, podría convertirme en el blanco de la ira de Kareem, y Noorah podría quedarse satisfecha en su palacio disfrutando del fracaso como madre y esposa de su más odiada nuera.

3. LONDRES

Nadie puede disfrutar eternamente de la tranquilidad y la paz. Pero la desgracia y los problemas no son definitivos. El fuego de la estepa quema la hierba, pero la hierba crece de nuevo en verano.

La sabiduría de la estepa de Mongolia.

Maha yacía como muerta bajo los efectos de una fuerte medicación, mientras su padre y yo intentábamos hacer frente a la difícil situación en que nos hallábamos. Durante el vuelo a Londres, Kareem apenas dijo nada; había palidecido mientras contemplaba los desagradables objetos que yo había encontrado en la habitación de Maha. Como yo, estaba sorprendido de la fascinación que sentía nuestra hija por lo sobrenatural.

Tras unos momentos de silencio, Kareem me hizo la pregunta que yo estaba temiendo:

—Sultana, ¿dónde ha aprendido Maha estas cosas? —Frunció el entrecejo y añadió—: ¿Crees que habrá sido esa loca, Aisha?

No sabía qué contestar. Recordé un proverbio árabe

que mi querida madre solía utilizar: «En boca cerrada no entran moscas», y me pareció que aquél no era el mejor momento para denunciar a Noorah, la madre de mi marido. Kareem ya había recibido demasiados golpes en un día.

Me mordí el labio y agité la cabeza.

—No lo sé –dije–. Se lo comentaremos al médico; quizá Maha hable con él de todo esto, entonces podremos saber quién está detrás.

Kareem asintió con la cabeza.

Durante el resto del viaje nos íbamos turnando para vigilar a nuestra hija que, bajo los efectos de los calmantes, parecía un ángel dormido. Sin saber por qué, me acordé de otro miembro de la familia Al-Saud, la princesa Misha'il, una joven que tuvo un romance ilícito. Cuando se descubrió el secreto, mi prima fue ejecutada por un pelotón de fusilamiento.

Mientras Kareem dormía, yo observaba a Maha, y recordaba a la princesa Misha'il.

Misha'il era la nieta del príncipe Mohammed ibn Abdul Aziz, el mismo príncipe Mohammed que había perdido la oportunidad de ocupar el trono debido a que su padre había considerado que no había lugar en el trono para el feroz comportamiento de un guerrero.

Yo no tenía una relación muy íntima con Misha'il, pero había coincidido con ella en muchas reuniones reales. En la familia se la consideraba una chica rebelde. Para mí su temperamento se debía al hecho de que estaba casada con un hombre anciano que no podía aplacarla. De cualquier forma, Misha'il era desgraciada y se enamoró de Khalid Muhalhal, el sobrino del enviado especial de Arabia Saudí en Líbano.

Su idilio fue muy intenso y estuvo lleno de tensión a causa de la atmósfera social que se respiraba en Arabia Saudí. Muchos miembros de la familia real habían oído hablar de su relación ilícita, y cuando la joven pareja estaba a punto de ser descubierta, cometieron el fatal error de huir juntos.

A mi hermana mayor, Nura, que por aquel entonces estaba en Jidda, le contó la historia un familiar directo de Misha'il. Ésta, temiendo las represalias de su familia, intentó fingir su muerte por suicidio. Un día dijo a su familia que se iba a nadar en su playa privada del mar Rojo; apiló su ropa en la orilla, se disfrazó de hombre e intentó huir del país.

Desgraciadamente para ella, su abuelo, el príncipe Mohammed, uno de los hombres más severos y poderosos del país, no se creyó nunca que su nieta se hubiera ahogado. Ordenó a los oficiales encargados de la vigilancia de todas las salidas del país que buscaran a su nieta. Misha'il fue apresada cuando intentaba embarcar en un vuelo en el aeropuerto de Jidda.

Después los teléfonos no pararon de sonar; cada miembro de la familia real aseguraba saber más que los demás. Los rumores se sucedían incesantemente. Oí decir que Misha'il había sido puesta en libertad y que le habían permitido salir del reino con su amante. Luego se comentó que le habían garantizado el divorcio. Más tarde, llamó una prima, histérica, asegurando que Misha'il había sido decapitada, y que habían tenido que darle tres golpes para separar su cabeza del cuerpo. Además, nos dijo que Misha'il, una vez decapitada, había movido los labios y había pronunciado el nombre de su amante, aterrorizando al verdugo. «¡Imagínate! –exclamó mi prima–. «¡Una cabeza parlante!»

Finalmente supimos la terrible verdad: el encolerizado príncipe Mohammed dijo que su nieta como adúltera que era tenía que someterse a la ley del Islam. Misha'il y su amante serían ejecutados.

Nuestro gobernante en aquella época, el rey Khalid, famoso por su carácter indulgente, pidió al príncipe Mohammed que tuviera piedad de la joven, pero la piedad no era una de las virtudes de aquel feroz beduino.

El día de la ejecución, me quedé con mis hermanas esperando noticias; todas confiábamos en que llegaría el indulto a última hora. Mientras, Alí nos daba un discurso sobre la obligación de las mujeres adúlteras de someterse a las leyes del Islam y prepararse para la muerte; sus palabras no nos sorprendían.

Aquel caluroso día de julio de 1977, mi prima Misha'il fue obligada a arrodillarse ante un montón de tierra, con los ojos vendados. Un pelotón de fusilamiento acabó con su vida. Su amante fue obligado a contemplar la ejecución; luego lo decapitaron con una espada.

El amor ilícito, una vez más, le había costado la vida a dos jóvenes.

Echaron tierra al asunto, y el clan Al-Saud confió en que los cotilleos sobre la ejecución de una joven condenada por el simple hecho de enamorarse pronto desaparecerían. Pero no fue así; aunque estaba enterrada en la arena del desierto, Misha'il no fue olvidada.

Muchos occidentales recordarán el documental sobre su muerte, titulado *Muerte de una princesa*, que dio lugar a muchas discusiones y hostilidades en mi familia, que ya estaba dividida respecto al castigo.

Cómodamente instalados en su papel de dictadores, los hombres de nuestra familia se enfurecieron ante su propia incapacidad para controlar las noticias y los documentales emitidos en el extranjero. Ofendido hasta los límites de la locura, el rey Khalid ordenó al embajador de Gran Bretaña que abandonara el país.

Más adelante me enteré por Kareem y Assad, el marido de Sara, que nuestros gobernantes habían considerado seriamente la posibilidad de obligar a todos los ciudadanos británicos a que abandonaran el país.

Como vemos, la conducta sexual y la ejecución de una princesa saudí habían provocado serias tensiones internacionales.

Turbada por aquellos recuerdos, me sentía desfallecer. Ahora yo era la madre de una niña que se había vuelto loca. ¿Qué acto sería capaz de realizar Maha que destrozara nuestra familia y trajera el dolor de una prematura muerte a nuestro hogar? Sin duda, mi despiadado padre insistiría en el más duro castigo para la hija de mis entrañas que tan desvergonzadamente había señalado sus defectos como abuelo.

Maha se estremeció.

Kareem se despertó, y de nuevo empezamos a compartir nuestros tortuosos temores por nuestra hija.

Mientras viajábamos a Londres, Sara, tal como habíamos acordado, se había encargado de concertar por teléfono las citas necesarias. Llamamos a mi hermana desde el aeropuerto de Gatwik. Nos dijo que teníamos que llevar a Maha a una importante institución mental de Londres, donde la estaban esperando. Sara había conseguido contratar los servicios de una ambulancia que nos llevaría al hospital.

Tras realizar los inacabables trámites de ingreso, nos dijeron que el médico de Maha se reuniría con nosotros al día siguiente después de la primera consulta y el examen de nuestra hija. Una de las enfermeras más jóvenes se mostró particularmente atenta; me cogió la mano y me susurró al oído que mi hermana había contactado con uno de los más destacados médicos de la ciudad, con mucha experiencia en el tratamiento de mujeres árabes y gran conocedor de sus peculiares problemas sociales y mentales.

En aquel momento envidié a los británicos; en mi país, la vergüenza por tener una hija loca cerraría la mente y la boca de mis compatriotas, que jamás manifestarían simpatía alguna.

Acongojados por tener que dejar a nuestra preciosa

hija en manos de extraños, Kareem y yo nos dirigimos al coche que nos esperaba para conducirnos a nuestro apartamento londinense.

El servicio no esperaba nuestra visita y cuando llegamos estaban durmiendo. Kareem se enfadó mucho, pero yo lo tranquilicé diciéndole que a Sara no se le había ocurrido pensar en nuestra comodidad; no podíamos culparla por no haber telefoneado a nuestros criados para avisarles de nuestra llegada.

Debido a la invasión iraquí de Kuwait y la reciente guerra del Golfo, hacía casi un año que no visitábamos Londres, una de nuestras ciudades favoritas del mundo occidental. En nuestra ausencia, los tres criados se habían vuelto descuidados. Tenían instrucciones estrictas de mantener el apartamento en perfectas condiciones, estuviéramos o no en Londres. Pero la preocupación por Maha calló nuestras quejas. Nos sentamos en el sofá cubierto con sábanas del salón y pedimos que nos trajeran café. Los criados, a pesar de que eran las tres de la madrugada, se desvivían por atendernos, corriendo de un lado a otro.

Me disculpé por haber interrumpido su descanso, y Kareem me reprendió diciendo:

—¡Sultana! No te disculpes nunca ante nuestros empleados. Vas a estropear sus hábitos de trabajo.

Molesta, quise replicar que a los saudíes no nos iría mal tener un poco de humildad, pero cambié de tema y empecé a hablar de nuevo sobre nuestra hija.

Me dije que también yo debía de estar sufriendo algún tipo de locura: ya era la segunda vez que aquel día evitaba una discusión con mi marido.

Cuando nuestra cama estuvo preparada, nos acostamos pero no conseguimos dormir. Jamás una noche me había parecido tan larga.

El psiquiatra británico era un extraño hombrecillo con una cabeza enorme y cuerpo pequeño. Tenía una frente muy amplia y la nariz ligeramente torcida. No pude evitar fijar mi atención en la cantidad de pelos blancos que asomaban por su nariz y sus orejas. A pesar de su aspecto desconcertante, era un hombre muy correcto. Supe por sus ojos –pequeños, azules, penetrantes– que se tomaba muy en serio los problemas de sus pacientes. Mi hija estaba en buenas manos.

No tardamos en darnos cuenta de que se trataba de una persona que decía sin rodeos lo que pensaba. Sin dar importancia a nuestra riqueza ni a la posición de Kareem en la familia real de Riad, habló sinceramente del sistema de nuestro país, que tantos obstáculos ponía a las mujeres.

Conocía bien las tradiciones y costumbres de los países árabes.

–Cuando era niño me fascinaban los exploradores árabes: Philby, Thesiger, Burton, Doughty, Thomas y, por supuesto, Lawrence –dijo–. Devoraba todas las obras de sus viajes; y, como estaba decidido a ver todo aquello que había leído en los libros, convencí a mis padres para que me mandaran a Egipto. No era Arabia, pero por lo menos era una forma de empezar. Desgraciadamente llegué justo cuando se inició la crisis de Suez. Pero me encantó.

»Volví unos años después –prosiguió con mirada ensoñadora–. Instalé un pequeño consultorio en El Cairo… aprendí un poco de árabe. –Hizo una pausa y miró a Kareem–: Y descubrí muchas cosas sobre la forma en que los hombres tratan a las mujeres en esos países.

El amor de Kareem hacia su hija pudo más que su honor; aliviada, vi que Kareem no hacía ningún comentario.

El médico estaba satisfecho. «He aquí un árabe –parecía estar pensando– que no dice tonterías sobre la necesidad de esclavizar a las mujeres.»

–¿Se recuperará nuestra hija? ¿Podrá recuperarse completamente? –preguntó Kareem.

El médico supo por el tono preocupado de su voz que Kareem quería a su hija.

Me senté en el borde de la silla, con el latido de mi corazón martilleándome los oídos.

El médico, sin dejar de frotarse las manos, nos miraba atentamente, añadiendo dramatismo a una situación que ya era de por sí dramática. Por fin, con una expresión afable, dijo:

–¿Si se recuperará completamente? Bueno, sólo he hablado con ella una hora; por lo tanto, es difícil hacer un diagnóstico. –Al ver el temor en mi rostro agregó–: Pero parece un caso bastante típico, he tratado a muchas mujeres árabes que sufrían de histeria, mujeres que visitaban nuestra ciudad. En general, con tiempo y con los cuidados necesarios, yo diría que el pronóstico de su hija es bueno.

Me arrojé a los brazos de Kareem y me eché a llorar.

El médico de Maha nos dejó solos en su despacho.

Estuve tres meses en Londres mientras Maha se sometía a exámenes y tratamientos psiquiátricos. Cuando comprendimos que nuestra hija necesitaba un tratamiento largo, que la curación no era cuestión de días, Kareem decidió volver a Riad. Venía a Londres los martes y los jueves, los dos días de la semana que nos permitían visitar a nuestra hija.

Durante nuestras visitas, procurábamos mostrarnos tranquilos, pero ella prefería discutir. Era como si miles de terrores limitaran su capacidad para hablar serena y razonablemente. Nada de lo que decíamos o hacíamos la complacía. Siguiendo las instrucciones del médico, nos negamos a discutir con ella. Entonces Maha discutía consigo misma, hasta el extremo de hablar con dos voces diferentes. El médico nos aseguró que llegaría un momento en que el estado mental de Maha mejoraría sorprendentemente.

Nosotros rezábamos para que llegara aquel momento.

Aquellas intensas visitas afectaron mucho a Kareem; vi cómo mi marido envejecía rápidamente. Una noche le dije: «Por lo menos he aprendido que la vejez no tiene nada que ver con la acumulación de años. La vejez es la inevitable derrota de los padres ante sus hijos.»

Los ojos de Kareem centellearon por un instante: era la primera seña de alegría que veía desde hacía muchos días. Kareem, muy serio, replicó que no podía ser. «Si así fuera, Sultana, tu atormentado padre parecería el hombre más anciano del planeta.»

Complacida al ver que mi marido todavía demostraba una chispa de alegría, no hice ningún comentario y me apoyé cariñosamente en su hombro; me consolé pensando que nuestro drama familiar nos había unido en lugar de separarnos. Entonces me dije a mí misma que nadie lleva una vida irreprochable, y en mi interior le perdoné el trauma que me había causado su inútil búsqueda de una segunda esposa. Sintiendo emociones que creía perdidas para siempre, me felicité por haberme casado con aquel hombre tan valioso.

Con el tiempo, Kareem y yo pudimos presenciar un milagro.

Como yo había intuido, el médico de Maha era un hombre ingenioso y perseverante, un médico riguroso cuyo talento natural pudo con los terribles demonios de mi hija. Encerrado en oscuros despachos de siniestras salas de hospital, combinaba sus conocimientos médicos con su rica experiencia obtenida en el mundo de las mujeres árabes, y se ganó la confianza de mi hija. Con esa confianza, abrió sus heridas y un torrente de celos, odio e ira salió de las temblorosas manos de Maha y roció las páginas de una vulgar libreta de notas. El resultado fue un diario excepcional.

Semanas más tarde, mientras leíamos una de aquellas historias, breves pero estremecedoras, del diario que Maha había entregado voluntariamente a sus padres, Kareem y yo descubrimos hasta qué punto nuestra hija se había sumergido en un mundo más siniestro de lo que habíamos podido imaginar.

EN EL ESPEJISMO DE ARABIA SAUDÍ

O

EL HARÉN DE LOS SUEÑOS

POR

LA PRINCESA MAHA AL-SAUD

Durante el oscuro período de la historia de Arabia Saudí, las ambiciosas mujeres del desierto sólo soñaban con harenes abarrotados de hombres musculosos dotados con buenos instrumentos de placer. En el ilustrado año de 2010, cuando la familia matriarcal ascendió al poder, con la más inteligente de sus mujeres coronada reina, las mujeres se convirtieron en la autoridad política, económica y legal de la sociedad.

La gran riqueza acumulada durante el *boom* del petróleo del año 2000, el *boom* que había eclipsado el poder de los Estados Unidos, Europa y Japón, convirtiéndolos en países tercermundistas, aseguraba a Arabia un futuro excelente. Las mujeres, a quienes les sobraba el tiempo, se dedicaron a paliar los problemas sociales que azotaban el país desde hacía tantos años.

De entre ellas, una minoría votó a favor de la abolición de la poligamia, la práctica de tomar cuatro maridos, mientras que la mayoría, recordando los daños que había conllevado aquella práctica cuando el reino era una sociedad patriarcal, reconocieron que aquel sistema, pese a no ser el mejor, era el único sistema social que las resentidas mujeres terminarían aceptando. Los placeres que antaño les estuvieron prohibidos se abrían camino ahora en la mente de todas las mujeres, incluso las de las niñas abandonadas como Malaak, la hermana de la reina de Arabia Saudí.

Malaak bailaba una ardiente danza del amor, tentando a su amante favorito, Shadi, con un soberano de oro entre los labios, haciendo señas al hombre para que se lo arrebatara con los dientes.

Malaak era menuda, de piel morena y tenía unos rasgos delicados. Su amante era corpulento y musculoso. Ansioso por conseguir su objetivo de ser reconocido como el hombre más influyente del harén, Shadi pasó la lengua por todo el cuerpo de Malaak, sumiendo sus sentidos en una agonía de pasión.

Shadi cogió la moneda con los dientes y cogió a Malaak en brazos, llevándosela tras las finas cortinas de su sección del harén. Allí, los amantes se abrazaron, rociándose el rostro, el cuello y el pecho con el calor de su aliento. Olvidados del mundo, empezaron a besarse.

Malaak abrió los ojos para ver los movimientos rítmicos de su amante; de pronto, vio que Shadi se había convertido en una mujer.

Malaak quedó encantada con la sensualidad de la mujer que compartía su cama. Tenía que elegir entre ser temida sin amor y ser amada sin temor, y no podía sacrificar el amor.

Con maquiavélica sutilidad, Malaak asumió el papel que le correspondía en las circunstancias y la atmósfera de su tiempo.

Pálido y aturdido, Kareem dejó las páginas del diario de Maha sobre el escritorio del doctor.

–¿Qué significa eso? –preguntó, señalando la libreta con tono acusador–. Usted dijo que Maha había mejorado mucho. Esto son desvaríos de lunática.

No sé de dónde procedía mi instinto, pero supe lo que el médico iba a decir antes de que hablara. No podía respirar ni hablar, y veía la habitación a través de una neblina azul. La voz del médico sonó distante, aunque parecía mostrarse muy amable con Kareem.

–En realidad, es bastante sencillo –dijo–. Su hija le está diciendo que ha descubierto que los hombres son sus enemigos y que las mujeres son sus amigas.

Kareem seguía sin comprender las palabras del médico.

–¿Y qué más? –preguntó, impaciente.

No había más remedio que hablar claramente. El médico dijo lo que yo ya había comprendido:

–Príncipe Kareem, su hija y su amiga Aisha son amantes.

Mi marido guardó silencio unos minutos. Cuando recuperó el dominio de sus sentidos, tuvieron que apartarlo de Maha durante tres días.

A los musulmanes les enseñan que el amor y las relaciones sexuales entre dos miembros del mismo sexo son censurables, y el Corán prohíbe los experimentos: «No sigas lo desconocido.» En Arabia Saudí, el amor y el sexo se consideran desagradables, incluso entre miembros de distinto sexo, y nuestra sociedad finge que las relaciones basadas en el amor sexual no existen. En esta atmósfera de vergüenza, los ciudadanos saudíes cumplen las exigencias sociales y religiosas *diciendo* exactamente lo que se espera de ellos, pero lo que en verdad hacen es otra cuestión.

Los árabes son sensuales por naturaleza, pero viven en una sociedad puritana. El tema del sexo es de interés nacional para todo el mundo, incluido el gobierno saudí, que dedica enormes sumas de dinero para pagar los servicios de numerosos censores. Éstos se sientan en despachos oficiales y se dedican a buscar lo que consideran referencias repugnantes a las mujeres y al sexo en todas las publicaciones que entran en el reino. Raramente consiguen una revista o un periódico pasar la censura saudí sin perder algunas páginas, o sin que los censores tachen algunas frases o párrafos.

Esta censura tan extrema sobre las formas de comportamiento social convencional afecta a todos los aspectos de nuestra vida.

Recuerdo en una ocasión, que una de las empresas de Assad contrató a una productora extranjera para que llevara a cabo la campaña publicitaria de un producto alimenticio para la televisión saudí; la lista de restricciones que acompañaba el contrato podía parecer una broma, pero, en realidad, era muy seria. El capítulo de restricciones rezaba:

1. En el anuncio no puede aparecer ninguna mujer atractiva.
2. Si aparece alguna mujer, no podrá vestir minifalda, pantalones ni traje de baño. Las únicas partes del cuerpo que se pueden exponer son la cara y las manos.
3. No se mostrará nunca a dos personas comiendo del mismo plato ni bebiendo del mismo vaso.
4. No se pueden reproducir movimientos corporales rápidos. (El contrato sugiere que en el caso de que aparezca una mujer, ésta debe permanecer sentada o de pie, pero siempre quieta.)
5. Ningún actor puede hacer guiños.
6. Los besos están prohibidos.
7. Los eructos también están prohibidos.
8. A no ser que sea absolutamente imprescindible para vender el producto, se sugiere que no haya risas.

• Cuando se prohíbe lo normal, se cae en la absoluta anormalidad.

Creo que eso fue lo que le ocurrió a mi hija.

En mi país las leyes religiosas prohíben que los hombres y las mujeres solteros se relacionen; las relaciones se dan entre los miembros del mismo sexo. Como se nos impide tener relaciones heterosexuales, la tensión entre los miembros del mismo sexo es palpable. Cualquier extranjero que haya vivido en Arabia Saudí se habrá percatado de que las relaciones homosexuales están muy extendidas en el reino.

He asistido a muchos conciertos y funciones sólo para mujeres donde la belleza y el comportamiento sugerente triunfan sobre los gruesos velos y las negras *abaayas*. Una reunión ordinaria de mujeres saudíes tan perfumadas y privadas de amor se convierte en una manifestación espontánea de exuberancia, en una fiesta salvaje donde se canta al amor prohibido y se baila lujuriosamente. He visto a mujeres aparentemente tímidas bailando lascivamente con otras mujeres. También las he oído susurrar palabras de amor y planear encuentros clandestinos, mientras sus chóferes aguardaban pacientemente en el aparcamiento; luego las llevan a su casa, donde las esperan sus maridos, que esa misma noche han quedado cautivados por otros hombres.

En nuestra sociedad, la conducta de los hombres no provoca inquietud alguna, pero el comportamiento de las mujeres suele examinarse minuciosamente. Así lo demuestran las diferentes normas y reglas a las que debemos someternos.

Hace varios años recorté una noticia de un periódico saudí para enseñársela a mis hermanas. Estaba indignada por otra estúpida restricción que se nos había impuesto: en una escuela para niñas se había prohibido el uso de cosméticos. Hace poco, mientras ordenaba unos papeles, volví a encontrar aquel recorte:

El director de una escuela
prohíbe el uso de cosméticos

El director del Colegio para Señoritas de Al Ras, Abdullah Muhammad Al Rashid, instó a todas las alumnas y al personal de la escuela a evitar el uso de cosméticos, tintes y ornamentos dentro de las instalaciones del centro.

La noticia continuaba diciendo que el director estaba escandalizado de algunos miembros femeninos del profesorado y algunas alumnas, a quienes veía utilizar últimamente prendas transparentes, cosméticos y zapatos de tacón, motivo por el que decidió prohibir semejantes adornos. «Las alumnas están obligadas a vestir de forma uniforme y las maestras deben darles un buen ejemplo. Las autoridades no dudarían en adoptar medidas punitivas contra cualquiera que violara las normas de la escuela», añadía Al Rashid.

Todavía recuerdo la rabia con que me dirigí a mis hermanas, mientras les enseñaba furiosa el recorte: «¡Mirad! ¡Comprobadlo vosotras mismas! ¡Los hombres de este país quieren controlar qué zapatos nos ponemos, qué cintas llevamos en el cabello y el color de nuestros labios!»

Mis hermanas, que no estaban tan indignadas como yo, lamentaron resignadamente que nuestros varones tuviesen la obsesión de controlar todos los aspectos de nuestra vida, incluso esa parcela de la cotidianidad que presuntamente nos pertenecía.

En mi opinión, había sido el control de los fanáticos que gobiernan nuestra vida el que había puesto a mi hija en los brazos de una mujer. Yo estaba muy preocupada y no podía aceptar la relación de mi hija con Aisha, pero teniendo en cuenta las severas restricciones que había tenido que acatar por el mero hecho de haber nacido mujer, comprendía que hubiera buscado consuelo con un miembro de su mismo sexo.

Ahora que conocía el problema, me sentía más capacitada para buscar soluciones.

Kareem temía que el carácter de Maha se echara a perder por culpa de sus experiencias; yo, como madre, no podía estar de acuerdo con él. Le dije que el hecho de que Maha quisiera compartir su más oscuro secreto con sus seres queridos era un signo de su pronta recuperación.

No me equivocaba al evaluar la situación.

Tras varios meses de tratamiento médico, Maha estaba preparada para que su madre se encargara de ella. Por primera vez en su corta vida, noté su acercamiento; quería comunicarse conmigo y, llorando, me confesó que siempre había odiado a todos los hombres excepto a su padre. No sabía cómo explicar aquello.

Me sentí culpable, y me pregunté si mis propios prejuicios respecto al sexo masculino podían haber afectado al embrión al que había dado vida. Quizá yo misma la había advertido de la perversa naturaleza de los hombres mientras se gestaba en mi vientre.

Maha me dijo también que el trauma que supuso para ella nuestra separación había minado aún más su confianza en los hombres. «¿Qué fue lo que hizo mi padre para que tuviéramos que desaparecer de su vista?»

Habían pasado ya varios años desde que saqué a mis hijos de su campamento de verano de Dubai y me los llevé a la campiña francesa, porque no estaba dispuesta a compartir mi condición de esposa con otra mujer. Francia, un país donde la gente acoge de buen grado a los desesperados, me pareció el lugar perfecto para proteger a mis hijos mientras yo negociaba durante largos meses con mi marido su proyecto de casarse con otra mujer. Intenté por todos los medios evitarles el trauma que suponía mi fracaso como esposa y nuestra separación.

¡Qué disparate! Ahora ya sé que el más insignificante conflicto que pueda existir entre los padres influye en el bienestar emocional de un hijo. Cuando Maha me dijo que aquella separación de su padre le había producido un gran dolor y había permitido que ideas retorcidas acosaran su mente, me sentí más angustiada todavía.

También me confesó que incluso después de nuestra reconciliación la paz de nuestro hogar se veía siempre amenazada por los continuos enfrentamientos entre Kareem y yo.

Cuando le pregunté acerca de su relación con Aisha, mi hija me contestó que nunca se hubiera imaginado que fuera posible el amor homosexual; aquella idea jamás se le había ocurrido, hasta el día que Aisha le enseñó unas revistas que había cogido del estudio de su padre, en las que aparecían unas fotografías de hermosas mujeres haciendo el amor entre ellas. Al principio mirabas las fotografías sólo porque eran una novedad, pero después Maha empezó a encontrarlas hermosas, pues intuía que el amor entre mujeres debía de ser más tierno y sincero que el que se daba entre hombre y mujer, tan agresivo y posesivo.

Fueron más las revelaciones preocupantes.

A Aisha, una niña que antes de conocer a mi hija ya había experimentado varios tabúes sociales, le gustaba espiar las fechorías sexuales de su padre; por ese motivo se le había ocurrido hacer un pequeño agujero en la pared del estudio adyacente al dormitorio de su padre, desde donde ella y mi hija habían visto cómo el padre de Aisha desfloraba a un montón de jóvenes vírgenes. Maha me aseguró que tras oír los gritos de aquellas chiquillas había decidido no tener relaciones con ningún hombre.

Me contó una historia inverosímil que nunca habría creído de no ser porque mi hija había asistido como testigo.

Un jueves por la noche Aisha la llamó por teléfono instándola a ir rápidamente a su casa. Kareem y yo habíamos salido, así que Maha ordenó a uno de nuestros chóferes que la llevara a su casa.

El padre de Aisha había reunido a siete chicas en su casa; Maha no sabía si se había casado con ellas o si eran concubinas.

Las dos pudieron ver cómo aquellas chicas se paseaban desnudas por la habitación, cada una con una gran pluma de pavo real pegada a la espalda. Con aquellas plumas, las chicas tenían que abanicar y acariciarle la cara al padre de Aisha. Durante aquella larga noche, el padre tuvo relaciones sexuales con cinco de ellas.

Después de ver todo aquello, se les ocurrió la idea de robar una pluma y ponerse a jugar juntas en la cama de Aisha, riendo y haciéndose cosquillas. Fue entonces cuando Aisha le enseñó el placer que pueden llegar a sentir dos mujeres.

Avergonzada por el amor que sentía por su amiga, Maha lloró en mis brazos; repetía una y otra vez que quería ser feliz, que quería ser una chica normal.

—¿Por qué no soy como Amani? —gritó—. Procedemos de la misma semilla, pero nos hemos convertido en plantas diferentes: Amani es una rosa y yo un cactus.

No supe qué contestarle. La abracé y la consolé diciéndole que en adelante su vida sería la de una hermosa flor.

Entonces, me planteó la pregunta más difícil que me habían hecho en toda mi vida:

—Madre, ¿cómo voy a amar a un hombre, sabiendo lo que sé de su naturaleza?

No pude responder, pero comprendí, feliz, que Kareem y yo todavía teníamos una oportunidad de ayudar a nuestra hija.

Había llegado el momento de volver a Riad.

Antes de irnos, Kareem ofreció al médico de Maha un

puesto en Riad como médico de la familia, pero él, con gran sorpresa de nuestra parte, rechazó la oferta.

—Gracias —dijo—. Me siento muy honrado, pero para bien o para mal, tengo demasiada sensibilidad estética para vivir en Arabia Saudí.

Kareem insistió en recompensarle con una enorme suma de dinero; incluso llegó al extremo de ponerle los billetes en la mano.

El médico rechazó su ofrecimiento con firmeza, murmurando unas palabras que de haber sido pronunciadas en otro tono habrían podido considerarse un fuerte insulto.

—Le ruego que no insista, por favor. La riqueza y el poder son cosas superficiales que para mí no tienen ningún atractivo.

Mientras contemplaba, sorprendida, a uno de los hombres más atractivos que jamás había conocido, encontré la respuesta a la pregunta de mi hija. Luego le dije que un día conocería a un hombre merecedor de su amor, porque estaba segura de que esos hombres todavía existían; en Londres nosotras habíamos conocido a uno.

Ya en Riad, descubrimos cómo Maha había llegado a conocer la magia negra; no me había equivocado: la culpable era Noorah.

Fue Maha quien le dijo a su padre, estando yo presente, que su abuela la había introducido en el mundo del ocultismo. Cuando le enseñamos el amuleto envuelto en una prenda de Abdullah, nos dijo que nunca había tenido la intención de hechizar a su hermano.

Convencidos de que Maha había aprendido la lección, no quisimos insistir más en todo aquello.

Yo estaba ansiosa por enfrentarme a mi suegra; tenía ganas de escupirle a la cara y tirarle del cabello…

Kareem, sabiendo los problemas que puede acarrear la ira contenida, no me dejó acompañarlo a ver a su madre para hablar con ella. Sin embargo, convencí a mi hermana Sara para que fuera a visitar a nuestra suegra común el mismo día de su visita.

Sara llegó al palacio de Noorah poco después que mi marido. Permaneció oculta en el jardín hasta que Kareem se marchó. Después me contó que había oído los gritos de Kareem y las súplicas de Noorah, pues mi marido le había prohibido terminantemente que visitara a nuestros hijos sin su supervisión.

Aunque Kareem ya se había marchado, Sara siguió escuchando durante bastante rato los desesperados lamentos de Noorah:

–¡Kareem, hijo mío, eres fruto de mi vientre! Vuelve con tu madre, que no puede vivir sin tu valioso amor.

Sara me acusó de ser tan malvada como mi suegra porque cuando me relató su merecida desgracia yo sentía una felicidad inmensa.

4. LA MECA

Dios, que es grande y glorioso dijo:
«Y fomenta entre los hombres el peregrinaje, y vendrán a ti a pie y a lomos de flacos
camellos, procedentes de los más profundos
barrancos.»

(Al-Haj, 22:27)

Es imposible calcular el número de fieles musulmanes
que han perecido mientras realizaban el agotador viaje
por los desiertos de Arabia Saudí desde los tiempos del
profeta Mahoma, y la fecha del primer peregrinaje, pero
el número total de muertos puede llegar a ser de varios
miles. Afortunadamente, los devotos musulmanes ya no
tienen que luchar contra tribus de beduinos, ni tampoco
cruzar Arabia Saudí a pie o a lomos de flacos camellos,
para cumplir su ferviente deseo de realizar uno de los
más importantes ritos del Islam; pero el peregrinaje
anual a la ciudad santa de La Meca sigue siendo un episodio caótico. Cada año, cientos de miles de peregrinos
coinciden en ciudades, aeropuertos y autopistas de Arabia Saudí para llevar a cabo el rito del peregrinaje durante

el *Haj*. (El *Haj* empieza en Dhu al-Qida, el onceavo mes de la hégira, y termina durante Dhu al-Hijah, doceavo mes de la hégira.)

Durante mi juventud realicé varias veces el peregrinaje tradicional, primero en brazos de mi madre, y luego como una niña rebelde que buscaba la comunicación con su Dios, al que rezaba para que llevara la paz a su vida desgraciada.

Desde que me casé con Kareem, no había vuelto a rendir culto a Dios en La Meca durante el período oficial del *Haj*, y eso me producía una gran satisfacción.

Kareem y yo hicimos con nuestros hijos el *Umrah*, un peregrinaje que puede realizarse en cualquier época del año, pero nunca nos hemos unido a la multitud en la celebración anual del *Haj*, cuando los musulmanes meditan sobre el sacrificio, la obediencia, la piedad y la fe, modelos de conducta indispensables en la fe musulmana.

En muchas ocasiones insistí a mi marido en la necesidad de que nuestros hijos vivieran la experiencia de participar en el peregrinaje durante el *Haj*, pero Kareem nunca quiso saber nada de ese peregrinaje anual que concentra a una multitud de seres humanos en Arabia Saudí.

Cada vez que le pedía una justificación de su negativa me ponía las más diversas y poco convincentes excusas, llenas de contradicciones.

Desconcertada por su actitud, y dispuesta a llegar al fondo de aquella cuestión, en una ocasión le comenté que sus excusas eran absurdas. Mientras buscaba la forma de salir de su propia trampa, le dije a mi marido, un hombre que cree en el Dios de Mahoma, que por su actitud parecía aborrecer el ritual que tanta alegría causaba a los musulmanes; yo no encontraba otra explicación para su extraño comportamiento.

Me crucé de brazos y me quedé esperando su respuesta a una acusación insultante que exigía una aclaración.

El rostro de Kareem reflejaba la repulsión que le inspiraban mis palabras, terribles para cualquier musulmán. Sorprendido por aquella escandalosa idea, Kareem juró que no aborrecía el peregrinaje.

Luego, como acostumbran hacer los hombres cuando saben que no tienen razón, gritó:

—Eres horrible, Sultana.

Me dio la espalda y se dirigió hacia la puerta, pero yo me adelanté y me aposté en el umbral con los brazos extendidos, bloqueándole el paso y exigiéndole que se explicara.

Le dije que no me había gustado nada lo que acababa de oír, y que no descansaría hasta saber por qué motivo salíamos de viaje cada año durante el *Haj*. Al advertir la debilidad de Kareem, me vi con fuerzas de añadir una pequeña mentira:

—La gente ya se ha dado cuenta del extraño desprecio que sientes por el *Haj* y están empezando a murmurar.

Cuando Kareem comprendió que no me apartaría de la puerta si no empleaba la fuerza, se quedó mirándome, dubitativo. Parecía estar valorando el alcance de su respuesta. Finalmente, me cogió del brazo y me sentó en la cama; caminó en silencio hasta el balcón y luego se me acercó; entonces se dio por vencido.

Me confesó apresuradamente que de joven había tenido una pesadilla terrorífica en la que moría asfixiado entre una multitud de *Hajis* (fieles musulmanes que acuden al *Haj*).

En aquel momento comprendí muchos episodios desconcertantes relacionados con el extraño comportamiento de mi marido. En muchas ocasiones Kareem veía multitudes donde no las había; para él, un pequeño grupo de gente se convertía en masa. Moví la cabeza de un lado a otro, sorprendida de los aspectos más íntimos de mi marido que yo desconocía. Así que a Kareem le asustaban las masas de peregrinos.

Como tenía una gran fe en el poderoso mensaje de los sueños, me concentré en sus palabras; escuché con expresión ceñuda su realista descripción de la experiencia imaginaria, pero no por eso menos aterradora, que había tenido mientras soñaba.

Recuerdo cómo palidecía mientras describía cómo en su sueño moría asfixiado bajo los pies de cientos de adoradores fanáticos. Me dijo que desde que tuvo aquel sueño, cuando tenía veintitrés años, había evitado los escenarios abarrotados que tienen que soportar los fieles al realizar su peregrinaje anual a La Meca.

Me pareció que Kareem estaba tan convencido de que su pesadilla se haría realidad si acudía al *Haj*, que no me atreví a discutir con él y con sus presentimientos.

Una vez más, todo volvía a ser como antes y seguimos viajando al extranjero durante la época del *Haj*.

Cuando en el año 1990 ocurrió la espantosa tragedia en la que murieron aplastados más de 1.500 peregrinos en La Meca, Kareem, en París, se metió en la cama y se pasó todo un día temblando, diciendo que aquella tragedia era un presagio extraordinario de Dios para advertirle que no debía volver a la Mezquita Santa.

Después de aquel fatal incidente, el exagerado temor de Kareem ante su sueño empezó a preocuparme, y traté de convencerle de que sus temores eran irracionales. Pero nada de lo que le dijera le consolaba, ni siquiera cuando le di a entender que su sueño ya se había cumplido, pero que habían sido otros los que habían muerto. En mi opinión, no era probable que aquella misma catástrofe ocurriera dos veces.

Mi comentario no consiguió calmar su conducta obsesiva. Mi marido estaba convencido de que sufriría una tragedia si no tenía en cuenta su sueño o aquella reciente desgracia, que él interpretaba nada menos que como una advertencia directa de Dios.

No pude seguir razonando con Kareem; sabía muy

bien que todos los años son varios los *Hajiis* heridos o muertos durante el *Haj*. Quería luchar contra la obsesión de Kareem por su pesadilla, ignorar sus temores, pero no podía. Finalmente decidí consentir sus miedos.

Por el momento, descarté con tristeza la posibilidad de volver a hacer el feliz viaje del *Haj*.

Tras el triunfante regreso de Londres con nuestra adorada hija recuperada, sentí un irresistible deseo de cumplir el ritual de rendir culto a Dios junto con otros musulmanes. Se acercaba la época del *Haj*, y volví a hablar del asunto con mi marido, sugiriéndole que lleváramos a nuestros hijos a La Meca. Como las mujeres de mi país casi nunca viajan sin la protección de un acompañante masculino, le dije que podría ir con mi hermana Sara y su familia.

Tuve una gran sorpresa cuando Kareem, mostrándose favorable a mi deseo de realizar un viaje a la ciudad de Mahoma, dijo que se lo pensaría. Kareem reconoció que su cambio de actitud no se debía a que hubiera perdido su miedo, sino a que también él sentía la necesidad de dar las gracias a Dios de un modo especial por la recuperación de nuestra hija Maha.

Un día, cuando hablábamos del inminente viaje con la familia de Kareem su cuñado, Mohammed, que estaba casado con Hanan, la hermana menor de mi marido, nos comentó que se esperaba que fueran más de dos millones de peregrinos los que se reunieran en la ciudad santa de La Meca, y que de ellos 150.000 procederían de Irán, el país chiíta que cada año hace una llamada para retirar al rey Fahd la custodia exclusiva de los lugares santos del Islam.

En 1987, los exaltados chiítas protagonizaron una protesta violenta durante el tradicional acontecimiento; y mientras quebrantaban las leyes saudíes profanaron la Mezquita Sagrada, causando la muerte de 402 peregrinos. Dos años más tarde, dos bombardeos de Teherán habían causado la muerte de una persona y herido a otras dieciséis.

Mohammed opinaba que el *Haj* se estaba convirtiendo en una ceremonia religiosa peligrosa para los musulmanes pacíficos. Los musulmanes de todos los rincones del mundo se movilizaban, y elegían el santuario islámico por excelencia para manifestar sus quejas políticas.

Mohammed, un príncipe con gran autoridad en la Seguridad Pública, institución encargada de velar por la seguridad de los saudíes y de los musulmanes que visitan nuestro país, estaba al tanto de informaciones que la mayor parte de nosotros desconocíamos. Sin percatarse de mis sentimientos, y preocupado únicamente por nuestra seguridad, Mohammed nos sugirió que esperáramos a que las masas de peregrinos hubieran abandonado el reino para llevar a nuestros hijos a realizar los ritos sagrados.

Kareem, muy pálido, apenas dijo nada. Yo sabía que no estaba pensando en la amenaza de los iraníes, sino en los espantosos efectos de cuatro millones de pies atolondrados.

En cambio yo, tan obstinada como siempre, y dispuesta a ver cumplidos mis deseos, empecé a poner en duda la advertencia de Mohammed: y en mi opinión, las anteriores locuras cometidas por los iraníes harían que la Seguridad Pública extremara sus medidas de precaución para controlar a los peregrinos procedentes de Irán.

Mohammed me miró con aire sombrío y dijo:

–No. No se puede confiar en los iraníes. No olvides, Sultana, que estamos hablando de fanáticos chiítas que sueñan con derrocar nuestro gobierno sunnita, dirigido por un Al-Saud.

Al ver que mi razonamiento no iba a conseguir la respuesta tranquilizadora que yo esperaba, utilicé una táctica femenina, y les pregunté con malicia si no recordaban que según las enseñanzas del Islam, morir en La Meca nos permite ascender inmediatamente al cielo.

Ellos no le encontraron la gracia al comentario, y mi argumento religioso tuvo muy poco impacto en Kareem, pero evidentemente también él sentía un gran alivio respecto a la milagrosa recuperación de Maha.

Kareem respiró hondo, esbozó una leve sonrisa y dijo:

—Sultana, estoy dispuesto a enfrentarme a cualquier peligro con tal de hacerte feliz. Iremos con nuestros hijos a La Meca.

Mohammed disimuló su disgusto tras una sonrisa, y yo empecé a besar a mi marido y a hacerle mimos mientras le prometía que nunca se arrepentiría de aquella decisión.

Mi cuñado, escandalizado con mis demostraciones de afecto, se excusó y salió de la habitación. Hanan, que llevaba varios años casada con él, nos dijo con una sonrisa cómplice que no hiciéramos caso del aparente puritanismo de su marido, porque en privado Mohammed era el hombre más apasionado, cariñoso y atento del mundo.

Me reí, preguntándome cómo sería su secreta vida sexual, pues Mohammed siempre me había parecido muy estricto y distante, por lo que yo había llegado a sentir lástima por mi cuñada.

Miré a mi marido y vi que se había ruborizado al oír hablar de la vida sexual de su hermana. Pensé que nuestros hombres se mostraban demasiado rígidos, e insoportablemente puritanos cuando se hacía alguna referencia a la vida sexual.

Al recordar que pronto partiríamos para La Meca me sentí feliz y volví a besar a mi marido.

Kareem y yo invitamos a Sara, Assad y a su numerosa prole a acompañarnos en nuestra esperada odisea religiosa. Sara nunca faltaba al *Haj* y se alegró muchísimo de saber que no íbamos a viajar a Europa, como cada año, durante el evento religioso.

Emocionadas, empezamos a hacer planes para salir de Riad dos días después.

Por fin llegó el día en que iniciaríamos el viaje a La Meca. ¡Había tantas cosas que hacer! Teníamos que encontrarnos con Sara y su familia en el aeropuerto de Riad a las siete de la tarde. Antes, cada miembro de la familia tenía que prepararse para el *Ihram*, estado en el que el peregrino se impone cumplir con todos los ritos.

Durante el *Ihram* no se permite llevar a cabo algunas acciones de la vida cotidiana: no se puede cortar el cabello, limar las uñas, afeitarse, perfumarse, vestir prendas con costuras; tampoco se permite matar animales; las relaciones sexuales deben posponerse y el contacto directo entre hombres y mujeres debe evitarse, hasta que concluye el período sagrado del *Ihram*.

Cada uno de nosotros empezamos a cumplir los rituales para el peregrinaje antes de salir de Riad. Era importante que alcanzáramos un estado de pureza incluso antes de iniciar el esperado viaje.

Mi doncella filipina, Cora, que estaba limpiando mi dormitorio, se quedó boquiabierta al verme entrar en mis habitaciones entonando el famoso grito que lanzan los peregrinos cuando practican los ritos en la ciudad santa de La Meca: «¡Aquí estoy, mi Dios! ¡Aquí estoy! ¡Aquí estoy para cumplir tus órdenes!»

Cuando Cora se recuperó, le expliqué con entusiasmo el significado de nuestro inminente viaje religioso.

Ella era una ferviente católica y no conocía las tradiciones musulmanas, pero como tenía unas profundas convicciones religiosas, supo apreciar la alegría que yo sentía por el peregrinaje.

Seguí cantando a Dios mientras Cora, sonriente, me preparaba el baño.

Repasé mentalmente todas las cosas que me quedaban

por hacer. Tenía que quitarme el maquillaje, y las joyas, incluso los pendientes de diamante de 10 quilates que mi marido me había regalado el año anterior, y que casi siempre llevaba puestos. Me los quité y los guardé en la gran caja fuerte de mi dormitorio junto con mis otras joyas. Después me sumergí en un baño de agua caliente, donde pasé horas limpiándome simbólicamente de toda impureza. Seguía repitiendo en voz alta el mensaje que Dios había dado a los musulmanes para que visitaran La Meca: «Y fomenta entre los hombres el peregrinaje, y vendrán a ti a pie y a lomos de flacos camellos, procedentes de los más profundos barrancos.»

Conseguía apartar de mi mente cualquier pensamiento relacionado con mi familia o conmigo misma; e intentaba concentrarme en los sentimientos de paz y de amor.

Tras el largo baño, me puse una prenda negra sin costuras y me cubrí el cabello con un ligero pañuelo también negro. Después, arrodillada en el suelo del dormitorio, mirando hacia La Meca, realicé mis plegarias, suplicando a Dios que aceptara mis ritos del *Haj*.

Por fin estaba preparada para emprender el viaje.

Me reuní con mi marido y mis hijos en el salón de la planta baja. Kareem y Abdullah llevaban unas túnicas sin costuras de un blanco inmaculado y sandalias. Maha y Amani, unos vestidos negros muy sencillos que cubrían todo su cuerpo excepto la cara, los pies y las manos. Ninguna de nosotras llevaba velo porque durante el *Haj* las mujeres no se cubren el rostro. «El verdadero velo está en los ojos de los hombres», dijo el Profeta; por lo tanto, durante el *Haj* las peregrinas tienen prohibido cubrirse el rostro.

De niña solía preguntar a mi madre por qué debíamos cubrirnos la cara ante los hombres y no ante Dios. Ella, que nunca cuestionaba la autoridad de los hombres, no sabía qué responder a la aplastante lógica de su curiosa hija, pero como se había pasado toda su vida bajo las rígidas leyes de los hombres, me hacía callar; con lo que nunca obtuve respuesta a la pregunta que todavía me sigo planteando.

Estos recuerdos invadieron mi mente mientras contemplaba los inocentes rostros de mis hijas.

En un súbito arranque las abracé y, con tono irritado, dije:

—Cuando los hombres deciden compartir la sabiduría de Dios, podéis quitaros los velos que tanto odiáis. —No pude reprimir dirigir una mirada de desprecio a mi marido y a mi hijo.

—¡Sultana! —se quejó Kareem, reprendiéndome por lo que acababa de hacer.

Me di cuenta de que había roto mi promesa del *Haj*; había creado un momento de discordia al pensar en cosas mundanas, cuando mi deber era concentrarme en sentir tan sólo la paz y el amor.

Avergonzada, salí apresuradamente del salón, diciéndoles que debía realizar de nuevo los rituales.

Kareem y mis hijos se echaron a reír y se sentaron en el salón a esperar pacientemente mi regreso.

Me postré en el suelo del dormitorio, pidiendo a Dios que dominara mi lengua y que me ayudara a alcanzar de nuevo el *Ihram*.

Mientras rezaba, volvieron a acudir a mi mente los tristes episodios de mi infancia, impidiéndome gozar de la tranquilidad necesaria para entrar en el *Ihram*. Enfadada, tenía que empezar de nuevo mis oraciones desde el principio.

Cuando me reuní con mi familia estaba a punto de llorar, y mi marido quiso animarme con una tierna mirada de amor que yo interpreté como un deseo sexual. Reprendí a Kareem y me puse a llorar, diciendo que no podía ir al *Haj*, que tendrían que irse sin mí porque no podía aplacar mi activa y rencorosa mente para entrar en el estado de *Ihram*.

Como Kareem y yo no nos podíamos tocar, hizo una señal a mis hijas para que me sacaran a empujones del salón y me llevaran al coche. Nos íbamos al aeropuerto.

Kareem atajó mis protestas diciendo que podía realizar los ritos de nuevo en el avión, o en nuestra casa de Jidda antes de partir en coche hacia La Meca a la mañana siguiente.

La familia de Sara nos esperaba en la sala de espera oficial del Aeropuerto Internacional Rey Khalid, que estaba a cuarenta y cinco minutos en automóvil de la ciudad de Riad.

Los saludé a todos con un tenso silencio; Maha susurró algo al oído de mi hermana, y ésta esbozó una sonrisa de complicidad con la que daba a entender que comprendía el motivo de nuestro retraso.

Viajamos a Jidda en uno de los jets Lear privados de Kareem. El trayecto fue tranquilo; mientras los adultos pensábamos en Dios y en lo que esperábamos decirle, los niños mayores jugaban en silencio y los más pequeños dormían u hojeaban algún libro.

Conociendo mi incapacidad para controlar mi lengua, no pronuncié ni una sola palabra hasta poco antes de aterrizar, y entonces hablé demasiado.

Al llegar al Aeropuerto Internacional Rey Abdul Aziz de Jidda, Kareem ordenó al piloto americano que aterrizara en el *Haj*, la Terminal de los Peregrinos, una ciudad de tiendas surrealistas que cubre 148 hectáreas de terreno. Esta terminal recibe a los peregrinos procedentes de otros países, pero nuestra condición real nos permitía aterrizar donde quisiéramos.

Unos años atrás, Kareem había asistido con Abdullah a la inauguración de la terminal, pero mis hijas todavía no habían estado en aquel espectacular edificio.

Olvidando mi promesa de permanecer en silencio hasta pisar las calles de La Meca, sentí una inexplicable necesidad de que mis hijas descubrieran un motivo de orgullo en su familia, aunque ese orgullo estuviera ligado directamente con la riqueza.

Al principio hablé en voz baja para no ofender a Dios. Les comenté que la terminal había ganado un premio internacional por la originalidad de su diseño y por ser una gran innovación en ingeniería. Sentí un arranque de egoísmo al pensar en la infraestructura que los saudíes habían conseguido en un corto espacio de tiempo. El sentimiento de vergüenza ante la pobreza de mis antepasados, que me acosó en mi juventud, se había disipado; había superado las antiguas pasiones, y mi percepción del pasado era más aguda. Lo que antes me parecía triste y vergonzoso me resultaba ahora adorable y de gran valor. Pensé que los saudíes habíamos pasado de ser un país inhóspito donde apenas cincuenta años atrás las diferentes tribus luchaban a lomos de camellos y cabras, a ser una potencia económica. Mi familia había guiado a aquellos ingobernables guerreros desde el desolado desierto hasta convertirlos en los ciudadanos de una de las más ricas naciones de la tierra.

Los occidentales siempre han considerado que el petróleo fue el motivo de nuestra prosperidad, pero yo nunca he estado de acuerdo con esa opinión, porque también otros países descubrieron petróleo, y nunca han llegado a disfrutar del elevado nivel de vida de los saudíes. El secreto radica en la sabiduría de los hombres que administraron los beneficios producidos. Siempre he criticado a los varones de mi familia, sobre todo respecto a su actitud hacia las mujeres, pero en este aspecto reconozco y admiro su inteligente conducta.

Ante la oportunidad que se me presentaba para infundir cierto orgullo ancestral en mis hijos, me entusiasmé y empecé a hablar en voz alta, recordándoles los hechos históricos y las virtudes de nuestros antepasados: el valor, la resistencia, la independencia y la inteligencia de los beduinos. Recordando la pobreza en que vivieron mis padres, y la lujosa vida que disfrutaron sus hijos y sus nietos, una transformación que parecía milagrosa, me animé y empecé a contar historias de la familia adornadas de dramática intensidad y convincente realismo.

Inmersa en el placer de relatar el pasado y, evocando los felices momentos que pasé sentada a los pies de mi madre y mis tías, no me di cuenta de que mi audiencia había desaparecido.

Sara, Assad y Kareem me miraban afligidos, pero como yo había olvidado el motivo de nuestro viaje sus expresiones de incredulidad ante mi conducta no me impresionaron.

Me disgustó reconocer que a mis hijos no les interesaba ni lo más mínimo lo que yo estaba diciendo. Entonces comprendí que la pobreza que uno mismo no ha vivido no afecta a los privilegiados y que la última generación Al-Saud había crecido bajo la debilitante influencia de la riqueza. A los niños no les interesaba oír hablar de su origen beduino.

Abdullah estaba jugando una partida de *backgammon* con el hijo mayor de Sara, mientras los pequeños se distraían con coches y camiones que Assad les había traído de su último viaje a Londres.

Al recordar el rostro de mi querida madre y sus conmovedoras historias sobre los maravillosos abuelos que no llegué a conocer, estuve tentada de abofetear a los insensibles descendientes de aquellas personas que llevaban tanto tiempo muertas. Me volví para ver contra quién podía dirigir mi furia, y justo cuando iba a pellizcarle el brazo a Abdullah, Sara murmuró a mi oído la palabra *Ihram*.

Había vuelto a olvidar adónde iba. Pensé que volvería a realizar mis rituales cuando llegara a mi casa de Jidda, y me dejé invadir de nuevo por los recuerdos. El recuerdo de los audaces y valientes antepasados que nos habían abandonado me sumió en el llanto. Sara esbozó una cariñosa sonrisa, y supe que mi más querida hermana adivinaba mis pensamientos y me perdonaba aquella infracción.

Recordé un acertado proverbio: «Sólo nuestros propios ojos lloran por nosotros», y sentí tristeza por la facilidad con que mi familia había olvidado a nuestros antepasados.

–¡Los que vosotros creéis muertos están vivos para mí! –grité con energía.

Todos me miraron con gran perplejidad, a excepción de Kareem, que no pudo reprimir una carcajada. Le lancé una mirada de odio mientras se secaba las lágrimas con un pañuelo y murmuraba algo a Assad, que yo no conseguí oír, sobre la mujer con que se había casado.

Para tranquilizarme, miré a mis hijas y vi que por lo menos ellas habían oído algo de lo que yo había dicho.

Maha, que siempre había preferido los países de Europa y América a Arabia Saudí, no me proporcionó mucho consuelo. Había ignorado mi orgulloso comentario sobre la historia de nuestra familia, y empezó a quejarse amargamente de aquella terminal; le parecía increíble que los arquitectos la hubieran diseñado con forma de tienda.

«¿Para qué hurgar en el pasado? –dijo con cierta desesperación–. Estamos en el siglo XX.»

Por lo menos, Amani sí estaba encantada con los focos que había en lo alto de los postes y que proporcionaban una vista espectacular de aquella maravillosa obra de arquitectura.

Abdullah, para hacer alarde de sus conocimientos, miró a su hermana menor y comentó distraídamente que la tela del techo de la tienda era la que más espacio cubría en todo el mundo, aunque en un futuro proyecto se esperaba cubrir un espacio aún mayor en la ciudad de Medina.

Amani, la más sensible de mis hijos, me apretó la mano y, sonriendo, dijo:

—Gracias por traernos aquí, mami.

La miré, complacida. ¡Todavía había alguna esperanza!

¿Quién habría podido decir que un viaje planeado para dar gracias a Dios por la recuperación de mi hija mayor tendría tanto significado para mi hija pequeña, Amani, y desastrosas consecuencias para sus padres?

5. AMANI

La Meca, «la bendita», conocida como Umm al Qurrah, «Madre de las ciudades», es el lugar hacia el que todos los creyentes miran cinco veces diarias para rezar. Para millones de musulmanes, la máxima aspiración consiste en viajar a La Meca durante el *Haj*. Sólo los musulmanes pueden entrar en la ciudad, pero los no creyentes sienten una gran curiosidad por lo que ocurre allí dentro. Como saudí, he sido elegido por Dios para proteger la verdadera fe que tuvo su origen en la ciudad más santa del mundo, que se encuentra en mi país.

Explicación que dio a la autora un anciano beduino saudí de por qué los saudíes son el pueblo elegido de Dios.

El día del nacimiento de Amani, mi hermana Sara dio a luz a su segundo hijo, una niña a la que ella y su marido llamaron Nashwa, que significa «éxtasis». Amani ha traído la felicidad a nuestras vidas, mientras que Nashwa es una niña estridente y desagradable que más de una vez ha provocado el caos en el feliz hogar de Sara y Assad.

Muchas veces he planteado a Kareem en secreto mis terribles sospechas de que Amani fuera en realidad la hija de Sara y Assad, y que Nashwa fuera la nuestra, porque el carácter de Nashwa se parece bastante al mío. En cambio, Amani tiene un sorprendente parecido con su tía Sara, con la que comparte un semblante encantador y un espíritu sosegado.

¿Habría confundido accidentalmente el personal del hospital a nuestras dos hijas? Las niñas nacieron con once horas de diferencia, pero Sara y yo ocupábamos suites reales contiguas. A mí no me parecía imposible ese tipo de error. Kareem, a lo largo de los años, había intentado en muchas ocasiones calmar mis temores, citando estadísticas que demostraban que semejantes errores ocurren raramente, pero cada vez que miro a mi hija, tan perfecta, me invade el terrible pensamiento de que es hija de otra mujer.

A Amani, una niña introvertida y melancólica, siempre le gustaron más los libros que los juguetes, y desde muy temprano fue una alumna estupenda que destacaba en la asignatura de arte y en idiomas. A diferencia de su hermana mayor, Amani nunca creó muchos problemas en casa, todo era paz y cariño a su alrededor.

El carácter sensible de Amani causó un impacto más profundo en mi corazón que el de sus dos hermanos mayores, pero ahora sé que debería haber prestado más atención a la tenacidad que se ocultaba en su complejo temperamento. La alarmante adoración que sentía mi hija por los animales causó graves conflictos con otros miembros de nuestra familia. Su infantil devoción por todos los seres vivos chocaba con la afición de los varones saudíes por perseguir y matar a todos los animales que habitan nuestro país. Cuando Abdullah y su padre, entusiasmados, salían con otros primos a cazar al desierto para matar gacelas y conejos con ametralladoras ayu-

dándose de la luz de unos enormes focos instalados sobre jeeps y camiones descubiertos especialmente equipa-
dos, Amani se colaba en la tienda de su padre, escondía
la munición, desmontaba las armas y las tiraba a la basura. El intenso amor que sentía hacia los animales le hacía
olvidar su fuerte deseo de contribuir a crear una armonía familiar.

Ese rasgo, tan humano y sin embargo tan molesto, se
manifestó a una edad muy temprana y nuestra casa desde
muy pronto estuvo llena de bestias salvajes de diferentes
especies, tamaños y colores.

A diferencia de muchos occidentales, la mayoría de los
árabes sienten muy poca estima por los animales; las calles
de nuestras ciudades están llenas de perros y gatos heridos
y hambrientos. Desde principios de los años ochenta, el
gobierno de Arabia Saudí lleva a cabo un programa para
recoger a los perros y gatos callejeros y abandonarlos en
el desierto, donde los dejan morir lentamente. Pero muchos animales consiguen burlar a sus verdugos y encuentran refugio en las casas de personas más sensibles.

Yo valoraba la incontenible necesidad de Amani por
proteger a los seres desvalidos, pero Kareem y los demás
no estaban de acuerdo con que nuestra propiedad se
convirtiera en un santuario para los animales callejeros.
Amani, que no se contentaba con el hecho de salvarles la
vida, los mimaba como si fueran ejemplares raros y ca-
rísimos, y cuando morían los enterraba tras celebrar
unos solemnes funerales en el jardín. Los que sobrevi-
vían, a los que Amani domesticaba para convertirlos en
perrillos y gatos falderos, se unían a nuestra familia y
vivían en los jardines y dentro de la casa.

A veces yo pensaba que a Amani le importaban más
los animales que los miembros de su propia familia, pero
siempre me ha costado castigar y regañar a mis hijos, así
que nadie le impidió seguir con su afición.

Kareem contrató a dos jóvenes tailandeses para lavar

y desinfectar a los nuevos visitantes y para adiestrar a los perros. Llegamos incluso a construir nuestro pequeño zoo privado en el jardín, equipado con amplias jaulas, y compramos varios ejemplares de animales exóticos con la esperanza de que el zoo particular de Amani la hiciera olvidar su manía de recoger y criar a gran cantidad de animales. Junto al zoo, Kareem hizo vallar una amplia zona para alojar los animales callejeros de Amani y le prohibió que dejara salir a esos animales de aquella zona especial del jardín. Amani se puso a llorar amargamente; al final Kareem tuvo que aceptar a regañadientes que nuestra hija seleccionara a sus diez gatos y perros favoritos, a los que se permitiría entrar en la casa y circular libremente por todo el jardín.

Pese a todos nuestros esfuerzos, Amani continuó con su afición y nuestra casa siguió siendo el hogar de numerosos perros y gatos.

En una ocasión, Kareem se llevó una sorpresa al ver a tres filipinos que trabajaban para nuestros vecinos entregando cinco gatos metidos en una bolsa a uno de los tailandeses encargados de cuidar el zoo. Kareem interrogó a los filipinos, que, sin atreverse a hablar, le enseñaron un cartel en que se leía que se daría una recompensa de 100 riyales por cada gato o perro callejero que entregaran en nuestra dirección. Kareem se puso hecho un basilisco. Tras amenazar con despedir a los empleados tailandeses, éstos le confesaron que Amani les había ordenado pegar aquellos carteles en las paredes de palacios y villas cercanos. También les había ordenado que patrullaran por las calles del vecindario para recogerlos y llevarlos a casa. Nuestra hija les había hecho jurar que guardarían el secreto, y como Kareem los había empleado para que trabajaran directamente bajo las órdenes de Amani, ellos la habían obedecido.

Kareem les mandó contar los animales y cuando descubrió que estaba alimentando a más de cuarenta gatos y doce perros, se desplomó en el suelo, perplejo. Al cabo de un buen rato, mi marido se puso en pie y, sin decir una sola palabra, se marchó de casa. Lo oímos alejarse en su coche: estuvo fuera dos días y tres noches. Luego me enteré de que Kareem había pasado ese tiempo en casa de sus padres. Las criadas de su madre me contaron que les había dicho a sus sorprendidos padres que necesitaba pasar unos días sin las complicadas mujeres de su familia, de lo contrario, se vería obligado a encerrarnos a todas en una institución.

Aprovechando la ausencia de Kareem, me propuse encontrar alguna forma de calmar la exagerada pasión de mi hija; esto me facilitó realizar muchos descubrimientos que habíamos pasado por alto. Los cuarenta gatos se alimentaban a base de pescado fresco del mar Rojo, mientras que los doce perros comían verdaderos manjares suministrados por una carísima carnicería australiana. Amani había estado cogiendo dinero de una pequeña caja de caudales de la cocina donde se depositaba semanalmente el dinero para que las criadas hicieran la compra de la familia. Los gastos de nuestra casa son tan descomunales, que el contable no había detectado las sustracciones de Amani. Cuando descubrí que estaba utilizando grandes sumas de dinero para comprar pájaros, con el único objetivo de liberarlos de sus jaulas, amenacé seriamente a mi hija con llevarla al psiquiatra y, durante un tiempo, se desentendió un poco del reino animal.

Recuerdo perfectamente un dramático episodio en el que intervino mi hermano Alí. Éste siempre se había quejado de los animales de Amani; decía, refunfuñando, que ningún musulmán que se preciara podía entrar en mi casa sin temor de tener que someterse a una purificación a causa de todos aquellos animales. Su desprecio por los animales llegaban a notarlo los propios perros y gatos, que solían esconderse detrás de los arbustos hasta que mi hermano había pasado por el jardín.

Recuerdo que en una ocasión Alí vino a nuestro palacio para visitarnos; acababa de pasar por la verja del jardín cuando se detuvo para ordenar a uno de nuestros criados que lavara su coche mientras él permanecía en la casa. Mientras estaba sentado, uno de los perros favoritos de Amani, *Napoleón*, decidió orinar en su inmaculada túnica. Alí, un hombre vanidoso, muy orgulloso de su belleza y de su aspecto impecable, se quedó mudo de rabia. Antes de que Amani pudiera acudir a rescatar a *Napoleón*, mi hermano le propinó una patada brutal. Mi hija estaba tan furiosa que se echó encima de su tío para golpearle con los puños.

Alí, mancillado con los orines de un perro y asaltado físicamente por su sobrina, no tardó en salir de nuestra casa, gritando a los sonrientes criados que su hermana estaba completamente loca y que, además, había engendrado a unos seres locos que preferían la compañía de las bestias a la de los humanos.

Desde entonces, Amani empezó a odiar a su tío con la misma intensidad con que yo le había odiado en mi infancia.

La fe musulmana considera impuros a los perros, y eso fue lo que le produjo tanta ira y tanto asco. Según nuestra fe, si un perro bebe de cualquier recipiente, éste debe lavarse siete veces, la primera con agua mezclada con polvo.

Alí es mi único hermano y, pese a nuestras repetidas e intensas diferencias, él sigue manteniendo la relación con mi familia. Kareem obligó a Amani a telefonear a su tío para disculparse, pero el episodio con *Napoleón* le mantuvo alejado de nuestra casa durante más de dos meses. Cuando finalmente superó su rabia y su vergüenza, Alí volvió a visitarnos, pero llamó antes para asegurarse de que los criados encerraban a *Napoleón*.

Yo temía la reacción de Amani, pero me reconforté al ver que el día de la visita mi hija entraba en el salón obedientemente y ofrecía a su tío un vaso de zumo de pomelo recién hecho.

Alí demostró que no le guardaba rencor por el incidente y aceptó el zumo agradeciéndole que calmara su sed.

Pensé en lo mucho que se parecían Sara y Amani y la conducta condescendiente de mi hija con Alí me llenó de un intenso orgullo maternal; su comportamiento había sido irreprochable. Sonriendo, pensé que tendría que comprarle a Amani un regalo especial la próxima vez que fuera de compras.

Alí, también contento, comentó que algún día Amani haría muy feliz a un hombre afortunado.

Cuando mi hermano se marchó, descubrí a Amani en su dormitorio, riendo a carcajadas. Los criados la habían oído y habían acudido para enterarse de la causa de su alegría.

Amani nos dijo que en el vaso de su tío había bebido antes agua fresca todo su séquito de animales callejeros. Además, antes de servirle un plato de galletas a Alí, se las había dado a *Napoleón* para que las lamiera un poco.

Los criados sonreían con satisfacción porque Alí no era muy popular entre ellos.

Intenté fingir enfado ante su malvado acto, pero mis labios no me obedecían y tuve que hacer grandes esfuerzos para no echarme a reír. Decidí dejar para otro momento el papel de madre estricta, me abracé a mi hija y reímos juntas la broma.

Por primera vez en su vida, Amani manifestaba rasgos que me demostraban que era mi hija y no la de mi hermana Sara.

Ya sé que debería haberla regañado porque de haberse enterado Alí le habría dado un infarto, pero no podía dominar mi alegría, y cuando, risueña, le conté el incidente a Kareem, mi marido me miró tan horrorizado que comprendí que pensaba que estábamos todos locos.

El relato de lo sucedido acabó con la paciencia de Kareem. Enfadado por aquella travesura y por la devoción de Amani por los animales, que según él estaba arruinándonos la vida, Kareem dijo que debíamos tener una conversación muy seria con ella.

Antes de que yo pudiera replicar, mi marido la llamó por el intercomunicador de la casa y le ordenó que viniera a nuestros aposentos inmediatamente. Nos quedamos esperándola en la salita contigua a nuestro dormitorio principal.

Amani entró en la habitación con la curiosidad reflejada en su rostro.

Antes de que yo pudiera intervenir, Kareem preguntó:

—Dime, Amani: ¿cuál es tu meta en la vida?

Amani, con serenidad infantil, contestó con decisión:

—Salvar a todos los animales de los hombres.

—Salvar animales no es más que una afectada pasión de los europeos y los americanos ricos —repuso Kareem, malhumorado. Me miró como si yo fuera la culpable y añadió—: Pensaba que tu hija era más inteligente, Sultana.

Amani, llorando, nos pidió permiso para salir de la habitación.

Mi marido, que no soportaba ver llorar a una mujer, decidió abandonar aquella táctica sarcástica. Con mucha seriedad, dijo:

—Y cuando hayas salvado a todos los animales, ¿qué piensas hacer por ti misma o por tu familia?

Amani apretó los labios, con la mirada fija en la pared. Fue volviendo poco a poco a la realidad, pero no contestó. Incapaz de enunciar sus pensamientos, miró a su padre y se encogió de hombros.

Sin seguir criticando su gran amor por los animales, Kareem hizo hincapié en que los seres humanos debían tener propósitos más elevados para crear y servir de modelo a los de nuestra misma especie. Recordó a Amani que podía realizar buenas acciones con los animales y al mismo tiempo hacer algo positivo por la civilización. «Los grupos dirigentes de la sociedad –añadió–, tienen la responsabilidad de hacer avanzar la civilización porque sólo la insatisfacción que inspira la imperfección hace que la humanidad luche por mejorar la sociedad en que vive.»

Aquel discurso causó en Amani un gran efecto; levantó la voz y preguntó a su padre:

–¿En Arabia Saudí, qué puede hacer una mujer para cambiar las cosas?

Mi hija me miró, esperando mi aprobación.

Cuando me disponía a discutir con Kareem, éste me interrumpió y, con gran sorpresa de mi parte, me dijo que como miembro perteneciente de una discreta minoría de mi país, yo no me había conformado con ser una princesa holgazana, sino que había recibido una educación que estaba utilizando para defender a las mujeres. Añadió que algún día las mujeres conseguirían ocupar el papel que les correspondía, y que nuestra influencia se haría notar fuera de casa.

Perpleja ante las palabras de Kareem, no se me ocurría nada que decir; él nunca hasta entonces había reconocido mi lucha por la libertad de las mujeres.

Tras una conversación muy larga, mi hija nos prometió que buscaría un propósito vital más importante que el cuidado de sus mascotas.

Amani, la niña más cariñosa del mundo, nos dio las buenas noches y dijo que tenía mucho en qué pensar. Antes de cerrar la puerta de nuestro dormitorio, se volvió y, con una maravillosa sonrisa, añadió:

–Te quiero, papi. Y a ti también, mami.

Seguía siendo la niña inocente de siempre.

Convencido de que acababa de tener un gran éxito, Kareem me abrazó y me habló de los sueños que tenía para nuestros hijos. Dijo que si por él fuera, «todas las ridículas restricciones que soportan las mujeres desaparecerían como por arte de magia». Kareem chasqueó los dedos en el aire y me miró cariñosamente.

«No hay nada como una hija querida para inducir a un hombre a reclamar justicia en un mundo injusto», me dije.

Me quedé pensando en la idea de que llegáramos a ser la familia feliz y pacífica que Kareem prometía, ahora que Amani sin duda superaría su necesidad de recoger a los animales callejeros.

Poco después de aquella conversación, estalló la guerra del Golfo, a la que siguió la gravedad de la inestabilidad mental de Maha. Durante aquel turbulento período, Amani, fastidiada y solitaria, no contó con nadie que la ayudara a buscar un objetivo más adecuado para su vida.

Ahora trato de analizar la obsesión de Amani por los asuntos que la interesaban y pienso que una mujer como yo, versada en filosofía, debería haber advertido que la personalidad de mi hija tenía los rasgos típicos de las personas fanáticas, las que se aferran a convicciones extremistas.

Después de haber considerado el carácter obsesivo de mi hija, me he reprochado mil veces el hecho de haberla llevado al *Haj*, a ella, una adolescente tan sensible y desorientada en un momento de máxima agitación emocional.

Durante nuestro peregrinaje a La Meca, Kareem y yo vimos cómo nuestra hija Amani despertaba, de la noche a la mañana, de su letargo religioso y se entregaba a la fe islámica con una intensidad turbadora. Yo sólo pretendía educar a mi hija, ofrecerle la oportunidad de conocer su propia cultura, pero era como si Amani estuviera cautivada por una visión, un secreto íntimo que no podía revelar a sus padres.

La mañana después de nuestra llegada a Jidda, nos

trasladamos en una limusina con aire acondicionado a la Ciudad Santa del Islam, la ciudad del profeta Mahoma, La Meca. Yo estaba entusiasmada por haber asistido al *Haj* con mis más queridos miembros de la familia. Intenté concentrarme en mis oraciones, pero me distraía continuamente pensando en las épocas en que los fieles iban en caravanas de camellos o a pie, descalzos, por un terreno accidentado y rocoso con el fin de cumplir uno de los cinco pilares de la fe islámica.

Estaba deseando compartir mis pensamientos con Kareem y con mis hijos, pero me di cuenta de que todos estaban ensimismados pensando en Dios y en su relación con él. Maha tenía los ojos cerrados; Abdullah rezaba con su rosario entre las manos; Kareem tenía una expresión perpleja y deseé que no estuviera reviviendo la pesadilla en la que moría asfixiado y pisoteado; a pesar de mis esfuerzos porque nuestras miradas se encontraran, él trataba en todo momento de evitarme. Amani, con el rostro encendido por la emoción, parecía meditar intensamente.

Sonreí, satisfecha, y le di unas palmaditas en la mano. Era fabuloso que la familia estuviera reunida en aquella santa celebración.

Pronto llegamos a la ciudad, situada en el Valle de Abrahán y rodeada de montañas. La Meca se levanta en un terreno accidentado de granito, pero para los musulmanes la ciudad es uno de los parajes más hermosos del mundo.

«¡Aquí estoy, Dios! ¡Aquí estoy!», canté. A las puertas de la Mezquita Santa de La Meca, fuimos recibidos por un guía oficial que nos asistiría en los rituales del *Haj* y que haría el papel de *imam*, o ministro, durante nuestras oraciones. Entonces, los hombres y las mujeres debían separarse. Nos abrimos camino por la escalera de mármol de la Mezquita Santa, rodeados de otros peregrinos que entonaban sus plegarias.

Antes de entrar en la mezquita nos descalzamos y seguimos caminando y rezando: «Dios, Tú eres la paz, y de Ti procede la paz. Acógenos con paz, oh Dios.»

Como el Profeta siempre iniciaba sus movimientos con el lado derecho de su cuerpo, entré en el patio de mármol blanco de la Mezquita Santa traspasando la Puerta de la Paz con el pie derecho.

Son siete las puertas principales que conducen al inmenso patio; los peregrinos entran continuamente por todas ellas. En los laterales de la Mezquita, unas columnas de mármol blanco se elevan hacia el cielo, adornadas con minaretes artísticamente labrados. Grandes alfombras rojas de seda cubren todo el suelo del patio, donde los peregrinos se sientan y leen en silencio o meditan sobre Dios.

El muecín nos llamó a la oración; aunque en el patio hay una zona reservada a las mujeres, nosotras nos pusimos en fila detrás de los hombres y nos unimos al resto de musulmanes en la oración, realizando las prosternaciones que tan familiares resultan para los musulmanes de todo el mundo.

Comprendí que, pese a pertenecer a la familia real, para Dios yo era una más entre la multitud. Estábamos rodeados de gente muy pobre y, sin embargo, esa gente a los ojos de Dios era tan rica como yo.

Cuando terminaron las oraciones, caminamos, arrastrados por la multitud, hacia la *Kaaba*, una sencilla estructura de piedra con una única puerta que queda a unos dos metros del suelo de mármol. La *Kaaba*, de cuatro metros y medio de altura y diez metros y medio de longitud, está en el centro de la Mezquita Santa. Es el lugar donde hace tres milenios Ibrahim, a quien judíos y cristianos llaman Abrahán, dedicó por primera vez una casa a la adoración de un único Dios. En el Corán Dios dice que «la primera casa de Dios construida para el pueblo es la de La Meca». Un billón de personas se colocan en dirección a esa construcción cinco veces diarias para postrarse y rezar.

La *Kaaba* estaba cubierta con una enorme tela de terciopelo negro con versos del Corán bordados en oro. Al final de cada *Haj* la tela es retirada y sustituida por una nueva, tejida en un taller especial de La Meca. Muchos peregrinos pagan grandes sumas de dinero para llevarse un trozo de la hermosa tela a su país como recuerdo de su viaje sagrado.

En una esquina de la *Kaaba* se encuentra la Piedra Negra, enmarcada en plata y símbolo del amor de los musulmanes a Dios. El Hadith, que reúne los dichos y tradiciones del profeta Mahoma, dice que nuestro profeta besó esta piedra mientras ayudaba a colocarla en su sitio; por ese motivo los musulmanes la consideran sagrada.

A continuación se da paso al siguiente rito del peregrinaje, el *tawwaf* o circunvalación, en el que la gente empieza a caminar alrededor de la *Kaaba*.

Dábamos vueltas a la *Kaaba*, quedando ésta siempre a nuestra izquierda, mientras recitábamos: «Dios es grande. Protégenos, oh Dios, en este mundo, y en el más allá, y líbranos de los tormentos del fuego de los infiernos.»

Tras completar este ritual, vi que Kareem nos hacía señas para que nos acercáramos, pues había conseguido que nos llevaran al interior de la *Kaaba* para ofrecer nuestras oraciones.

Subimos todos juntos por una escalera de mano que habían colocado en la estructura con el fin de acceder al interior de la *Kaaba*. En la puerta pudimos ver las inscripciones en plata de versos del Corán. Es importante saber que para los musulmanes el interior de la *Kaaba* es el lugar más sagrado del mundo.

Cuando entramos, la *Kaaba* estaba a oscuras y yo empecé a rezar por todos los rincones del edificio, pidiendo a Dios que apartara a mi hija Maha del mal y que bendijera a los otros miembros de mi familia. Como la guerra del Golfo era un hecho reciente, también recé para que los musulmanes pudiéramos conservar la paz. Sin olvidar mi principal interés vital, le pedí que guiara a los hombres de Arabia Saudí en la interpretación correcta de las enseñanzas del Profeta y que liberara a sus esposas, hermanas e hijas de las limitaciones que tenían que soportar diariamente.

Oí unos sollozos; me di la vuelta y vi, que mi hija Amani estaba llorando. Pude escuchar como pedía a Dios que la ayudara a liberarse del mundo de los placeres mundanos y a prepararse para luchar contra la maldad de los seres humanos; rogaba a Dios que erradicara todos los pecados de la humanidad y que curara las enfermedades del mundo.

Amani estaba teniendo su primera experiencia religiosa.

Cuando salimos de la *Kaaba*, tenía los ojos llorosos y no prestó atención a mis muestras de cariño.

A continuación nos dirigimos a la Estación de Ibrahim, que se encuentra en la Mezquita Santa, y allí volvimos a rezar. Todos éramos conscientes de que el rito que consistía en caminar alrededor de la *Kaaba* no significaba una adoración de esa construcción, sino a Dios, el único Dios, Eterno y Absoluto, pues sólo Él merece ser adorado.

Luego salimos del patio de la Mezquita Santa para llevar a cabo el resto de los rituales, que tendrían lugar en el manantial de Zamzam, y en el Mas'a, que se encuentran en las llanuras que rodean La Meca.

Sara y yo volvimos a separarnos de los miembros varones de nuestra familia; aunque íbamos a realizar los mismos rituales que ellos, los haríamos con las mujeres.

En las llanuras que rodean La Meca, Ibrahim, cansado por la persecución con que Sarah sometía a Hager, permitió a éste marcharse con su hijo, Ismail. Entonces

Ibrahim partió con Sarah e Isaac hacia Palestina. Como ya saben los cristianos y los judíos, los descendientes de Ibrahim en Palestina fueron los impulsores de la fe judía, mientras que sus descendientes en La Meca, de la fe islámica.

De este modo, una sola persona, Ibrahim, se convirtió en el punto de contacto de dos de las tres grandes religiones monoteístas: el judaísmo y el islamismo.

Hager e Ismail viajaron por el desierto sin más provisiones que una bolsa de dátiles. Hager buscaba desesperada entre las dos colinas de Safa y Marwa agua para calmar la sed de su hijo. Entonces ocurrió un milagro. El ángel Gabriel llenó de nuevo un manantial que se había secado, a los pies de Ismail. Así fue cómo Dios salvó a Hager y a su hijo. En el manantial, que se llama Zamzam, el agua sigue brotando.

Mientras Hager tuvo que hacer el viaje por un terreno rocoso bajo un sol ardiente, ahora los peregrinos lo hacen por una galería con aire acondicionado. La galería fue mandada construir por mi familia para reducir el número de accidentes que cada año se producían en el *Haj*. Hasta entonces, los peregrinos viejos, enfermos y disminuidos eran llevados a hombros por otros fieles, quienes recorrían el camino entre las colinas hasta siete veces, sin importarles el calor, pero eran muchas las personas que sufrían insolaciones e infartos.

En la galería hay letreros que indican a los hombres cuándo tienen que correr o caminar; las mujeres simplemente caminan. Mientras recorren la galería, los peregrinos recitan versos del Corán y cantan: «Dios es grande.» Tras recorrer el camino siete veces, mis hijas y yo bebimos del manantial de Zamzam y mojamos nuestras ropas. El manantial ya no se ve, pues las aguas salen ahora por cientos de grifos cubiertos con una hermosa bóveda de mármol.

Cuando estábamos a punto de abandonar el manantial de Zamzam, oímos un rugido que provenía de la multitud de peregrinos. Movida por la curiosidad, me dirigí hacia un grupo de mujeres musulmanas de Indonesia y les pregunté en inglés si conocían el motivo del alboroto.

Me dijeron que tres hombres habían sido aplastados por la muchedumbre y que dos de ellos habían muerto.

Me quedé sin respiración. Sólo podía pensar en mi marido. ¡Kareem! ¿Se habría cumplido su sueño?

Volví junto a mi hermana y nuestras hijas, con el terror en el rostro, balbuciendo palabras que nadie entendía.

Sara me pidió que le explicara qué estaba pasando.

—¡Kareem!, dicen que han aplastado a varios hombres. ¡Temo por la vida de Kareem!

Mis hijas, creyendo que yo había visto a su padre, se pusieron a llorar, y Sara me preguntó gritando por qué pensaba que uno de los muertos podía ser Kareem.

—¡Un sueño! —expliqué—. ¡Kareem tuvo un sueño en que moría aplastado en el *Haj*! Y se ha producido un accidente donde lo hemos visto por última vez.

Sara, como yo, había comprobado que en la vida hay muchas cosas que no podremos llegar nunca a comprender, fuerzas inexplicables. Estaba preocupada, aunque no tan histérica como yo.

Íbamos a dividirnos en tres grupos para buscar a nuestros hombres cuando vimos que se llevaban en camilla dos cuerpos cubiertos con sábanas blancas. Corrí todo lo que pude y, gritando, retiré las sábanas de los cadáveres.

Recuerdo que los camilleros se quedaron boquiabiertos, temiendo lo que sería capaz de hacer a continuación aquella loca.

¡Ninguno de los dos era Kareem! Los muertos eran ancianos, como solía ocurrir en aquellas concentraciones.

Cogí la sábana y permanecí junto a uno de los cadáveres invadida por una crisis de histeria. Kareem, Assad y nuestros hijos habían oído los gritos y se acercaron para ver qué había ocurrido.

Kareem no daba crédito a lo que veían sus ojos: su mujer reía como una loca junto a un cadáver. Se abrió paso entre la gente y me cogió por las muñecas, apartándome de allí.

–¡Sultana! ¿Te has vuelto loca?

Sara se apresuró a explicarle lo que había ocurrido, y Kareem se tranquilizó. Avergonzado, tuvo que explicar detalladamente a los demás la terrible pesadilla que ya había compartido con su esposa.

Se había creado una gran tensión; la gente empezó a murmurar y a mirarme amenazadoramente; las esposas de los dos muertos descubrieron la tragedia y se enteraron de que yo me había puesto a reír como una hiena al conocer la muerte de sus maridos.

Salimos de allí a toda prisa, mientras Assad revelaba nuestra identidad a unos guardias. Custodiado por ellos, entregó tres mil riyales a cada una de las viudas y les dijo que pertenecíamos a la familia real. Al explicar mi temor de que Kareem fuera uno de los muertos, logró calmar los ánimos de la multitud.

Una vez fuera de allí, todavía nerviosos, nos pusimos a bromear, y más tarde, cuando el tiempo borró la vergüenza de mi conducta, la situación se convirtió en un episodio divertido que solíamos recordar entre risas.

Cuando concluyeron los rituales del primer día del *Haj*, regresamos a nuestro palacio de Jidda, situado a orillas del mar Rojo. Por el camino, en un intento de apartar de nuestra mente el episodio de los hombres pisoteados, comentamos las profundas experiencias que habíamos tenido aquel día. Sólo Amani se mostró extrañamente reservada.

Había algo desconcertante en el comportamiento de mi hija pequeña.

Acosada por un funesto presentimiento, cuando llegamos a casa, como una autómata, seguí a Kareem por todas partes con la intención de comunicarle mis temores.

Finalmente Kareem, exasperado por mi persecución, me dijo:

–¿Qué te pasa, Sultana?

Todavía no sabía exactamente qué era lo que me preocupaba y me costaba expresarme.

–¿Te has fijado en Amani? –dije–. Estoy preocupada por ella. Creo que hay algo que le está atormentando. No me gusta.

Mi marido, fastidiado, insistió:

–Sultana, deja de ver peligros donde no los hay. Amani está en el *Haj*. ¿No crees que todos los peregrinos están absortos en pensamientos un poco especiales? –Hizo una pausa y, con tono malicioso, añadió–: Todos menos tú.

Luego se quedó en silencio, de pie, pero me dirigió una mirada fulminante con la que me dio a entender que quería estar a solas.

Le dejé en su biblioteca y me fui a buscar a Maha, pero estaba durmiendo; tampoco encontré a Abdullah, se había ido con su tía Sara a su palacio. Me sentí sola en el mundo.

Decidí enfrentarme directamente con el objeto de mis preocupaciones. Me dirigí al dormitorio de Amani, y al oír un murmullo pegué la oreja a la puerta intentando entender qué decía a mi hija. Estaba rezando; rogaba a Dios con una emoción que me hizo recordar aquella otra ocasión en que había escuchado detrás de otra puerta cerrada. De pronto, el recuerdo de aquella otra voz me hizo comprender por qué estaba tan angustiada. ¡Lawand! ¡Amani rezaba con las mismas ansias que su prima Lawand!

No sabía por qué, pero la conducta de Amani desde que iniciáramos el primer rito del día me resultaba vagamente familiar. La locura de Lawand había surgido de nuevo en la terrible intensidad de la mirada de Amani.

¡Amani estaba siguiendo los pasos de su prima!

Lawand, una prima hermana de Kareem por parte paterna, había estudiado en un colegio de Ginebra. La decisión de sus padres de enviarla a estudiar al extranjero resultó un tremendo error. En Ginebra, Lawand tuvo relaciones sexuales con varios jóvenes y se hizo adicta a la cocaína. Una noche, cuando se escapaba de su habitación, la directora la descubrió y telefoneó a su padre para que fuera a recoger a su díscola hija.

Al enterarse de la conducta de su hija, su padre y dos de sus hermanos viajaron a Ginebra y la ingresaron en un centro de rehabilitación para toxicómanos en Suiza. Al cabo de seis meses, concluido el tratamiento, Lawand regresó a Arabia Saudí. La familia, sumida en la vergüenza y la ira, decidió castigarla confinándola en un pequeño estudio de la casa para que tomara conciencia de la ofensa que había cometido contra la religión musulmana.

Recuerdo que cuando me estaban poniendo al corriente de todo lo sucedido con Lawand, pensé en Sameera, la mejor amiga de mi hermana Tahani. Sameera era una chica hermosa e inteligente a la que habían privado de su libertad y encerrado en la oscura prisión de la habitación de las mujeres. Lawand recuperaría algún día su libertad, pero a Sameera sólo la muerte podría sacarla de su cárcel.

Ahora consideraba que Lawand, después de todo, había tenido suerte. Sabía que su padre no era una persona insensible, capaz de encarcelar a su hija de por vida, ni de condenarla a morir dilapidada, y experimenté un gran alivio en lugar de la indignación que me solía asaltar ante todos estos casos de injusticias.

Qué afortunado es el ser humano que no tiene recuerdos, pues éstos suelen convertir a la víctima de la represión en la viva imagen de su represor. Los hombres de mi familia habían acatado la ley de la obediencia: la estructura de nuestra sociedad se basaba en la perfecta obediencia de los hijos a sus padres, y de las esposas a sus maridos. Sin esa obediencia, la anarquía se apoderaría de nuestras vidas. Por lo tanto, los varones de mi familia declararon que el castigo impuesto a Lawand era justo.

Visité a la familia en numerosas ocasiones con el ánimo de consolar a la madre y a las hermanas de Lawand, por las que sentía mucha lástima. Ellas hablaban con Lawand a través de la puerta cerrada con llave. Al principio, Lawand suplicaba perdón y rogaba a su madre que la liberara.

Sara y yo les pasábamos clandestinamente mensajes, aconsejándole que pensara en silencio, que leyera los libros y pasara el tiempo con los juegos que le hacían llegar por una pequeña abertura destinada a suministrarle la comida y a retirar el balde con sus excrementos, pero a Lawand no le interesaba ocupar su tiempo en pasatiempos silenciosos.

Tras varias semanas de confinamiento, Lawand se acercó a Dios y empezó a rezar; declaró que reconocía lo equivocado de su conducta y juró a sus padres que jamás volvería a cometer ningún error.

Su madre suplicó a su marido que la pusiera en libertad y le dijo que estaba convencida de que de ahora en adelante Lawand llevaría una vida piadosa. Pero éste creía que su hija trataba de engañarlos, fingiendo que había vuelto a obedecer los principios de la religión musulmana para obtener la libertad.

Fueron pasando los días, y Lawand no hacía otra

cosa que rezar; llegó incluso a no contestar a nuestras llamadas. Me di cuenta de que tenía alucinaciones porque hablaba con Dios tratándolo como un igual, diciéndole a gritos que lo representaría en la tierra y que enseñaría a sus seguidores un nuevo código moral que sólo ella conocía.

En una de mis visitas, su madre y yo oímos cómo gritaba y reía enloquecidamente; cuando regresé a casa le dije a Kareem que estaba convencida de que Lawand se había vuelto loca.

Kareem fue a hablar con mi suegro, que era el hermano mayor del padre de Lawand y tenía autoridad sobre toda la familia. Mi suegro le convenció de que pusiera a su hija en libertad; estaba convencido de que Lawand podría reunirse con su familia y llevar una vida normal.

El confinamiento de once semanas había terminado, pero la tragedia familiar se agravó inmediatamente. Durante el encarcelamiento, Lawand se había impuesto llevar una vida de austeridad ascética, y cuando salió de la habitación, embebida de fervor islámico, estaba convencida de que había llegado el momento del esplendor del Islam.

El día de su liberación, les dijo a todos los miembros de su familia que los musulmanes debían denunciar los lujos y los vicios. Llegó incluso a reprender a sus hermanas por usar kohl, colorete y esmalte de uñas. No contenta con esto, arrancó a su madre el collar que llevaba y arrojó las piedras preciosas al retrete. Las mujeres de la casa no podían dominarla y varias personas resultaron heridas. El médico del palacio le puso una inyección y le recetó tranquilizantes.

Lawand no volvió a hacer uso de la violencia por un tiempo, pero de vez en cuando estallaba y se ponía a insultar al primero que se le ponía delante.

Un día le arrancó unos pendientes de oro a mi hermana Sara, gritando que con aquellas joyas ofendía a Dios.

Recuerdo que durante unas vacaciones en Estados Unidos pensé que sería bueno contar con algo para protegerme de Lawand, y me compré un espray de gases lacrimógenos. Lo escondí en mi equipaje y no le dije nada a mi marido. Cuando iba a visitarla lo llevaba escondido en una pequeña bolsa.

Desgraciadamente, una tarde que me encontraba de visita en su casa, Lawand decidió descargar contra mí su fervor religioso. Estábamos conversando tranquilamente sobre mi último viaje a América, cuando de pronto Lawand empezó a ponerse nerviosa y a buscar alguna muestra de ofensa contra Dios.

Dominada por un ataque de locura pasajero, empezó a criticar el atuendo de su madre, que según ella no era el adecuado para una creyente musulmana. Fascinada, la vi cómo doblaba cuidadosamente su servilleta y cubría el cuello de su madre con ella. Luego, y sin avisar, Lawand empezó a maldecir a gritos; se dio la vuelta y se quedó mirándome. Se había fijado en mi collar de perlas. Recordé el consejo de Kareem de que no me pusiera joyas para ir a su casa, pero ya era demasiado tarde.

Lawand, pálida, con el rostro desencajado por la pasión y el fervor religioso me miró amenazadoramente y sentí que corría un grave peligro. Rápidamente metí la mano en mi bolsa y saqué el espray, advirtiendo a mi prima que se marchara de la habitación o se sentara inmediatamente, de lo contrario me vería obligada a defenderme.

La madre de Lawand se puso a gritar, arrastrando a su hija por la manga; Lawand la apartó de un empujón y se abalanzó sobre mí, acorralándome en un rincón, entre una lámpara y una butaca.

Precisamente en ese momento llegó Sara, que había quedado en encontrarse conmigo en casa de Lawand. Vi que Sara llevaba a su hijo menor en brazos.

Cuando Sara vio aquella escena se quedó boquiabierta;

pero como conocía muy bien la debilidad de Lawand, re-
cobró inmediatamente la calma e intentó convencerla con
buenas palabras para que abandonara aquella actitud.
Lawand, astutamente, fingió obedecerla; depuso su actitud
agresiva y empezó a frotarse las manos nerviosamente.

Como no confiaba en aquella lunática, le dije a Sara
que cogiera al niño y saliera corriendo de la habitación.
Al oír mis gritos, Lawand se dio la vuelta y se abalanzó
sobre mí con los brazos extendidos, con la intención de
arrancarme mi collar de perlas.

Cogí el espray de gases con ambas manos y Lawand
se arrodilló ante mí. Entonces recordé haber leído que
para reducir a los locos hace falta tener mucha fuerza, así
que, llevada por la rabia del momento, rocié varias veces
a Lawand, pero con tan mala suerte que su madre y una
de sus hermanas también llegaron a respirar los gases.

Lawand se recuperó rápidamente del ataque y perdió
su afición por las peleas.

Finalmente su padre se dio cuenta de que su hija necesitaba ayuda profesional, y la envió a Francia, donde
pasó un año hasta estar plenamente recuperada.

Después de aquel incidente, su madre y su hermana
tuvieron que recibir atención médica. El médico paquistaní al que llamaron para que atendiera a las mujeres tuvo
dificultades para conservar su seriedad profesional cuando le dijeron que una princesa de la familia real había
rociado con gases lacrimógenos a otras tres princesas.

La familia de Kareem opinó que me había precipitado atacando a mi agresora, pero yo me resistía a que me
acusaran por haberme defendido de una loca, y así lo
manifesté. Les dije, indignada, que en lugar de criticar-
me deberían mostrarme su agradecimiento, porque
aquel suceso había sido el catalizador de la recuperación
de Lawand.

Algunas personas tienen la costumbre de condenar
mis actos y considerarme una persona exaltada, pero soy

sumamente seria cuando se trata de asuntos de mujeres.

En una ocasión le preguntaron a un hombre muy sabio cuál era la verdad más difícil de desvelar: su respuesta fue: «Conocerse a uno mismo.» Otros pueden tener dudas, pero yo conozco bien mi carácter. Es indudable que soy demasiado espontánea, pero es precisamente la energía de mis actos la que me proporciona fuerza para luchar contra los que dominan a las mujeres de mi país; y me atribuyo cierto éxito en la lucha contra las cadenas de la tradición.

Ahora, al recordar la obsesión pasajera y desmesurada de Lawand por su fervor fundamentalista malsano, empezaba a preocuparme el exagerado capricho de mi hija por la religión.

Yo creo en el Dios de Mahoma, pero tal como yo interpreto su religión, son las personas que participan en el amor, en la lucha, en el sufrimiento y en el placer las que viven de acuerdo con Dios. No tengo ningún interés en que mi hija rechace la rica complejidad de la vida y reafirme su futuro en el desolado ascetismo de la interpretación militante de nuestra religión.

Fui corriendo a buscar a mi marido y, atolondrada, le dije:

—¡Amani está rezando!

Kareem, que estaba leyendo el Corán tranquilamente, me miró como si me hubiera vuelto loca.

—¿Rezando? —preguntó, sin entender que yo reaccionara de aquella forma ante otro tipo de comunicación con Dios.

—¡Sí! —exclamé—. Está rezando como una desesperada —insistí—. ¡Ven a verlo con tus propios ojos!

Enfadado, Kareem dejó su Corán en el escritorio y con expresión de incredulidad, salió conmigo de la habitación para complacerme.

Desde el pasillo que conducía al dormitorio de Amani oímos cómo entonaba sus fervorosas oraciones.

Kareem irrumpió en su habitación; nuestra hija se dio la vuelta y nos miró con expresión de cansancio y sufrimiento.

—Amani, creo que te conviene descansar un poco –dijo Kareem con cariño–. Vete a la cama; tu madre te llamará dentro de una hora para cenar.

Amani, con expresión afligida, no contestó, pero, obedeciendo a su padre, se echó en la cama, completamente vestida, y cerró los ojos.

Vi que mi hija seguía moviendo los labios, rezando en silencio.

Kareem y yo dejamos a nuestra hija sola. En el salón, mientras tomábamos café, Kareem me confesó que estaba un poco preocupado, pero que no compartía mis exagerados temores de que Amani se estuviera sumiendo en una pasión medieval repleta de pensamientos de pecado, sufrimiento e infiernos. Calló unos momentos y luego añadió que mi aprensión estaba directamente relacionada con las desquiciadas acusaciones que Lawand dedicaba a los seres humanos. Dijo que el despertar religioso de Amani no era resultado de la locura, sino de la inmensa felicidad que le había inspirado el *Haj*.

—Ya verás –prometió– cómo cuando volvamos a la rutina se lanzará de nuevo a recoger animales extraviados y su fanatismo religioso no será más que un vago y lejano recuerdo.

Mientras sonreía me dijo:

—Sultana, por favor, déjala tranquila para que pueda olvidar sus problemas diarios y comunicarse con Dios. Ése es el deber de todos los musulmanes.

Asentí con la cabeza; respiré con alivio y deseé que Kareem tuviera razón.

Pero como no quería dejarlo todo al azar, aquella noche, en mis oraciones, pedí a Dios que Amani volviera a ser la niña de antes.

Aquella noche tuve diversas pesadillas: soñé que mi

hija se marchaba de casa para unirse a una organización de extremistas religiosos de Amman, Jordania, que se dedicaba a rociar con gasolina la ropa de las mujeres trabajadoras para luego prenderles fuego y dejar morir quemadas a esas mujeres que consideraban blasfemas.

6. *HAJ*

Ahora los países árabes seguirán los pasos
de Irán. Egipto no será el primero en caer,
pero tarde o temprano lo hará. Las mujeres
serán las primeras en sufrir el recorte de los
derechos humanos. Nasser, y luego Sadat, les
ofrecieron los derechos que les correspondían
como seres humanos. Pero los tribunales ya
han anulado la ley que otorgaba a las mujeres
el derecho de divorciarse de los maridos que
tomaban segundas esposas. Las mujeres egipcias temblamos al pensar lo que está por llegar, y bromeamos diciendo que pronto com-
partiremos el funesto destino de nuestras
hermanas saudíes.

Comentarios de una peregrina feminista egipcia a Sara Al-Saud, durante el *Haj* de
1990.

A la mañana siguiente, al ver a Amani, pensé que Dios
había escuchado mis súplicas, pues mi hija volvía a ser la
misma de siempre. Era como si el sueño hubiera borra-
do la apoteosis del sufrimiento humano que había visto

reflejado en su rostro el día anterior. En el desayuno, que consistía en melón con yogur y trozos de *kibbeh* que habían sobrado de la cena, Amani estuvo bromeando y riendo con su hermana Maha.

Nuestro chófer nos condujo al Valle de Mina, situado a aproximadamente ocho kilómetros al norte de La Meca. Íbamos a pasar la noche en Mina, en una tienda con aire acondicionado y todo tipo de comodidades que Kareem había ordenado preparar. Los niños estaban emocionados con aquella idea porque hasta entonces nunca habíamos realizado ese ritual.

Por el camino adelantamos a cientos de autocares que conducían a los peregrinos al valle. Miles de fieles realizaban el trayecto de ocho kilómetros a pie, por los arcenes de la autopista. Musulmanes de todas las nacionalidades cumplían su deber de asistir al *Haj*. Al pasar por su lado, yo examinaba sus rostros meticulosamente y podía comprobar que todos ellos iban rezando a Dios.

Convencida de que Amani había vuelto a la normalidad, recuperé la alegría que me causaba el hecho de formar parte de aquella maravillosa reunión de fieles.

Durante nuestra estancia en el Valle de Mina, Kareem se encontró con un viejo amigo al que conoció en Inglaterra. Se trataba de un egipcio llamado Yousif. Todos pudimos ver sorprendidos cómo Kareem se apartaba de mi lado para abrazar calurosamente a un hombre que ninguno conocíamos.

Yousif tenía la nariz larga y ligeramente curvada, pómulos prominentes y barba rizada. Lo que más me llamó la atención fue el indiscutible e intenso desdén con que nos miró a las mujeres.

Al oír el nombre de aquel hombre, recordé que mi marido me había hablado de él; a mi mente acudieron algunas cosas que Kareem me había contado sobre aquel amigo suyo. Desde nuestra boda, cada vez que viajábamos a nuestra villa de El Cairo, Kareem recordaba a su compañero de estudios egipcio. Se proponía buscar a su viejo amigo para hablar con él de los viejos tiempos, pero nuestros numerosos compromisos familiares siempre acababan impidiéndoselo.

Ahora, tras echar un rápido vistazo a aquel hombre, me alegraba de que los planes de Kareem nunca se hubieran materializado, porque sentí una inmediata antipatía hacia aquel malvado personaje que, a juzgar por su conducta, detestaba a las mujeres.

Me pregunté qué habría provocado semejantes cambios en la vida de Yousif, porque ahora recordaba que Kareem me había dicho que su amigo resultaba encantador, que eran pocas las mujeres que se le podían resistir y que Yousif nunca dormía solo.

Kareem y Yousif se conocieron mientras estudiaban en Londres. Por aquel entonces Yousif era un individuo feliz y despreocupado al que sólo le interesaba distraerse con mujeres occidentales en los casinos. Kareem decía que Yousif era muy inteligente y no necesitaba estudiar; aquello le permitía salir con una mujer diferente cada semana. Pese a la insaciable necesidad de compañía femenina del egipcio, Kareem le había pronosticado un brillante futuro a su amigo en el mundillo legal y político de Egipto, porque Yousif tenía una mente muy ágil y unos modales muy agradables.

Yousif se graduó en la universidad de derecho un año antes que Kareem, y desde entonces no habían vuelto a verse.

Mientras Yousif y Kareem se saludaban, mis hijas y yo nos quedamos atrás, como solemos hacer ante la presencia de un hombre que no pertenece a nuestra familia, pero pudimos oír todo lo que ellos decían.

Por lo visto Yousif había cambiado radicalmente desde sus años de estudiante; tras una breve conversación, resultaba evidente que mi marido y él ya no tenían nada en común.

Yousif se mostró extrañamente reservado respecto a su profesión, y ante las insistencias de Kareem para que le hablara de su carrera profesional, el hombre se limitó a decir que había cambiado mucho y que ahora se interesaba más por los aspectos tradicionales del Islam.

Yousif, orgulloso, le explicó que en los últimos años se había casado con una mujer que le había dado dos hijos varones, y de la que se había divorciado. Después se había casado con una segunda mujer que le dio cinco hijos varones. El hombre se jactaba de la alegría que suponía tener siete hijos. Yousif mencionó que había logrado la custodia de los hijos del primer matrimonio para proteger a los niños de la influencia de su primera esposa, una mujer moderna que se empeñó en trabajar fuera de casa. Era una maestra con ideas nuevas sobre las mujeres y su papel en la sociedad, explicó Yousif con desprecio.

Al mencionar el nombre de su primera esposa, Yousif escupió en el suelo y dijo que, gracias a Dios, Egipto estaba volviendo a las enseñanzas del Corán y que pronto la ley de Mahoma gobernaría la vida de los egipcios para poner fin al inadecuado sistema legal laico que animaba a las mujeres a salir del retiro, o *purdah*.

Al oír aquello, desperté y estuve a punto de intervenir en su conversación para decirle a aquel hombre lo que pensaba, pero el amigo de Kareem siguió hablando y sus revelaciones consiguieron dejarme muda de asombro.

Yousif dijo a Kareem que se consideraba muy afortunado por no haber tenido la desgracia de engendrar hijas ya que las mujeres eran la fuente de todos los pecados, y que si un hombre tenía que malgastar sus energías en su cuidado no le quedaba tiempo para cumplir otras obligaciones mucho más importantes.

Sin dar oportunidad a Kareem de replicar a aquellos

comentarios, Yousif empezó a contarle la historia de un hombre que había conocido en La Meca. Se trataba de un musulmán de la India que quería quedarse a vivir en Arabia Saudí porque en su país había una orden de detención contra él. Dos días antes de su partida hacia Arabia Saudí, las autoridades habían descubierto que él y su mujer habían asesinado a una de sus hijas haciéndole beber agua hirviendo.

Yousif pidió a Kareem su opinión sobre aquel caso; antes de que mi marido pudiera responder, el egipcio retomó su brutal discurso y dijo que él creía que el hombre no merecía ser castigado porque no era más que una víctima de su propia obsesión por tener un hijo varón después de haber sido padre de cuatro hijas. Yousif reconoció que el Profeta no permitía aquella práctica, pero según él en aquel caso las autoridades no deberían intervenir en un asunto privado que no perjudicaba a nadie salvo a la niña.

A continuación le preguntó a Kareem si podría ayudarle a conseguir un visado de trabajo para el indio y, quizá, ofrecerle un empleo en Arabia Saudí para que no tuviera que volver a su país y someterse a un juicio.

Yousif no se había molestado en conocer el sexo de los hijos de su amigo, y mi marido empezaba a respirar con dificultad. Conociendo las opiniones de Kareem respecto a aquellos temas, pensé que estaba a punto de derribar a su antiguo amigo de un puñetazo.

Vi que a Kareem se le enrojecía el cogote y supe que estaba furioso. Como si tuviera ojos en la nuca, me indicó con la mano que me apartara. Kareem, sin perder la compostura, explicó a su amigo que a él Dios le había dado dos hijas preciosas y un hijo, y que amaba a sus hijas tanto como a su hijo.

Yousif, que era muy descarado, expresó sus condolencias por aquellas dos hijas y le dijo que era una lástima que tuviera dos niñas. A continuación empezó a hablar de las ventajas que suponía tener hijos y le preguntó por qué no había tomado otra esposa. Según él, Kareem podía permitirme quedarme con las niñas, y encargarse él de criar al varón.

Kareem, conteniendo su ira, recordó a Yousif las enseñanzas de Mahoma y le preguntó:

–Tú que te jactas de ser un buen musulmán, Yousif, ¿no te acuerdas de las palabras que dirigió el Profeta a un hombre cuando éste entró en la mezquita para hablar con él?

Yo conocía muy bien la historia porque Kareem siempre la utilizaba para ilustrar la imparcialidad del Profeta respecto a las mujeres cuando yo le hablaba enfurecida de los extremistas de mi país.

Yousif escuchó sin inmutarse; estaba claro que no le interesaban las palabras del Profeta si esas palabras no coincidían con su forma de entender la vida.

Kareem continuó; estaba decidido a dar una lección a Yousif utilizando el intelecto y las enseñanzas de otro hombre elegido por Dios para difundir su religión, en lugar de recurrir a la fuerza bruta. La verdad es que yo estaba deseando que Kareem le diera una paliza, pero aun así me sentí orgullosa cuando Kareem habló con la pasión de un muecín, invocando a los fieles a la oración, y contó la historia del profeta Mahoma para recordar a todos los padres la igualdad de sus hijos, indiferente a su sexo:

–Un hombre entró en la mezquita y se acercó al Profeta. Se sentó y empezó a hablar. Al cabo de un rato, sus dos hijos, un niño y una niña, entraron en la mezquita. Primero entró el niño, al que el hombre saludó cariñosamente, y se sentó en el regazo de su padre mientras éste seguía hablando con el Profeta.

»Después entró la niña; se acercó a su padre, que ni la besó ni la sentó en su regazo como había hecho con su hijo. Le hizo señas para que se sentara enfrente de él y siguió hablando con el Profeta.

»El Profeta, muy disgustado por la actitud del hombre, preguntó: "¿Por qué no tratas por igual a los niños? ¿Por qué no has besado a tu hija y sí a tu hijo? ¿Por qué no la has dejado sentar en tu regazo?"

»Al oír las palabras del Profeta, el hombre sintió vergüenza; se dio cuenta de que no se había portado bien con sus hijos.

»"Los hijos y las hijas son la bendición de Dios –dijo el Profeta–. Ambos son un valioso bien y por lo tanto deben ser tratados por igual."

Kareem se quedó mirando a Yousif, como diciendo: «Y bien, ¿qué tienes que decir a eso?»

Yousif era un maleducado. Ignorando el evidente disgusto de Kareem ante su actitud hacia las mujeres, y pasando por alto las palabras del Profeta, siguió con su diatriba contra las mujeres, citando el *Libro Verde*, escrito por el presidente Gadaffi de Libia, un hombre famoso por su estricta interpretación del papel que desempeñan las mujeres en la vida islámica. Al ver que no había convencido a Kareem, concluyó sus esfuerzos recordándole el fracaso de la unidad familiar en los países occidentales:

–Dios ha asignado deberes diferentes a hombres y mujeres. Las mujeres están creadas para la procreación y nada más. Vamos, Kareem, no irás a negar que las mujeres son exhibicionistas por naturaleza. Esa tendencia no se puede cambiar, pero el deber del hombre consiste en mantener a las mujeres apartadas de los hombres; de otro modo, ellas desperdician su belleza y entregan sus encantos al primero que se lo pide...

Kareem, furioso, se dio la vuelta y se alejó de su amigo. Se llevó a sus mujeres de allí con el rostro desencajado.

Al cabo de un rato me dijo:

–Ese Yousif se ha convertido en un hombre peligroso.

Antes de irnos volví a mirar a Yousif; jamás había visto una expresión tan malvada en el rostro de una persona.

Sin esperar más, Kareem llamó a su cuñado Mohammed por su teléfono portátil y le pidió que hiciera algunas averiguaciones sobre las actividades de Yousif, explicándole que aquel hombre era extremadamente radical y
que probablemente era un alborotador.

Al cabo de pocas horas, Mohammed habló con Kareem y le dijo que estaba en lo cierto: Yousif era un há-
bil abogado cuyos clientes eran miembros del Gamaa Al
Islamiya, un grupo extremista islámico egipcio fundado
a principios de los años ochenta, responsable de la violencia militante en Egipto.

Kareem estaba perplejo; Yousif representaba a hombres que intentaban derrocar el gobierno laico de Egipto. Las autoridades egipcias dijeron a Mohammed que
no había ningún cargo contra Yousif, pero que mientras
estaba en Egipto era sometido a una estrecha vigilancia.
Mohammed añadió que había alertado a las fuerzas de
seguridad saudíes acerca de Yousif para que se asegura-
ran de que no provocara ningún altercado durante su
estancia en Arabia Saudí.

Al cabo de un año, Kareem se enteró de que Yousif
había sido detenido en Assiut, en el sur de Egipto, acusa-
do de ser el líder del grupo extremista musulmán. En un
programa informativo de la televisión, vio unas imágenes
de su amigo en la cárcel. Kareem siguió de cerca su caso y
sintió alivio al saber que Yousif no había sido condenado
a muerte; yo, por el contrario, pensé que el mundo seguiría siendo un lugar muy peligroso con hombres como
aquél y que su muerte me habría aliviado.

Pese a que estábamos en el *Haj* y sabíamos que no
debíamos ocuparnos de asuntos mundanos, Yousif había impresionado tanto a nuestras hijas que Kareem pensó que lo mejor sería hablar del tema y tranquilizarlas
dándoles a entender que los hombres como Yousif no
constituían más que un episodio pasajero en la larga historia del Islam.

Después de la cena, nos sentamos para hablar de Yousif y de lo que éste representaba en el mundo musulmán. Preguntamos a los niños qué les parecía lo que habían oído.

Abdullah fue el primero en hablar, parecía muy afectado; en su opinión el Islam estaba cambiando y esos cambios iban a afectarnos a todos porque los grupos extremistas se habían propuesto derrocar la monarquía saudí. Creía que nuestro país seguiría los pasos de Irán y que terminaríamos teniendo un jefe de gobierno como Jomeini. Abdullah continuó diciendo que veía a la generación de Al-Saud a la que él pertenecía viviendo en la Riviera francesa, y eso le preocupaba.

Maha, después de oír las opiniones de Yousif sobre las mujeres, estaba furiosa y pretendía que su padre lo mandara detener acusándolo de espionaje. Le habría gustado que lo decapitaran, aunque fuera bajo acusaciones falsas.

Amani, más reflexiva, dijo que el amor de los musulmanes por todo lo occidental estaba haciendo que personas como Yousif ganaran cada vez más poder en nuestros países.

Kareem y yo nos miramos; a ninguno de los dos nos gustó la opinión de nuestra hija menor.

Maha dio un pellizco a su hermana y la acusó de defender las palabras de Yousif.

Amani se defendió de aquella acusación diciendo que no estaba de acuerdo con Yousif, pero que seguramente la vida sería más sencilla si el papel de las mujeres estuviera mejor definido y no expuesto a continuas discusiones y cambios. Comentó que antes de la construcción de las ciudades, en las sociedades de los beduinos, los hombres y las mujeres no vivían en la confusión que reinaba hoy en día.

¡Tal como yo temía! Mi hija estaba retrocediendo en el tiempo; estaba perdiendo su orgullo femenino y me pregunté qué podría hacer para destacar su valor como mujer moderna de una civilización en desarrollo.

Abdullah se echó a reír y preguntó a Amani si sentía nostalgia de la época en que las recién nacidas eran enterradas en la arena del desierto.

—No es demasiado tarde para recuperar aquella práctica —añadió—, el mismo Yousif podía presentarnos a un hombre que había matado a su propia hija.

Kareem, sabiendo que Amani estaba pasando por unos momentos difíciles, miró con desaprobación a su hijo y dijo que el motivo de la conversación era demasiado serio como para bromear. Aquella terrible práctica suponía todavía un problema en la India, Pakistán y China. Kareem continuó explicándonos que había leído un artículo en un periódico extranjero en que aparecían unas estadísticas alarmantes. En esos países había varios millones de hembras desaparecidas y nadie demostraba ningún interés particular en averiguar su paradero.

Mi marido estaba tan sensibilizado por aquel tema que insistió en seguir hablando de la salvaje práctica del infanticidio. Me sorprendió oírle contar a mis hijos una historia que yo ignoraba que conociera con tanto detalle.

Los chicos se quejaron, diciendo que eran demasiado mayores para que su padre les contara cuentos, pero mi marido insistió, pues según él las estadísticas no nos impresionaban demasiado, pero las historias terribles sí llegaban a nuestro corazón y hacían que la comunidad mundial tomara medidas para solucionar problemas sociales.

Mi marido me seguía sorprendiendo; me dispuse a escuchar el famoso relato musulmán transmitido de generación en generación desde los tiempos del profeta Mahoma.

—Antes de que el profeta Mahoma fundara la fe islámica, había una tribu en Arabia que tenía por costumbre enterrar vivas a las recién nacidas, cosa que sigue ocurriendo actualmente en algunos países.

»El jefe de esta tribu era Qais bin Asim. Cuando se convirtió al Islam, confesó una historia espantosa al profeta Mahoma.

»"¡Oh Mensajero de Dios! Mientras yo estaba de viaje mi esposa dio a luz a una niña. Ella, temiendo que yo enterrara viva a nuestra hija, la amamantó durante unos días y luego se la entregó a su hermana para que otra mujer la criara. Mi esposa rezó para que yo me apiadara de la niña cuando hubiera crecido. Cuando regresé a mi casa, me dijeron que mi esposa había dado a luz a un niño muerto y no volvió a hablarse más del asunto. La niña siguió creciendo junto a su tía. Un día me ausenté de mi casa y mi esposa, creyendo que tardaría más en volver, llamó a su hija para disfrutar de su compañía durante mi ausencia. Pero yo volví antes de lo que tenía pensado. Al entrar, vi a una niñita preciosa jugando con mi esposa. Al verla sentí una súbita oleada de amor por aquella criatura. Mi mujer lo notó y pensó que había oído la llamada de la sangre y que mi amor paterno por la niña surgiría espontáneamente. Le pregunté: ¿De quién es esta encantadora niña? Mi esposa me contó la verdad; yo no pude disimular mis sentimientos y cogí a la niña en mis brazos. Su madre le dijo que yo era su padre, y ella, emocionada, empezó a gritar: ¡Mi padre! ¡Mi padre! Sentí un placer indescriptible cuando la niña me rodeó el cuello con sus brazos para demostrarme su cariño.

»"Pasaron los días y la niña se quedó en nuestra casa, libre de preocupaciones; pero yo a veces me quedaba mirándola mientras pensaba: Algún día tendré que entregar a esta niña en matrimonio; tendré que soportar el insulto de que otro hombre tome a mi hija por esposa. No podré mirar a la cara a otros hombres, sabiendo que mi hija comparte el lecho con un hombre. Esa idea no me abandonaba y me torturaba constantemente. Finalmente, mis malos pensamientos me hicieron perder la paciencia y, después de pensarlo mucho, decidí que tenía que deshacerme de aquel estigma de vergüenza y humillación que se cernía sobre mí y mis antepasados: tenía que enterrar viva a mi hija. Como no podía contarle mi plan a mi esposa, un día le pedí que arreglara a la niña porque quería llevármela a una fiesta. Mi esposa la bañó y le puso un hermoso vestido. La niña estaba muy emocionada porque creía que iba a venir conmigo a una fiesta.

»"Salimos de casa; ella estaba muy contenta y de vez en cuando echaba a correr, sin parar de reír y charlar alegremente. Mientras yo sólo pensaba en deshacerme de ella cuanto antes, la pobre niña, que ignoraba mis siniestras intenciones, me seguía inocentemente. Nos detuvimos en un paraje solitario y empecé a cavar en el suelo. La niña, sorprendida, me preguntaba: Padre, ¿por qué cavas un hoyo en la tierra? Yo no le prestaba atención. Cómo podía mi hija imaginar que estaba cavando un hoyo para enterrarla con mis propias manos. Mientras cavaba, el polvo y la tierra manchaban mi ropa y mis pies, y mi adorable hija me sacudía el polvo de los pies y la ropa diciendo: Padre, vas a estropearte la ropa. Yo no le hacía caso y fingía no oírla. Seguí cavando hasta que el hoyo fue lo suficientemente hondo. Entonces, cogí a mi hija y la arrojé al hoyo y empecé a cubrirlo a toda prisa. La pobre niña me miraba aterrorizada. Se puso a llorar desesperadamente, gritando: ¿Qué es esto, padre? ¡Yo no he hecho nada! ¡Por favor, padre, no me entierres! Pero yo seguí con mi trabajo, como si fuera ciego, sordo y mudo, sin prestar atención a sus ruegos.

»"¡Oh, gran Profeta de Dios, no tuve piedad de mi hija! Cuando terminé de enterrarla, exhalé un hondo suspiro de alivio y volví a mi casa satisfecho porque había salvado mi honor y mi orgullo de la humillación."

»Cuando el profeta Mahoma oyó esta desgarradora

historia sobre una niña inocente, no pudo controlarse y las lágrimas empezaron a correr por sus mejillas. Entonces le dijo al jefe de la tribu de Asim: "¡Qué crueldad! ¿Cómo puede alguien que no tiene piedad de otros esperar que Dios Todopoderoso se apiade de él?"

Kareem seguía mirando a sus hijos cuando empezó a contarnos otra historia igual de terrible que la anterior:

—Un hombre acudió a Mahoma para decirle que en una ocasión se había comportado como un ignorante. Empezó explicándole que hasta que había llegado el Profeta y desvelado los deseos de Dios él no tenía a nadie que lo aconsejara.

»"¡Oh Mensajero de Dios!, hemos adorado a los ídolos y matado a nuestras hijas con nuestras propias manos. Yo tuve una niñita preciosa. Cuando la llamaba, corría a mis brazos riendo, llena de alegría. Un día la llamé y ella vino corriendo. Le dije que me siguiera y me obedeció. Yo caminaba demasiado deprisa y ella tenía que correr detrás de mí. Cerca de mi casa había un pozo muy hondo. Cuando llegué al pozo, me detuve; cogí a la niña de la mano y la arrojé allí dentro. La pobre niña lloraba y me gritaba que la salvara. La última palabra que oí de sus labios fue: ¡Padre!"

»El Profeta lloró mucho rato y las lágrimas abundantes empaparon su barba. Sus lágrimas también lavaron nuestra ignorancia y las injusticias cometidas contra las mujeres. Por esta razón, hoy en día se considera un acto vil y cruel que un hombre entierre viva, arroje a un pozo o haga algún daño a sus hijas.

Abracé a mis hijas. Era como si el Profeta se encontrara entre nosotros y como si la trágica historia de aquellas dos niñas hubiera ocurrido en el presente y no siglos atrás. ¿Quién podía dudar de que el Profeta había luchado por abolir las prácticas injustas y las costumbres crueles? Había nacido en una época en que se adoraba a los dioses paganos, en que los hombres tomaban cientos de esposas, y en que la práctica del infanticidio era muy corriente. El profeta Mahoma tuvo que luchar mucho para abolir esas crueles prácticas, y las que no consiguió abolir las limitó.

Dije a mi familia que en mi opinión las tradiciones que habían sobrevivido a aquella época eran lo que todavía esclavizaba a las mujeres, y no el Corán. Mucha gente ignora que el Corán no impone el uso del velo, ni otras restricciones que soportan las mujeres musulmanas; son esas antiguas tradiciones lo que nos impide evolucionar.

A continuación nos pusimos a discutir por qué estaban las mujeres sometidas a los hombres. Maha insultó a su hermano Abdullah y le recordó que sus notas escolares eran más altas que las de su hermano. Cuando Abdullah se disponía a contestar, intervine para advertir a mis hijos que no debían llevar la conversación al terreno de lo personal.

Luego seguí diciéndoles que la vulnerabilidad física de la mujer tiene su origen en la función más importante de los humanos: el gasto de energía que supone parir y criar a los hijos. Siempre he pensado que eso es lo único que condena a las mujeres a la subordinación en todas las sociedades. En lugar de respetarnos por ser las que producimos la vida, se nos penaliza. En mi opinión ése es el gran escándalo de la civilización.

Abdullah, cuyo maestro favorito del colegio era un profesor de filosofía libanés, hizo una exhibición de sus conocimientos y nos dio una lección de historia sobre los lentos progresos de las mujeres desde los orígenes hasta la actualidad. Según él, al principio las mujeres no eran más que bestias de carga que cuidaban de sus hijos, recogían leña para el fuego, preparaban la comida, confeccionaban los vestidos y hacían de animales de carga cuando las tribus tenían que desplazarse. Los hombres arriesgaban su vida en la caza y su recompensa por suministrar carne a la tribu consistía en descansar el resto del tiempo.

Abdullah, para fastidiar a sus hermanas, hizo una exhibición de su poderosa musculatura y dijo que lo que había dado poder a los hombres había sido el uso de la fuerza; y que si sus hermanas estaban verdaderamente interesadas en lograr la igualdad de sexos lo que tenían que hacer era entrenarse en el gimnasio, en lugar de dedicar todo su tiempo libre a la lectura.

Kareem tuvo que impedir que las niñas se abalanzaran sobre él, pero Maha se libró de los brazos de su padre y propinó a Abdullah una patada en sus partes. Kareem y yo nos quedamos sorprendidos de su habilidad para atacar el punto débil de su hermano.

La actitud de mis hijos me hizo sonreír, pero en el fondo estaba triste por todo lo que las mujeres habíamos sufrido desde el principio de los tiempos. Siempre hemos sido utilizadas como esclavas para hacer el trabajo, y ahora, en muchos países del mundo, sigue ocurriendo lo mismo. En Arabia Saudí, las mujeres no son más que objetos hermosos, juguetes sexuales para proporcionar placer a nuestros hombres.

Estoy convencida de que las mujeres somos iguales que los hombres en resistencia, recursos y valor, pero también sé que no todas las mujeres de mi país pensamos lo mismo.

Kareem, que llevaba un rato callado, rompió su silencio y dijo que no podía dejar de pensar en su antiguo amigo Yousif y en el equivocado camino que había elegido. Me alegré de que hubiera sido testigo de la degradación de Yousif. Yo creía que por fin mi marido se había convertido en el hombre que yo había soñado, al reconocer el peligro que supone que hombres como Yousif adquieran poder en la sociedad.

–Son los hombres fracasados como Yousif –comentó Kareem– los que mantienen vivo el mito de que las mujeres son la fuente de todos los males. Para los hombres es un argumento seductor, pero ese argumento no hace más que crear una barrera de odio entre los dos sexos.

Kareem se dirigió a su hijo y dijo:

—Abdullah, espero que nunca te veas inclinado a negar el valor de las mujeres. Corresponde a tu generación acabar con este tipo de subyugación. Los hombres de mi generación, desgraciadamente, sólo han conseguido disfrazar la opresión de las mujeres.

No sabía lo que estarían pensando mis hijas; Maha parecía deprimida por el hecho de haber nacido en una sociedad tan reacia a llevar a cabo cambios sociales, mientras que Amani, que recientemente había buscado consuelo en la fe, parecía sentir el agobio de las sanciones tradicionales que favorecen la subyugación de la mujer.

Yo, por mi parte, me sentía amenazada por hombres como Yousif y su ideal de conducta para con las mujeres —a quienes consideraban perversas y, por tanto pretendían controlar—, y no me imaginaba un futuro en que las mujeres se verían obligadas a protegerse del floreciente movimiento extremista que exigía que se les prohibiera llevar una vida normal.

Mientras me preparaba para acostarme, pensé que el encanto del *Haj* se había desvanecido, pese a la nueva filosofía de Kareem, que preconizaba la liberación de las mujeres dentro de nuestra propia familia.

A la mañana siguiente, en nuestros rostros se reflejaba un gran cansancio; desayunamos en silencio y nos preparamos para la jornada más importante del *Haj*.

Recorrimos siete kilómetros en dirección norte, hasta la colina de Arafat. Según la leyenda, aquél era el lugar donde Adán y Eva se encontraron; también allí Dios ordenó a Ibrahim que sacrificara a su hijo Isma'il; y, por último, era el lugar donde el profeta Mahoma había pronunciado su último sermón, pues había muerto cuatro meses después.

Sin apenas mover los labios, repetí las palabras del Profeta:

–Tienes que presentarte ante tu Dios, que te pedirá cuentas de todos tus actos. Todos los musulmanes son hermanos. Sois una hermandad, y nadie tiene que quitarle nada a su hermano salvo con su libre consentimiento. Apartaos de la injusticia. Que los que estén presentes repitan mis palabras a los ausentes. Es posible que el que oiga estas palabras más tarde las recuerde mejor que el que las ha oído ahora.

Mientras subía por la empinada ladera del monte Arafat, grité:

–¡Aquí estoy, Dios! ¡Aquí estoy!

Era el día en que Dios perdona todos nuestros pecados.

Junto con el resto de peregrinos, estuvimos seis horas de pie en el desierto, bajo un sol abrasador. Rezábamos y leíamos el Corán. Mis hijas, como muchas otras personas, llevaban sombrilla para protegerse del sol, pero yo necesitaba soportarlo para dar testimonio de mi fe. Muchos hombres y mujeres que había a mi alrededor se desmayaban y los transportaban en camilla a las ambulancias dispuestas para atender a los enfermos.

Al atardecer nos trasladamos a la llanura que separa el monte Arafat y el monte Mina, descansamos un rato y a continuación reemprendimos nuestras oraciones.

Abdullah y Kareem recogieron piedras para los rituales del día siguiente. Todos estábamos muy cansados y apenas nos hablamos. Aquella noche dormimos poco porque teníamos que prepararnos para el último día del *Haj*.

Después de entonar el canto: «¡Estoy aquí para honrar a Dios, y para desafiar al diablo», cada uno de nosotros arrojó siete de las piedras que habían recogido Kareem y Abdullah contra los pilares de piedra que simbolizan al diablo. Los pilares flanquean el camino que conduce a Mina; fue allí donde Satanás intentó convencer a Ibrahim para que no sacrificara a Isma'il como Dios le había ordenado. Cada una de las piedras representaba un pensamiento negativo o una tentación de pecado o los sufrimientos de los peregrinos.

¡Después de esta acción, estábamos libres de pecado! El último rito del *Haj* consistía en llegar a la llanura de Mina, donde se estaban sacrificando ovejas, cabras y camellos para conmemorar la voluntad de Ibrahim de sacrificar a su querido hijo obedeciendo a Dios. Los carniceros caminaban por entre la multitud de peregrinos, ofreciéndose para matar a un animal a cambio de dinero. Después de cobrar, cogían al animal con cuidado y lo colocaban con la cabeza mirando hacia la Kaaba de la Mezquita Santa, mientras rezaban: «¡En nombre de Dios! ¡Dios es grande!» Después de la oración, degollaban al animal y dejaban que se desangrara antes de despellejarlo.

Amani, al oír los gritos de las pobres bestias y al ver toda aquella sangre, se desmayó. Kareem y Abdullah la llevaron a una de las ambulancias dispuestas para atender a los peregrinos. No tardaron en volver y nos dijeron que Amani estaba descansando cómodamente pero que seguía llorando porque la visión de aquella matanza le había resultado insoportable.

Kareem me miró como diciendo: «¿Lo ves?» Sentí cierto alivio al ver que la personalidad de Amani no había cambiado por completo, y confié en que Kareem tuviera razón al decir que cuando nos marcháramos de La Meca nuestra hija volvería a ser la de antes.

Mientras observábamos aquel violento espectáculo, me dije a mí misma que se trataba de un importante ritual. Los animales se sacrificaban para recordar a los peregrinos las lecciones aprendidas en el *Haj*: sacrificio, obediencia a Dios, piedad y fe.

Yo permanecí un rato observando los sacrificios de animales y pensé que siempre me había fascinado el proceso de desolladura. El carnicero practica un pequeño corte en la pierna del animal, y sopla por la abertura para separar la piel de la carne. A medida que el animal va aumentando de tamaño, el carnicero le golpea con un palo para distribuir bien el aire por todo su cuerpo.

Ya habían acabado los cuatro días de rituales: los musulmanes de todo el mundo se unían a nosotros en la celebración, lamentando no estar en la ciudad santa de La Meca; cerraban las tiendas, vestían ropa nueva y comenzaban sus vacaciones.

Cuando concluye el peregrinaje, la tradición nos manda a las mujeres cortarnos mechones de cabello y cambiar el sencillo atuendo por ropas llamativas; los hombres se ponen túnicas limpias de algodón, de un blanco reluciente.

Aquella tarde empezó la fiesta. Amani todavía estaba pálida, pero se había recuperado lo suficiente para unirse a los festejos, aunque se negó a comer carne.

Nos reunimos en nuestra tienda, intercambiamos regalos y nos felicitamos unos a otros. Rezamos nuestras oraciones y luego nos sentamos junto a una larga mesa para comer un maravilloso plato de cordero con arroz.

Las sobras del banquete se las dimos a los pobres. La mayoría de los peregrinos seguirían rezando y repetirían sus rituales durante los días siguientes, pero nuestra familia decidió volver a casa, a Jidda, para seguir con las celebraciones.

Nos preparamos para partir.

Ahora mis hijos estaban autorizados a interponer el título de *Hajii* a su nombre de pila aunque yo sabía que no lo harían. Esta costumbre sirve para recordar a todos los musulmanes que aquella persona ha cumplido con el quinto pilar del Islam. Por lo tanto, todos éramos conscientes de que al haber acudido al *Haj* habíamos complacido a Dios.

Recé a Dios para que librara a mi hija Amani de las ideas fundamentalistas que se estaban apoderando de ella; yo sabía que la inestabilidad emocional podía llevar a la persona a convertir la religión en una obsesión. No quería que mi hija fuera una víctima de los ideales militantes tan comunes en muchas religiones contra los que había luchado desde que tenía uso de razón. Pero no fue así; Dios había deparado a mi hija un futuro que no fue de mi agrado.

El viaje a La Meca fue una suerte y una desgracia para mi familia: Kareem y yo nos acercamos más el uno al otro y recuperamos gran parte de lo que habíamos perdido; Maha y Abdullah decidieron por fin convertirse en ciudadanos responsables; pero Amani se refugió en su melancolía.

Mis más profundos temores se hicieron realidad.

7. EXTREMISTAS

> Imaginémonos un país desértico sumido
> en la más absoluta oscuridad con muchos se-
> res vivos pululando, ciegos, por él.
>
> BUDA

El *Haj* había terminado, y se acercaba el verano. Durante el peregrinaje a La Meca, el caluroso aire del desierto no nos molestó demasiado porque teníamos la mente ocupada en asuntos más importantes relacionados con
nuestra vinculación espiritual con Dios.

Abandonamos La Meca y fuimos a nuestro palacio de
Jidda, con la intención de volver a Riad al día siguiente.
Pero no fue posible; mientras supervisaba los preparativos del viaje, Kareem entró en mi habitación y me dijo
que había cancelado nuestro vuelo porque los controla-
dores aéreos le habían comunicado que una violenta tor-
menta de arena se dirigía desde el desierto de Rub al-
Khali hacia la ciudad de Riad. Hay que tener en cuenta
que cada mes se acumulan en Riad 4.000 toneladas de
arena, sin que se haya producido todavía ninguna tor-
menta. Me alegré de poder escapar de la terrible tormen-

ta que iba a precipitarse sobre nuestra ciudad –la arena se
te mete en los ojos y en los poros y acaba por cubrirlo
todo–, y de quedarme un tiempo en Jidda, pese a que la
humedad de Jidda resulta más agobiante que el calor
seco de Riad.

Cuando los niños se enteraron del cambio de planes,
Abdullah y Maha se mostraron emocionados por pos-
poner el regreso a Riad y a la rutina y empezaron a su-
plicarnos que nos tomáramos unas breves vacaciones en
Jidda. Miré a mi marido y sonreí, pero mi sonrisa se desvaneció cuando me fijé en Amani, que estaba sentada en
un rincón de la habitación enfrascada en la lectura del
Corán. Amani se estaba convirtiendo en una reclusa y,
aparentemente, ni siquiera se daba cuenta de dónde estaba. Yo tenía la impresión de que mi hija menor había le-
vantado una barrera contra su comprensible deseo de
diversión, porque en el pasado a Amani le encantaba ba-
ñarse en las templadas y tranquilas aguas del mar Rojo.

Decidida a impedir que la conducta de Amani alterara
nuestro estado de ánimo, asentí con la cabeza respon-
diendo a la mirada interrogante de Kareem. Pese a la
humedad y el calor reinantes, optamos por quedarnos
dos semanas más en Jidda al ver que nuestros dos hijos
mayores no podían resistir la tentación de aquel espejo
azulado de las aguas del mar Rojo que contemplábamos
desde nuestro palacio.

La idea no me desagradaba porque, como muchos
miembros de la familia real, prefería la animada ciudad
portuaria de Jidda a la formalidad de Riad. Pensé que
podía aprovechar aquellas vacaciones para llevar a mis
hijas de compras a los modernos centros comerciales de
Jidda y visitar a algunos amigos de la familia. Si Amani
no hubiera elegido aquella ocasión para aumentar la distancia que empezaba a separarla de sus familiares, habrían sido unos días perfectos.

Un día, mientras estaba arrodillada en el largo pasillo que comunicaba las diferentes alas del palacio, mi hija Maha me descubrió intentando espiar a Amani a través de una rendija de la puerta que conducía a los baños turcos y al patio interior.

–¡Mamá! ¿Qué haces? –exclamó Maha, riendo, sin hacer caso de las señas que yo le hacía para que se alejara.

Amani oyó a su hermana y se dirigió hacia la puerta con paso decidido; yo intenté levantarme a toda prisa para alejarme de la puerta, pero me pisé el borde del vestido. Cuando intentaba liberarme, Amani abrió bruscamente la puerta y se quedó mirándome.

La expresión acusadora de mi hija me produjo una gran turbación; era evidente que se daba cuenta de lo que yo estaba haciendo.

Incapaz de reconocer ante ella mi despreciable comportamiento, fijé mi vista en la alfombra del pasillo y fingí limpiar unas manchas. Estaba decidida a mentir con la exagerada intensidad del que sabe que han descubierto su mentira.

–¡Amani, creía que estabas en tu habitación! –exclamé.

Continué examinando las manchas rojas de la alfombra y añadí:

–Niñas, ¿habéis visto estas manchas?

Mis hijas no contestaron.

Froté un poco más la alfombra, con expresión ceñuda, y con el vestido todavía enredado en el tacón de mi zapato me levanté y me fui cojeando por el pasillo.

–Los criados se están volviendo descuidados –mascullé–. Creo que esas manchas no van a salir.

Amani no estaba dispuesta a dejarme creer que mi mentira había resultado convincente y dijo:

–La alfombra no está manchada, mamá; son las rosas rojas del dibujo.

Maha no pudo contenerse y se echó a reír.

–Mamá, si quieres escucharme puedes venir –prosiguió Amani–. Ven a la habitación, por favor. –Dicho esto, cerró dando un portazo.

Los ojos se me llenaron de lágrimas y corrí hacia mi dormitorio. No soportaba la imagen de mi hermosa hija porque desde nuestro regreso de La Meca había empezado a vestirse de negro de pies a cabeza, hasta el extremo de ponerse unas medias gruesas y guantes negros. Mientras estaba dentro de casa, llevaba el rostro al descubierto y se cubría su hermoso cabello negro con un tocado que me recordaba a las pastoras yemeníes. Cuando salía del palacio se ponía un velo negro de tela gruesa que apenas le permitía ver, a pesar de que los guardias de Jidda eran mucho más permisivos con las mujeres que no llevaban velo que los de Riad. La capital del desierto es famosa entre los musulmanes por sus diligentes comités morales, compuestos de hombres malhumorados que persiguen a mujeres inocentes por las calles.

No podía hacer nada para convencer a mi hija de que se pusiera algo más cómodo que aquel mantón negro, aquel velo y aquel tocado, un atuendo que a la mayoría de los musulmanes de otros países les parece sencillamente ridículo.

No podía dejar de llorar, había luchado toda mi vida arriesgando mi felicidad para que mis hijas tuvieran derecho a llevar un velo muy fino, y ahora una de ellas despreciaba mi pequeña victoria como si ésta no tuviera ningún valor.

Pero eso no era lo peor; Amani no se contentaba con disfrutar a solas de su reciente descubrimiento de la fe y quería convencer a los demás. Solía invitar a sus mejores amigas y a cuatro de sus primas a nuestra casa para leerles el Corán y hablarles de su interpretación de las palabras del Profeta, inquietantemente parecida a la interpretación que yo tantas veces había oído del

Comité para el Fomento de la Virtud y la Prevención del Vicio.

En esas reuniones, la infantil vocecilla de Amani seguía resonando en mi cabeza cuando espantada corría a refugiarme en mis aposentos, preguntándome cómo iba a superar aquella última crisis de maternidad.

Otro día, la encontré en el pasillo recitando el Corán a una reducida audiencia:

> *¿Hacéis una señal*
> *en cada colina*
> *para divertiros?*

> *¿Construís lujosos edificios*
> *con la esperanza de vivir en ellos*
> *toda la vida?*

> *Y cuando ordenáis algo,*
> *¿lo hacéis como los hombres*
> *de poder absoluto?*
> *Obedeced a Dios*

> *y no obedezcáis a los extravagantes*
> *que perjudican vuestra tierra*
> *y no se corrigen.*

Amani tenía la intención de remarcar la similitud entre la familia real y los ostentosos pecadores de los versos del Corán.

–¡Mirad a vuestro alrededor! ¡Mirad el lujo de esta casa! ¡Un palacio construido para un Dios no podría ser más lujoso! ¿No estamos desobedeciendo las palabras de Dios al permitirnos vivir en esta opulencia?

Amani bajó la voz, pero yo cerré los ojos y me acerqué un poco más, escuchando con mucha precaución. Apenas la oía.

–Debemos renunciar a la extravagancia. Yo empezaré con mi ejemplo; daré a los pobres las joyas que me ha regalado mi familia. Si creéis en el Dios de Mahoma, también vosotras debéis hacerlo.

No conseguí oír la respuesta de la audiencia de Amani a la exagerada exigencia de su líder porque Maha apareció en el pasillo y de nuevo tuve que disimular.

Lo que sí hice fue correr al dormitorio de mi hija; abrí la caja fuerte que compartía con su hermana y retiré una gran cantidad de valiosos collares, pulseras, pendientes y anillos, y los guardé en la caja fuerte del despacho de Kareem. Escondí las joyas de mis dos hijas porque en su estado de exaltación religiosa Amani habría sido capaz de cualquier cosa.

El valor total de las joyas de Amani ascendía a varios millones de dólares; todas habían sido regalos de personas que la querían y que deseaban que tuviera asegurado su futuro. Decidí que si Amani quería ayudar a los pobres nosotros le daríamos dinero.

Al pensar en los millones de riyales que Kareem y yo hemos donado a lo largo de los años para combatir la pobreza, me sentí deprimida. Además del *zakah*, un porcentaje de nuestros ingresos anuales que no necesitamos para nuestros gastos diarios, hacíamos un donativo extra del 15 por ciento de nuestros ingresos para programas de educación y atención médica en varios países musulmanes menos afortunados que Arabia Saudí. Nunca hemos olvidado las palabras del Profeta: «Está bien que des limosna abiertamente, pero si lo haces en privado será mejor para ti; así expiarás algunos de tus pecados. Alá sabe todo lo que haces.»

Alguien debería recordarle a mi hija que sus padres dedicaban fuertes sumas de dinero a la construcción de hospitales, colegios y viviendas en los países musulmanes más pobres. ¿Acaso creía que nuestras contribuciones benéficas eran insignificantes? ¿Quería que sus familiares se convirtieran en mendigos, como aquellos a los que destinábamos una parte de nuestra riqueza?

Volví a echarme en la cama y estuve cerca de dos horas meditando, descartando ideas alocadas, sin saber cómo luchar contra una fuerza monstruosa.

Cuando Kareem volvió de su despacho de Jidda, me encontró a oscuras en mi habitación.

—Sultana, ¿te encuentras mal? —Kareem dio la luz y se acercó a mi cama, examinando mi rostro con preocupación—. ¿Tienes fiebre? Estás sofocada.

No contesté a sus preguntas pero respiré hondo y dije:

—Kareem, uno de tus vástagos planea el derrocamiento de la monarquía.

El rostro de Kareem pasó del marrón claro al rojo intenso en cuestión de segundos.

—¿Qué?

—Amani —dije con tono de resignación—. Nuestra hija ha convocado una reunión de jóvenes princesas y amigas suyas. He oído su conversación por casualidad. Está utilizando el Corán para ponerlas en contra del liderazgo de nuestra familia.

Kareem, incrédulo, chascó la lengua y se rió.

—Estás loca, Sultana. De nuestros hijos, Amani es la menos propensa a la violencia.

Negué con la cabeza.

—Ya no; la religión le ha dado fuerzas. Está empezando a parecerse más a un león hambriento que a un indefenso cordero.

Después le conté todo lo que había oído.

—Créeme, Sultana —insistió mi marido—. Esta pasión no es más que una etapa pasajera. Olvídalo; pronto se cansará de sus excesos.

Era evidente que Kareem estaba harto de oírme hablar de la conversión religiosa de Amani. Durante aquella última semana apenas había dedicado mi atención a otras cosas. La pasión de Amani por los aspectos más extremistas de la religión torturaba a su madre, mientras que su padre quitaba importancia al fervor de su hija bromeando y asegurando que no duraría mucho.

Perdí la esperanza de que Kareem y yo compartiéramos y resolviéramos aquella última crisis, a diferencia de lo que ocurrió en el caso de Maha. Sentía cómo las fuerzas me abandonaban; por primera vez desde el nacimiento de Abdullah, estaba cansada de ser madre, y pensaba en las nuevas generaciones de mujeres que se verían obligadas a cargar con la solitaria y desagradecida responsabilidad de parir, criar y educar a los hijos.

Con voz desgarrada, dije:

—¡Qué triste es la vida de las mujeres!

Temiendo que mi dolor me hiciera comportarme de forma extraña, Kareem me dio unas palmaditas en la espalda y, cariñoso, me preguntó si quería que me trajeran la cena a mi habitación. Dijo que él podía cenar con nuestros hijos si yo quería.

Exhalé un suspiro de mártir y decidí no quedarme sola; llevaba ya demasiadas horas pasadas en soledad, y no quería que Amani pensara que había derrotado a su madre. Me levanté y le dije que iba a arreglarme para la cena y que me reuniría con él abajo.

Al cabo de un rato, nos encontramos en el pequeño salón familiar y, como faltaba una hora para la cena, le pedí que me acompañara a dar un paseo por los baños turcos y el patio. Él pensó que me había puesto romántica y sus ojos me acariciaron con ternura.

Le devolví la sonrisa aunque sabía que sólo pretendía examinar el patio para ver si encontraba alguna prueba de que mi hija había celebrado una reunión religiosa con sus amigas y sus primas.

Entramos en un bonito y amplio patio encargado a un famoso diseñador italiano. Algunos de nuestros familiares habían intentado sin éxito copiar el encanto de nuestra original «sala turca». Lo primero que veías al entrar era una fuente situada al fondo del recinto. El agua de la fuente iba a parar a un estanque circular lleno de peces exóticos. Un sendero de piedra rodeaba el estanque, flanqueado por hermosas flores. A derecha e izquierda había dos zonas para sentarse. Las exuberantes plantas importadas de Tailandia caían sobre los muebles de junco cubiertos con cojines de colores pastel. En esos rincones había mesas de cristal, y era un lugar muy agradable donde solíamos desayunar.

Las paredes estaban hechas de un vidrio tintado especial, pero el follaje era tan abundante y denso que los abrasadores rayos de sol no nos molestaban. Kareem y yo recorrimos el camino que rodeaba la fuente, formado por losas en que había grabadas caras de varios animales salvajes. Me entristecí al ver la cara de una jirafa, pues recordé que Kareem había hecho grabar las piedras pensando en Amani y su pasión por los animales.

Llegamos a los baños turcos. En nuestra casa de El Cairo teníamos una sala igual, y yo pedí al diseñador italiano que construyera un duplicado en nuestro palacio de Jidda.

La casa de baños tenía cuatro salas, cada una de tamaño y estilo diferente a las que se llegaba por unas escaleras; sobre uno de los más grandes había un puente de piedra. Me quedé mirando cómo ascendía y se esfumaba el vapor que emanaba del agua.

Todos los miembros de la familia pasábamos agradables ratos en aquel recinto; precisamente, la noche anterior Kareem y yo, antes de nuestro encuentro nocturno, nos habíamos dado un largo baño.

Aunque no encontré ningún indicio de que Amani había celebrado aquel día una reunión religiosa, todavía me atormentaban las palabras que había oído a través de la puerta. Estaba empeñada en que Kareem reconociera la gravedad de aquella nueva pasión de Amani, porque ahora nuestra hija hablaba de su deseo de convertirse en *imam* para atender a las necesidades religiosas de otras mujeres. Yo quería que fuera una buena musulmana, pero no que fomentara la esclavitud de las mujeres a través de una interpretación estricta de las tradiciones que tantas trabas ponen a las mujeres de nuestro país.

Como a Kareem no le preocupaba que Amani se entregara de pleno a las ideas contra las que yo había luchado desde niña, me pareció oportuno recordarle adónde podía conducir esa pasión religiosa porque sabía que mi marido reaccionaba ante la cuestión de la legítima reivindicación del trono de los Al-Saud y de la riqueza y los privilegios ligados a nuestra envidiada posición.

Yo era consciente de que mi marido había vivido siempre, y pretendía seguir haciéndolo, en medio de todo aquel lujo que nos proporcionaban los pozos petrolíferos de nuestro país. Hice un ademán que abarcaba todo el escenario de los baños turcos y dije:

–Esto es lo que a tu hija le parece un grave pecado: disfrutar de lo que a Dios le pareció conveniente dar a nuestra familia.

No obtuve ninguna respuesta.

–Tenemos que hacer algo, Kareem –añadí–. ¿O quieres que sea tu propia hija la que dirija una revuelta para derrocar la casa de Al-Saud?

Kareem, todavía convencido de que su hija era incapaz de ninguna maldad, no quiso seguir hablando del desprecio de Amani por nuestro estatus, y se limitó a decir que lo mejor sería dejar que nuestra hija se refugiara en su fe, por mucho que yo no estuviera de acuerdo. Después, recordándome una sentencia ridícula, me prohibió que volviera a mencionar aquel tema.

–Hace mucho tiempo –dijo–, decidí que cada uno de nosotros debía respetar los errores del otro para que hubiera paz en nuestro hogar. Haz el favor de no hablar más de este tema tan desagradable.

Después de meditar mucho llegué a la conclusión de que yo no tenía la culpa del nuevo rumbo que había tomado la vida de Amani. Comprendí que la clave de lo que estaba ocurriendo se encontraba en nuestra historia: Arabia Saudí había pasado de ser un país de absoluta pobreza a ser uno de los más ricos del mundo en un período de tiempo muy breve.

Mucha gente –tanto musulmanes como cristianos– desprecian a los saudíes por haber adquirido una riqueza de un modo tan fácil; pero nadie recuerda ya la terrible pobreza que tuvieron que soportar los saudíes hasta mediados de los años setenta. Encuentro indignante ese superficial análisis de nuestra situación actual.

Después de que se descubriera petróleo bajo las arenas del desierto, pasaron muchos años antes de que nuestro pueblo se beneficiara de su producción, organizada por empresas americanas. Al principio, el rey Abdul Aziz, mi abuelo, y fundador de Arabia Saudí, confió en los hombres que le hacían falsas promesas, sin comprender que aquellos tratos facilitaban que los americanos se embolsaran millones, mientras que a las arcas de Arabia Saudí sólo llegaban sumas miserables. Las empresas petrolíferas americanas no empezaron a comportarse honradamente hasta que se las obligó a ser justas.

Debido a la desproporcionada división de los beneficios del petróleo, pasaron varios años hasta que las tiendas de los beduinos del desierto fueran reemplazadas por lujosos palacios. Mientras tanto, los ciudadanos de Arabia Saudí sufrieron mucho. La mortalidad infantil era de las más elevadas del mundo porque no había dinero, médicos ni hospitales para atender a los enfermos. La dieta saudí consistía en dátiles, leche de camella y carne de cabra y de camello.

Recuerdo la desesperada mirada de uno de los hombres más ricos del reino cuando nos contaba historias de su juventud. Se trataba de un hombre de negocios muy respetado, que había pasado los primeros quince años de su vida yendo de puerta en puerta por Riad, entonces un poblado de cabañas de barro, intentando vender pequeñas bolsas de leche de cabra. Desde los siete años era el cabeza de familia, pues su padre había muerto a causa de una herida que se hizo con la espada mientras mataba un camello para la celebración del *Haj*. La herida se gangrenó y él todavía recordaba los desesperantes gritos de dolor que acompañaron la muerte de su padre.

Siguiendo la costumbre de aquella época, su madre se casó con uno de sus cuñados, que ya tenía varios hijos. Él se sintió siempre responsable de sus cinco hermanos menores. Tuvo que enterrar a cuatro de ellos, que murieron por culpa de una mala nutrición y de la falta de asistencia médica. Su camino hasta la prosperidad recordaba un relato de Dickens.

La primera generación de saudíes que disfrutó del poder del dinero después de haber pasado la juventud en la más absoluta pobreza, crió a sus hijos entre algodones, proporcionándoles todo aquello que se podía conseguir con dinero. Kareem y yo crecimos en la opulencia, pero comprendíamos el significado de la pobreza, pues sus huellas en la generación de nuestros padres nos había causado un fuerte impacto. Sin embargo, nuestros hijos no han conocido nunca la penuria, ni siquiera de lejos y, por lo tanto, no se han dado cuenta de lo que significa ser pobre.

No iba a resultar difícil descalificar aquel enriquecimiento tan repentino; sólo era cuestión de tiempo que los frágiles cimientos empezaran a temblar.

Mientras que la generación a la que yo pertenecía había cuestionado siempre las convenciones y las tradiciones aceptadas por nuestros antepasados, la generación de mis hijos se dejó llevar por sus instintos. Ese rechazo primitivo al orden social ha traído como consecuencia el retroceso propio del fanatismo religioso y el desprecio por las fortunas desmesuradas.

Nuestros hijos se han convertido en unos fanáticos. Al haber vivido siempre entre la riqueza, desconociendo las consecuencias de la pobreza, menosprecian nuestro desahogo económico y buscan una meta más elevada que la acumulación de riquezas.

Mi hija Amani se convirtió en líder de un grupo de mujeres que pretendía ser más militante incluso que los grupos extremistas dispuestos a derrocar el trono del clan Al-Saud.

Amani, decidida a salvar las almas de sus parientas y amigas, obtuvo una confesión de su prima Faten, hija de Alí, que ninguno de nosotros hubiéramos podido llegar a imaginar.

En mi vida he conocido un hombre más arrogante con las mujeres que mi hermano Alí. Ya de niño trataba a sus diez hermanas con desprecio. De joven, cuando vivía en América, se acostaba con cientos de mujeres occidentales, con las que se mostraba muy poco considerado. Después, cuando se casó, siempre trató a sus esposas como esclavas, sin importarle su felicidad; prefería casarse con mujeres muy jóvenes que desconocían la naturaleza de los hombres para que aceptaran su perverso comportamiento creyendo que era el normal. Además de sus cuatro esposas, Alí llevaba concubinas a su casa continuamente. Como padre, ignoraba a sus hijas y sólo demostraba su afecto a sus hijos varones.

No es de extrañar que su hijo Majed se convirtiera en un joven sádico que consideraba a las mujeres como simples objetos sexuales.

Ahora me doy cuenta de que Majed habría sido decapitado o fusilado por un pelotón, si su crimen se hubiera descubierto. Nada habría podido salvar a Majed de la muerte, ni siquiera el hecho de ser hijo de un príncipe, porque su pecado no tenía precedente en la familia Al-Saud.

Habíamos regresado a Riad, y cada tarde después de las clases Amani seguía celebrando sus sesiones de lectura del Corán con sus amigas y primas, interesadas todas en volver a los tiempos del oscurantismo, cuando las mujeres se mantenían al margen de todo aquello que no ocurría dentro de los confines del hogar.

Un miércoles por la tarde veía desde el balcón de mi dormitorio cómo las participantes de la reunión iban saliendo por la puerta principal de nuestra casa, donde las esperaban sus chóferes. Faten fue la última en marcharse y me pareció extraño que se entretuviera tanto rato hablando con Amani, y que finalmente se despidieran con abrazos. Me imaginé que Faten, que se sentía muy desgraciada por ser hija de mi insensible hermano, se había adherido a la causa que mi hija le había propuesto.

Como quería volver a mantener una relación normal con mi hija, decidí no hablar más del tema de la religión en su presencia, dejando que Dios guiara sus pasos. Se me ocurrió despertar su interés por el *backgammon*, o las cartas para ver si podía hacer que se interesara por otras cosas aparte de la fe.

Con estas ideas dando vueltas en mi mente, llamé tímidamente a la puerta de mi hija, pero no obtuve respuesta. Oí sollozos y decidí entrar. Amani estaba sentada con el Corán en una mano y secándose las lágrimas con la otra. Indignada, quise gritar que la religión no estaba hecha para hacer sufrir a la gente, pero me contuve y me arrodillé a sus pies. Con cariño le di palmadas en la rodilla y le pregunté cuál era la causa de su dolor.

Esperaba que mi hija me dijera que había recibido algún mensaje de Dios que a mí no me interesaba, pero me llevé una sorpresa cuando Amani me contestó:

—Mamá, me da mucha pena lo que voy a tener que hacer.

Mi hija se echó a mis brazos y se puso a llorar como si acabaran de comunicarle una terrible noticia.

—Amani, hija mía, ¿qué ocurre?

—¡Mamá! –exclamó Amani, temblorosa–. Se ha cometido un pecado terrible. Me he enterado de un secreto espantoso. Dios me ha dicho que tengo que hacerlo público.

—¿Qué pecado? –grité, temiendo que Amani se hubiera enterado de la relación amorosa de Maha con su amiga Aisha. Si aquel asunto se daba a conocer, mi hija y todos nosotros, íbamos a sufrir mucho.

Amani me miró fijamente.

—Faten me ha hecho una confidencia sobre algo que la atormenta; es un pecado terrible, pero debo revelarlo.

Me tranquilizó saber que Amani no se refería a su hermana y, al mismo tiempo, me puse a repasar los últimos escándalos del clan Al-Saud. En una familia tan numerosa como la nuestra corren muchos rumores acerca de la conducta díscola de los príncipes y, de vez en cuando, también de las princesas. Los miembros varones se convierten a menudo en protagonistas de las noticias de periódicos extranjeros por haber perdido grandes sumas de dinero en algún casino o por tener aventuras amorosas con mujeres occidentales. Más de una princesa ha regresado de sus vacaciones embarazada. La verdad casi nunca se desvela, pues la familia se encarga de esconder las infracciones de sus hijos para impedir que sus desgracias personales se conviertan en tema de conversación de toda la familia Al-Saud.

—Se trata de Majed, mamá –explicó Amani–. Majed ha cometido un pecado sexual.

Yo apenas pude reprimir la risa:

—¿Majed?, Amani, él es el vivo retrato de su padre. –La cogí por la barbilla y le dije–: Si se lo cuentas a alguien, los hombres de la familia no harán otra cosa que reírse de ti. Alí se siente muy orgulloso del éxito de su hijo con las extranjeras.

En la familia todos sabían que Majed asistía continuamente a fiestas organizadas por extranjeros y salía con mujeres no musulmanas que trabajaban en los hospitales y en las compañías aéreas de otros países. Las familias musulmanas solían condenar aquel comportamiento, pero Alí consideraba que todo aquello le permitía a su hijo disfrutar de una libertad sexual de la que no podía gozar en un país donde semejantes actividades estaban estrictamente prohibidas entre personas de religión musulmana.

—No, mamá —prosiguió Amani muy seria—. No lo entiendes: Majed ha tenido relaciones sexuales con una mujer sin el consentimiento de ella.

No tenía ni idea de a qué se refería.

—¿Qué quieres decir, Amani?

Mi hija se puso a llorar otra vez. Muy compungida, me pidió que fuera a buscar a su padre pues necesitaba su consejo para decidir a quién debía informar de la terrible conducta de Majed.

Me ofendió que Amani prefiriera la opinión de su padre a la mía, pero de todos modos fui a buscarlo. Estaba con Abdullah y Maha jugando al billar; de pronto me sentí invadida por un arrebato de celos al pensar que mis tres hijos preferían la compañía de su padre a la mía. Tuve que morderme la lengua para no recordarles los defectos de Kareem con el fin de recuperar su amor.

—¡Kareem! ¡Amani quiere hablar contigo! —grité, con gran sobresalto de los tres.

—Un momento, es mi turno.

—Kareem, tu hija está llorando. Ven ahora mismo.

Mi marido me dirigió una mirada asesina.

—¿Qué le has dicho, Sultana?

Ya estaba bastante enfadada para que encima me acusaran injustamente. Cogí, una a una, las bolas de billar que había sobre la mesa y las metí en uno de los agujeros. Me encaminé a la puerta, sin prestar atención a las quejas de Kareem y Abdullah.

—La partida ha terminado —dije sin girarme—. Has ganado, Kareem. Ahora tal vez puedas atender a tu hija.

Entramos los dos en la habitación de Amani. Ella había dejado de llorar y supe, por la expresión de su rostro, que había tomado una decisión.

—Tu madre me ha dicho que querías hablar conmigo, Amani —dijo Kareem.

—Padre, Majed debe ser castigado por lo que ha hecho. He leído atentamente todo lo que hay escrito sobre esos asuntos y no hay otro remedio: mi primo debe ser castigado.

Kareem se sentó en una butaca y cruzó las piernas. Parecía preocupado, como si por primera vez se diera cuenta de que el afán religioso de Amani había ido demasiado lejos.

Sin perder la calma, preguntó:

—¿Qué es eso tan terrible que ha hecho Majed?

Amani, que todavía era una niña inocente, se ruborizó:

—Me da mucha vergüenza decirlo.

—No te preocupes, dilo —la animó Kareem.

Abochornada por tener que hablar de aquello en presencia de un hombre, aunque fuera su padre, al que había requerido para compartir con él aquel secreto, Amani bajó la vista y con su rostro inocente nos relató la espantosa historia.

—Una noche, Majed asistió a una fiesta que se celebraba en una residencia de extranjeros; creo que se trataba de los empleados de Lockheed. Allí conoció a una mujer americana que se interesó por él al saber que pertenecía a la familia real. Como estaba muy borracho, la mujer, que le había prometido que iría con él a casa de un amigo suyo, cambió de opinión. Al ver que aquella noche no iba a poder tener relaciones con nadie, Majed se marchó de la fiesta muy malhumorado. De regreso a casa se detuvo a visitar a un amigo suyo que estaba hospitalizado, por heridas leves sufridas en un accidente de tráfico. En el hospital, el humor de Majed fue empeorando, y, borracho, fue de habitación en habitación en busca de alguna rubia o extranjera a la que pudiera convencer o pagar para que se acostara con él. Era más de medianoche, y la mayoría de los empleados estaban durmiendo.

Empezó a temblarle el labio inferior, y Kareem tuvo que convencerla para que continuara:

–¿Y qué pasó, Amani?

–Majed tuvo relaciones sexuales con una paciente, una mujer gravemente herida que estaba inconsciente –terminó diciendo Amani con un gran esfuerzo.

No podía dar crédito a lo que estaba oyendo; me había quedado paralizada y era incapaz de articular una sola palabra.

Kareem, incrédulo, negó con la cabeza y le preguntó:

–¿Te lo ha contado Faten?

–Sí, padre. Me ha contado eso y otras cosas.

–Escucha, Amani, todo esto no son más que imaginaciones de Faten. No puede ser cierto; es una locura.

–Sabía que no querrías aceptar la verdad –dijo Amani–. Tengo pruebas.

–¿Pruebas? ¿Qué pruebas?

–En aquella sección del hospital trabajaba un paquistaní que vio a Majed salir de la habitación; cuando examinó a la paciente, advirtió que alguien había tocado las sábanas de su cama. Siguió a Majed y lo amenazó con llamar a la policía, pero éste le dijo que era un príncipe y compró su silencio con dinero; Majed llegó a darle todo lo que llevaba encima.

–¡Amani! –gritó Kareem, incrédulo–. ¡Ten mucho cuidado con lo que dices! ¡Violación! ¡Soborno! ¡Esto es increíble!

–¡Es la verdad! ¡Ya lo verás! ¡No miento! –exclamó Amani intentando convencer a su padre–. Resulta que la mujer que estaba en coma, una cristiana extranjera, está embarazada. ¡Lleva seis meses en el hospital, inconsciente! ¡Y está embarazada de tres meses! En el hospital han iniciado una investigación y Majed teme que su nombre se vea mezclado en el escándalo.

Por primera vez pensé que la historia podía ser cierta porque Amani estaba dándonos muchos detalles, y empecé a respirar con dificultad, preguntándome de qué forma podríamos impedir que se diera a conocer aquel escándalo.

Amani concluyó su relato con ojos llorosos:

–Faten descubrió a su hermano intentando forzar la caja fuerte del despacho de su padre para robar dinero. Majed le confesó que el paquistaní seguía reclamándole fuertes sumas de dinero: pedía un millón de riyales por no revelar su identidad. Majed no puede pedirle esa cantidad a su padre sin darle alguna explicación y mientras el paquistaní amenaza con acusarlo; le ha dado una semana para reunir el dinero.

Kareem y yo nos miramos, preguntándonos si lo que estábamos oyendo sería cierto.

De pronto, pensé en las terribles palabras que en una ocasión dijo Majed a Abdullah, ridiculizándole por negarse a acostarse con una americana que según Abdullah era feísima. La mujer doblaba a mi hijo en edad, pero se había mostrado dispuesta a tener relaciones con un joven príncipe a cambio de dinero. Majed le acusó de que no le gustaran las mujeres. «Un hombre puede excitarse incluso con una camella», aseguró. Entonces recordé que Majed aquel mismo día le había dicho algo acerca de que la americana era más guapa que la última mujer con la que él se había acostado, y que además estaba inconsciente y, por lo tanto, no sabía lo que se había perdido.

Después, cuando hablamos de aquel incidente, nos imaginamos que la mujer a la que se refería Majed debía de estar borracha. Ahora, tras oír a Amani, me preguntaba si no sería aquella mujer inconsciente la paciente del hospital. ¿Cómo habría podido el hijo de Alí violar a una mujer incapaz de defenderse? De todas formas, la confidencia de Abdullah encajaba con la confesión de Amani.

Quería preguntarle a Kareem si todavía recordaba aquella conversación, pues sabía que Abdullah se la había contado, tras lo cual Kareem le prohibió que acompañara a su primo Majed a fiestas de extranjeros.

—Majed debe ser castigado —insistió Amani—. Tendré que decirle a Wijdan que informe a su padre del pecado de Majed.

Kareem hizo rechinar los dientes; él sabía, como yo, que el padre de Wijdan era un religioso de la mezquita real. Este hombre no sentía ninguna animosidad especial hacia los miembros de la familia real, pero se guiaba sólo por lo que le dictaba su propia conciencia. Sería difícil sobornarlo y, como mínimo, se empeñaría en discutir el asunto con el concilio religioso del rey. Lo que menos convenía era que precisamente aquel personaje se enterara de la situación.

Además, yo todavía guardaba alguna esperanza de que aquello fuera un error y que Majed fuera inocente de aquel indecente e imperdonable delito.

—Amani, ésta no es una conversación propia de niñas —dijo Kareem—. Voy a investigar las acusaciones, y si son ciertas, te doy mi palabra de que Majed recibirá un merecido castigo. Ahora tienes que prometerme que no hablarás a nadie de lo que acabas de contarnos.

Yo creía que Amani se iba a resistir, pero por lo visto a mi hija le había causado un gran alivio poder sincerarse con su padre; le prometió que haría todo lo que le había ordenado.

Kareem sólo tardó tres días en descubrir la desagradable verdad. Era cierto que una mujer cristiana estaba ingresada desde hacía siete meses en un hospital de la ciudad por haber sufrido un grave traumatismo craneal en un accidente de tráfico. Durante todo ese tiempo había estado inconsciente. El personal del hospital y su familia tenían un gran problema: la mujer estaba embarazada de cuatro meses. Ya se había iniciado en el hospital una investigación para dar con el responsable.

¡La terrible historia de Amani era cierta!

Kareem dijo que Alí debía ser informado y me pidió que la acompañara a su casa. Por primera vez en mi vida, la desgracia de mi hermano no me proporcionaba ninguna alegría.

Cuando traspasamos la verja que conducía al enorme palacio donde residía Alí con sus cuatro esposas y sus siete concubinas, se me encogió el estómago. Desde el coche vi a varias mujeres y a muchos niños reunidos en una zona apartada del jardín. Los niños corrían de un lado a otro y las mujeres charlaban, jugaban a cartas o hacían labores.

Me pareció extraño advertir que las esposas de mi hermano y sus concubinas hubieran entablado relaciones tan amigables. Muy pocas veces sucedía que tantas mujeres vinculadas a un solo hombre pudieran mantener relaciones tan amistosas y duraderas.

Yo no me imaginaba compartiendo a Kareem con otra mujer, y no digamos con diez. Pensé que tal vez la poca consideración con que mi hermano las trataba hacía que ellas buscaran su propio cariño. También podía deberse a que sentían tan poco amor hacia él que cada una de ellas agradecía la llegada de otra mujer que le mantendría alejado de su cama por un tiempo.

Aquella idea me hizo sonreír; pero, al instante, recordé el trágico motivo de nuestra visita y mi alegría se desvaneció inmediatamente.

Alí estaba de muy buen humor y nos recibió con un gran entusiasmo.

Cuando llevábamos un rato hablando, y tras la tercera taza de té, Kareem le reveló el motivo de nuestra visita.

El rostro de Alí pasó de la alegría al dolor en un

momento. Por primera vez en mi vida sentí lástima de mi hermano, y recordé las palabras que había oído decir a personas más sabias que yo: «Los que tienen las manos en el agua no deben alegrarse a costa de los que tienen las manos en el fuego.» Alí tenía las manos en el fuego.

Llamaron a Majed. La arrogancia desapareció del semblante del chico cuando vio la furiosa mirada de su padre. Yo quería odiar a Majed, pero recordé un incidente que ocurrió cuando yo era niña. Mi madre reprendió a Alí por alguna travesura y éste respondió llamándola «beduina ignorante» e intentando darle una patada. Mis hermanas y yo suplicamos a mi madre que pegara a Alí con un bastón, pero nuestra madre respondió con tristeza: «No se puede culpar a un niño por parecerse a su padre.» Alí había heredado el carácter y los modales de nuestro padre, así como Majed era el vivo retrato de Alí.

Alí empezó a abofetear a su hijo, y Kareem y yo nos marchamos.

Una semana después Alí nos informó de que se estaba «encargando» del problema. Dijo que había localizado al enfermero paquistaní y que le había dado una fortuna. El paquistaní pensaba invertir el dinero en Canadá, pues con la ayuda de Alí pronto conseguiría un pasaporte para viajar.

–Nuestra familia no volverá a oír hablar de él –declaró Alí–. Tantos disgustos por culpa de una mujer –agregó Alí con aire frustrado.

Ni la familia de la víctima ni el hospital llegaron a saber nunca la verdad: que el violador era un príncipe de la familia real.

Enviaron a Majed a estudiar al extranjero.

Amani, convencida de que ningún castigo podía ser peor que el destierro del país del Profeta, se tranquilizó.

El dinero, una vez más, había eliminado cualquier

sospecha sobre la responsabilidad de la familia en un crimen.

Supongo que no me sorprendió la rapidez con que se zanjó aquel asunto, pues tal como dijo mi hermano, se trataba sólo de una mujer.

Por lo visto, nada podía alterar la dominación de los hombres, ni siquiera cuando uno de los suyos era culpable del crimen más atroz.

8. ROMANCE

Cuando sientas que el amor te llama, síguelo, aunque sea por caminos escarpados.

KHALIL GIBRAN

Amani y su hermana Maha me habían despertado de una agradable siesta, al oír sus gritos a través de las gruesas puertas de mis aposentos.

«¿Qué habría hecho esta vez Amani?», pensé mientras me vestía a toda prisa. Desde su conversión religiosa, se dedicaba a decir a los demás lo que opinaba de ellos, y no dudaba en enumerar los actos inmorales de sus hermanos, buscando siempre un pretexto para criticarlos.

Mi hijo Abdullah siempre se había mostrado reacio a pelearse. La mayoría de las veces, se limitaba a ignorar a su hermana porque temía sus estallidos de ira. Cuando las exigencias de Amani eran fáciles de cumplir, cosa que no ocurría siempre, mi hijo se rendía.

Pero con Maha aquello era imposible. Cuando se trataba de su hermana mayor, Amani tenía que enfrentarse a un carácter femenino tan fuerte como el suyo, o incluso peor.

Los gritos de mis hijas me llevaron hasta las puertas de la cocina, donde encontré a varios criados que no parecían dispuestos a interrumpir aquel entretenido espectáculo. Tuve que abrirme paso a codazos.

Llegaba en un mal momento: Maha, mucho más alta y fuerte que Amani, había reaccionado violentamente a la última imposición de su hermana menor. Corrí hacia mis hijas y vi que Maha tenía inmovilizada a Amani en el suelo, y que le restregaba la cara con un periódico.

¡Tal como me lo temía!

La semana anterior, Amani y su grupo religioso habían llegado a la conclusión de que los periódicos del reino eran sagrados porque en sus páginas aparecían la palabra «Dios», los dichos del Profeta y los versos del Corán. El comité había decretado que los periódicos no se podían romper, no se podían tirar a la basura ni se podían pisar. Amani comunicó aquella decisión a su familia, y ahora había descubierto a Maha cometiendo una infracción irreverente de su noble decreto.

El resultado era predecible.

—¡Maha! ¡Suelta a tu hermana! —grité.

Ésta, dominada por la ira, ni siquiera me oyó. Intenté inútilmente apartarlas, pero Maha estaba dispuesta a darle una lección; y ella era mucho más fuerte que Amani y yo juntas.

Con el rostro encendido y respirando con dificultad, miré a los criados buscando su ayuda; uno de los chóferes egipcios, un hombre corpulento, consiguió separarlas.

Como una pelea siempre conduce a otra, el enfrentamiento verbal siguió al físico. Maha empezó a insultar a su hermana menor, quien llorando, la acusaba de ser una hereje.

Yo pretendía actuar como intermediaria, pero no conseguí hacerme escuchar. Pellizqué a mis hijas hasta que logré que se callaran. Maha se puso en pie, llena de resentimiento y Amani, que seguía en el suelo, empezó a arreglar las páginas del periódico estropeado. La devoción de mi hija no tenía límites.

Sé que el fervor religioso tiene muchas causas y que sus consecuencias son infinitas. Hay gente a la que la religión no hace ningún bien; éste era el caso de Amani, sin duda. En el pasado, yo había confiado en que la religión pudiera, con el tiempo, apaciguar a mi hija, pero había ocurrido justo lo contrario.

Las cogí de las orejas y las arrastré hasta el salón. Con tono firme ordené a los criados que nos dejaran a solas. Miraba airadamente a mis hijas, mientras pensaba que había cometido un grave error al traer al mundo a aquellas criaturas tan problemáticas.

—El llanto del recién nacido no es otra cosa que una señal de alarma para la madre –les dije.

Supongo que en aquel momento debía de ser el vivo retrato de una loca porque mis hijas estaban impresionadas. Siempre habían manifestado un curioso respeto en mis momentos de desvarío.

Como no quería iniciar otra pelea, ésta a tres bandas, cerré los ojos y respiré hondo. Cuando por fin me sentí más tranquila, les dije que las dos tendrían oportunidad de hablar, pero que yo no iba a soportar ningún acto más de violencia.

—¡Esto es demasiado! ¡Demasiado! –estalló Maha–. ¡Amani me está volviendo loca! Si no me deja en paz… –me di cuenta de que Maha estaba buscando el peor insulto posible–, entraré en su habitación y destrozaré su Corán.

Amani dejó escapar un grito de horror.

Conociendo la obstinación y la osadía de Maha cuando se proponía algo, perdoné a mi hija aquella idea.

—¡Esta tontería de no tirar los periódicos! –prosiguió Maha, desatando su ira–. Vamos a tener que construir un almacén para guardarlos. ¡Has perdido la cabeza, Amani! –Maha me miró y añadió–: Mamá, desde que fuimos al *Haj*, Amani se comporta como si fuera superior a mí.

Estaba completamente de acuerdo con ella; yo había sido testigo de la increíble rapidez con que las creencias religiosas de mi hija pasaban de la confusión a una visión casi iluminada. Su sentido de la rectitud estaba dando lugar a ridículas sanciones domésticas de las que nadie se libraba.

Pocos días atrás, Amani había descubierto a uno de los jardineros filipinos exhibiendo con orgullo un par de sandalias de goma con el nombre de Dios grabado en la suela. En lugar de elogiarlo por aquella compra, Amani se puso furiosa, arrebató los zapatos al pobre hombre y lo acusó de ser blasfemo, amenazándolo con imponerle un severo castigo.

El joven, afligido, confesó que había comprado aquel calzado en Bahtha, un famoso zoco situado en el centro de Riad; creía que sus amos musulmanes se alegrarían al ver que su empleado llevaba el nombre de Dios grabado en sus zapatos.

Amani declaró que aquellas sandalias eran obra del diablo e, inmediatamente, convocó una reunión especial del grupo religioso para revelar a sus amigas la existencia de aquel sacrílego artículo. El rumor se extendió a otros grupos religiosos, que distribuyeron panfletos por la ciudad advirtiendo a la gente para que no comprara aquellas sandalias.

Lo cierto es que era extraño que a alguien se le hubiera ocurrido diseñarlas porque a los musulmanes nos enseñan que no debemos pisar ningún objeto que lleve grabado el nombre de Dios, se llega incluso al extremo de prohibirnos dejar los zapatos con la suela hacia arriba para no ofender a nuestro creador. Con todo, la reacción de Amani resultaba exagerada, ya que el joven filipino no era miembro de nuestra religión y, por lo tanto, no estaba familiarizado con nuestra doctrina. Las acusaciones de mi hija habían sido desproporcionadamente crueles.

Siempre me he sentido inclinada a pensar en un Dios amable que no ve pecados en todos los placeres de los seres humanos. Estaba convencida de que mi hija no sabía nada del Dios de Mahoma del que me hablaba mi adorada madre. Recé a Dios para que librara a Amani de aquella tenebrosa devoción.

Volví a concentrarme en la crisis actual y miré a mis hijas.

Amani, asustada por las amenazas de Maha de destrozar su Corán, prometió contenerse y no inmiscuirse en los hábitos de su hermana.

Maha, por su parte, prometió que si Amani la dejaba en paz y no criticaba más su conducta, por muy molesta que pudiera resultarle, no volvería a emplear la violencia contra ella.

Confiaba en que la tregua fuera respetada, pero tenía mis dudas, porque Amani se había acostumbrado a juzgarlo todo y no se quedaba satisfecha hasta que lograba emprender una nueva batalla religiosa. También sabía que Maha no estaba dispuesta a soportar los ataques de su hermana.

Mis dos hijas, que se veían obligadas a vivir bajo el mismo techo, no formaban una buena pareja y yo no tenía garantías de que la paz fuera duradera. Pero mi amor materno pudo con mi desconfianza y terminé abrazándolas sintiendo por ellas el mismo amor de siempre.

Maha tenía mucho temperamento, pero no era rencorosa; me dedicó una sincera y pacífica sonrisa. A Amani le costaba más perdonar a los que consideraba equivocados; no se rendía a mi cariño, y al abrazarla noté su cuerpo rígido.

Agotada por las responsabilidades de madre, percibí con melancolía cómo mis hijas se iban por caminos diferentes.

De pronto desapareció de la habitación toda la energía negativa, pero la paz no logró consolarme. Estaba nerviosa y decidí que necesitaba algo que me animara.

Llamé a Cora y le pedí que me trajera una taza de café turco. Luego, sin saber por qué, cambié de opinión y le mandé que me sirviera un bourbon con cola.

Cora se quedó boquiabierta; era la primera vez que le pedía una bebida alcohólica durante el día.

–¿A qué esperas? –le dije.

Me senté y me puse a hojear el periódico distraídamente. Me dije a mí misma que estaba esperando la bebida con un anhelo desmesurado. Entonces Abdullah llegó a casa; pasó por el recibidor a toda prisa. No me gustó la expresión que vi en su rostro. Mi hijo era una persona muy apacible y aquel día le encontré muy angustiado.

–¡Abdullah! –grité.

Él entró en el salón y antes de que yo dijera nada, me confesó el motivo de su nerviosismo.

–¡Mamá, Jafer se ha ido del reino!

–¿Qué?

–¡Ha huido con Fayza, la hija de Fouad!

El asombro y el escepticismo me hicieron enmudecer; me quedé sentada contemplando a mi hijo con la boca abierta.

Jafer Dalal era un joven de poco más de veinte años al que todos admiraban. Era guapo y corpulento, y su semblante, serio pero amable, revelaba inteligencia y templanza. Era un conversador excelente, un caballero refinado y cortés. Él era uno de los pocos hombres en los que Kareem confiaba plenamente por lo que respectaba a las mujeres de su familia. También era el mejor amigo de Abdullah.

Yo solía decir a Kareem que me habría gustado conocer a los padres de Jafer, porque no había conocido a ningún chico tan educado como él. Pero su madre murió cuando él sólo tenía doce años y su padre resultó muerto en la guerra civil libanesa cinco años después. El único hermano de Jafer, cuatro años mayor que él, había sido gravemente herido en la guerra libanesa y estaba internado en un hospital del sur del Líbano. Jafer, huérfano desde muy joven y sin la custodia de ningún hermano, abandonó su hogar y se marchó a Kuwait a vivir con un tío suyo que dirigía los negocios de un adinerado kuwaití.

La vida de Jafer, un musulmán sunnita palestino, se desarrolló en los campos de refugiados del sur del Líbano, lo que no le resultó nada fácil.

Tras la invasión iraquí de Kuwait, la OLP apoyó a Saddam Hussein; no es de extrañar que cuando terminó la guerra los ciudadanos kuwaitíes mostraran un gran resentimiento hacia la población palestina. El tío de Jafer, leal a su patrón kuwaití, habría podido quedarse en Kuwait con su familia, pero era tal el recelo que existía contra los palestinos que el patrón les recomendó que se marcharan a otro país. No quería que una familia tan encantadora corriera riesgos quedándose en Kuwait. «Dentro de unos años –predijo–, la crisis habrá pasado.»

Aquel kuwaití era socio de Kareem en uno de sus negocios y comentó a mi marido que el tío de Jafer encajaba perfectamente en un puesto que había quedado vacante en las oficinas de Riad.

En aquellos momentos las relaciones entre nuestro rey y Yasser Arafat eran bastante precarias debido a la guerra del Golfo, y en Arabia Saudí se evitaba contratar a ciudadanos palestinos. Pero la posición de Kareem le permitía hacer lo que quisiera; aceptó la recomendación de su socio kuwaití y empleó al tío de Jafer.

Aquel hombre se convirtió en uno de los empleados de más confianza de Kareem; le asignaba los trabajos más difíciles y las tareas que suponían mayor responsabilidad. Jafer solía acompañar a su tío y mi marido quedó tan impresionado con él que le ofreció un cargo directivo en una de sus firmas.

Cuando se conocieron, Abdullah y Jafer se hicieron amigos enseguida. Para mi hijo Jafer era el hermano que nunca había tenido.

Sólo hacía dos años que Jafer había entrado en nuestras vidas, pero se convirtió, prácticamente, en un miembro más de la familia.

Como era un joven muy apuesto atraía las miradas de las mujeres allí donde iba. Abdullah decía que en los restaurantes de los hoteles las mujeres llegaban incluso a pasarle notitas en las que le proponían la asistencia a una cita. En una ocasión, Jafer acompañó a Abdullah al Hospital Rey Faisal para visitar a una prima de mi hijo que estaba ingresada. Tras una brevísima conversación con él, tres enfermeras extranjeras le dieron su número de teléfono voluntariamente.

Yo creía que Jafer era muy maduro para su edad, pues sabía que llevaba una vida célibe en un país donde abundan las relaciones ilícitas entre hombres y mujeres.

Kareem opinaba que el chico estaba muy solo y que ya tenía edad de sentar la cabeza; en más de una ocasión le había reprochado su soltería. Se ofreció para presentarle a algunos libaneses o palestinos que, a su vez, le facilitarían conocer a mujeres musulmanas casaderas. Para mi marido sería una tragedia que Jafer no se casara; le repetía constantemente que incluso los hombres honrados podían convertirse en desgraciados por culpa de un exceso de virtud.

Un día en que yo participaba de su conversación con Jafer, Kareem me guiñó un ojo y añadió con picardía que todos los hombres deberían experimentar el placer y la desgracia de la compañía femenina.

Hice un gesto amenazador dirigido a mi marido; pero

yo sabía que estaba bromeando porque Kareem, un padre feliz, no entendía cómo se podía vivir sin tener hijos.

Finalmente, Kareem no consiguió proporcionar compañía femenina a aquel joven al que tanto quería y respetaba, pues Jafer nunca aceptó las generosas propuestas.

Abdullah tampoco entendía por qué su amigo rechazaba con tanta firmeza todas las ofertas de compañía femenina que le hacían.

Yo estaba intrigada, pero eran tantos los problemas que tenía con mis hijos que me desinteresé de la vida privada de su amigo.

Ahora que estoy pensando en todo aquello, me sorprende que creyéramos a un hombre tan atractivo como Jafer capaz de despreciar los regalos del amor.

La verdad respecto a las persistentes negativas de Jafer al matrimonio se desveló de una forma devastadora que amenazaba con tener un final trágico.

Abdullah, que sentía un gran cariño por Jafer, estaba profundamente dolido. Con un aire sorprendentemente infantil, se lamentaba: «Jafer nunca me había hablado de Fayza.»

Era la primera vez que recibía un revés en su vida; la inocencia de mi hijo me conmovía.

De repente, Kareem irrumpió en la habitación hecho un basilisco.

–¡Abdullah! –gritó–. ¡Has puesto en peligro tu vida y la de gente inocente!

Kareem me contó que al enterarse de la desaparición de Jafer, nuestro hijo se había marchado del despacho de Kareem muy alterado; temiendo por la seguridad de su único hijo, lo siguió. Mi marido decía que Abdullah había conducido por la ciudad a gran velocidad, y que había invadido el carril contrario, obligando a los coches que venían en dirección contraria a salirse de la calzada.

—¡Podías haberte matado! —le dijo Kareem, y sin poder dominar sus nervios le dio una bofetada.

Al darse cuenta de lo que acababa de hacer, mi marido se quedó pasmado.

Yo he dado muchas bofetadas a mis hijos y debo reconocer que nunca me he arrepentido; pero Kareem jamás le había puesto las manos encima. Estaba tan sorprendido de su acto como yo; se quedó mirando la mano con que había pegado a Abdullah, como si no fuera suya.

Después abrazó a su tembloroso hijo y le pidió disculpas, diciéndole que durante aquella arriesgada persecución el temor le había hecho perder los nervios.

Estábamos tan trastornados que tardamos un rato en volver a ocuparnos del romance secreto entre Jafer y Fayza.

Fayza era la hija de Fouad, el socio de Kareem en tres negocios extranjeros. Aunque no era miembro directo de la familia Al-Saud, estaba casado con la hija de un príncipe.

Fouad, años atrás, había recibido autorización para casarse con una princesa de la familia real, pese a no pertenecer a ningún clan de los Najd y a no tener vínculo alguno con los Al-Saud. Generalmente las mujeres Al-Saud se casaban con miembros de otras familias por motivos políticos o económicos. Fouad procedía de una próspera familia de comerciantes de Jidda, una familia que en la época de la formación del reino había luchado contra los Al-Saud.

Ansioso por unir el nombre de su familia al de los gobernantes del país, Fouad ofreció una dote inmensa por Samia, una princesa que, como solíamos decir sin excesiva malicia, se había librado del inconveniente de poseer una gran belleza.

Entre nosotros, nadie daba crédito a la gran suerte que había tenido Samia, quien hacía ya tiempo estaba resignada a convertirse en una solterona porque los crueles cotilleos sobre sus pequeños ojos, su estropeado cutis y su joroba habían echado a perder todas las posibilidades de matrimonio.

Fouad, decidido a ligarse como fuera al respetado clan Al-Saud, ya estaba enterado del escaso atractivo de Samia, pero no le importaba, su único deseo era casarse con una mujer virtuosa. Las mujeres de su familia lo habían prevenido diciéndolo que las mujeres atractivas eran las peores esposas, porque sólo sentían interés por las mansiones, los criados y las joyas.

Fouad había aprendido a apreciar los buenos consejos. Sabía que la belleza podía resultar muy engañosa y por eso decía que él sólo quería una mujer cariñosa y con sentido del humor. La princesa con que él soñaba no encajaba con la mujer ideal de los poetas, pero era una de las más queridas por su familia por su encanto y su elegancia.

La familia de Samia, creyendo que Fouad era tonto, aceptó su oferta y convino en celebrar el matrimonio.

Fouad estaba encantado con su esposa porque Samia tenía un gran sentido del humor, y él estaba convencido de que eso los ayudaría a superar cualquier problema que pudiera surgir en su matrimonio. La novia facilitó aún más las cosas enamorándose profundamente de su marido: formaban una pareja estupenda.

Fouad siempre adoró a su única esposa, con la que tuvo tres hijos y una hija. Curiosamente, los hijos de un hombre de rostro vulgar de una mujer a la que todos compadecían por su físico, no se parecían en nada a sus padres: mientras que los tres varones eran apuestos y elegantes, la hija poseía una belleza turbadora.

Fayza ha sido la única mujer que he conocido que podía competir con Sara por su belleza. Todos hablaban de su delicado cutis, sus soñadores ojos oscuros y su larga cabellera negra; muchos hombres que no la habían visto nunca soñaban con ella.

También tenía otra virtud que había heredado de su madre, dotada desde niña de un insólito ingenio, solía animar siempre nuestras reuniones femeninas.

Yo lamentaba que Fayza fuera mayor que mi hijo porque creía que Abdullah habría podido amarla intensamente si hubiera tenido ocasión.

Fayza, una chica guapa, ingeniosa e inteligente, estudiaba en una escuela universitaria para mujeres de Riad; cursaba primero de odontología y tenía la intención de abrir un consultorio infantil cuando acabara sus estudios.

Fouad confesó que le hacía ilusión que su hija obtuviera un título universitario, pero que en realidad no tendría por qué trabajar. En una ocasión le dijo a Kareem con orgullo que al acabar sus estudios Fayza se casaría con un hombre rico. Él ya había realizado varios contactos y había elegido tres familias con muy buena posición. Después de graduarse, su hija podría entrevistarse, con la supervisión de su padre, con cada uno de los tres jóvenes elegidos; de este modo Fayza podría decidir su futuro.

Cuando Kareem me contó los planes que Fouad tenía para su hija, sentí una gran alegría, pues pensé que habíamos adelantado mucho desde la época de mi juventud. Ninguna de mis hermanas había intervenido en la elección de su marido; por no hablar de Sara: todavía no habíamos conseguido olvidar la pesadilla que mi hermana se vio obligada a soportar durante su primer matrimonio con un hombre malvado. Fue una unión cruel que marcó a Sara para siempre y que estuvo a punto de acabar con su vida.

Yo había sido la única de la familia que tuvo el «privilegio» de conocer a su marido antes de que éste se convirtiera en su compañero de por vida, y esa decisión no fue otra cosa que el resultado de la actitud de una chica enérgica, combinada con la determinación de un pretendiente curioso.

Ahora, un hombre ya mayor hablaba de ofrecer a su hija la oportunidad de intervenir en la elección de su marido. ¡Cómo me alegraba todo aquello!

Pero tampoco me dejé deslumbrar por estos cambios porque sabía que la mayoría de las mujeres de mi país todavía eran consideradas como objetos de intercambio para conseguir determinados fines políticos o económicos; y, no obstante, cada batalla ganada contribuiría a la gran victoria final.

Ahora, los sueños de Fouad para el futuro de su hija se habían desvanecido. Su única hija, una mujer hermosa pretendida por los más poderosos hombres del país, se fugaba para casarse con un miserable refugiado palestino.

—¿Qué ha pasado? —pregunté a mi marido.

Kareem y Fouad, asistidos por su mentalidad de abogados y por la información facilitada por la misma Samia, habían logrado reproducir el drama de los amantes.

Pocas semanas después de que Jafer entrara a trabajar en la empresa, la familia de Fouad acudió a las oficinas para firmar ciertos documentos. Fouad había hecho algunos negocios en el extranjero y tenía la intención de poner algunos a nombre de sus hijos.

Jafer había sido encargado del asunto. Cuando llegó la familia de Fouad, los acompañaron al despacho de Jafer para que firmaran los documentos necesarios. Tal como exige nuestra religión, Samia y su hija Fayza iban cubiertas con el velo; pero en el interior del despacho y en presencia de un empleado de confianza, las dos mujeres se sintieron protegidas y se quitaron el velo, doblándolo sobre la cabeza para leer y firmar los documentos más cómodamente.

Samia recordaba vagamente que su hija y Jafer se miraron de forma extraña, pero, inocente y bondadosa por naturaleza, no relacionó el nerviosismo de su hija y su torcida firma con aquel joven que tenían delante, por eso, en aquellos momentos no se dio cuenta de nada.

Jafer les ofreció té y Samia vio que su hija recibía con agrado las atenciones del joven. Sus manos se habían rozado brevemente al pasarse el bolígrafo o la taza de té. Cuando Samia habló con su marido le dijo que entonces aquellos roces le habían parecido totalmente accidentales.

Kareem me contó que Fouad se había puesto a insultar a su esposa, culpándola y diciendo que todos los hombres son canallas en potencia, y que ella, la madre de una niña inocente, debería haber sido más astuta y haber sospechado la infame naturaleza de Jafer. Fouad siguió diciéndole que Jafer no era más que un hombre con un poema en los labios y un puñal en el bolsillo.

Samia no recordaba nada más, aparte de que su hija, mientras estuvieron en presencia de Jafer, parecía ruborizada y sofocada.

La doncella de Fayza, una filipina llamada Connie, sí parecía conocer más detalles. Después de que Kareem y Fouad la interrogaran descubrieron que las relaciones amorosas de los jóvenes eran muy intensas. Además, según Connie, fue la hija de Fouad, y no Jafer, la que inició el romance.

La doncella les explicó que Fayza se había enamorado de Jafer desde el primer día. La chica perdió el apetito y pasaba las noches en vela; se debatía entre la lealtad a su familia y el deseo que le inspiraba Jafer, y confesó a su doncella que estaba muy enamorada y que si no conseguía a Jafer no se contentaría con ningún otro hombre.

Connie comentó que jamás había visto a una joven tan prendada de un hombre.

La doncella, que conocía los planes de los padres de Fayza para su adorable hija, se encontraba en una posición muy difícil: no podía contar la verdad sobre su joven ama y, sin embargo, sabía que era su obligación hacerlo. Connie juró a Fouad que le había recordado a Fayza una y otra vez que la hija de una adinerada familia saudí, relacionada con los Al-Saud, no podía casarse con un oficiante palestino. Aquella situación sólo podía tener un final trágico.

Como yo era propensa a criticar nuestra sociedad, dominada por los hombres, me pregunté quién sería el culpable de todo aquello. Teniendo muy presentes las represivas costumbres sociales de Arabia Saudí, interrumpí a Kareem y le dije que había llegado a la conclusión de que la pasión de Fayza por un hombre guapo y educado suponía una burla a nuestro sistema. Con profunda frustración, seguí diciéndole que si los hombres y las mujeres de nuestro país pudieran relacionarse en circunstancias normales, esos arrebatos pasionales no serían tan frecuentes.

Sé que los flechazos, como el que sintió mi hermana Sara por su marido Assad, pueden dar lugar a verdaderos amores, pero por otra parte creo que ese fenómeno no se repite con mucha frecuencia. Cuando nuestra vida está sometida a severas restricciones morales, cuando los chicos y las chicas apenas tienen ocasión de disfrutar de la compañía mutua en un ambiente normal, las emociones espontáneas emergen rápidamente y suelen acabar en terribles tragedias personales.

Kareem, visiblemente molesto, dijo que no estaba dispuesto a escuchar mis famosas teorías sobre la subyugación de las mujeres en la cultura saudí.

Abdullah me miró con tristeza, suplicando que no hiciera una escena y yo me contuve por deferencia a mi hijo.

Kareem, satisfecho, prosiguió relatándonos lo sucedido.

Fayza le dijo a Connie que estaba enamorada y que sabía que Jafer sentía lo mismo por ella, pero que por la diferencia social que los separaba, temía que Jafer nunca tomara la iniciativa.

Fayza tomó una decisión, y llamó a Jafer a su despacho para concertar una cita con él, prometiéndole que su familia no se enteraría.

El joven le confesó que ninguna mujer lo había impresionado tanto como ella, pero rechazó su tentadora oferta, argumentando que de nada les serviría gozar de una felicidad temporal si cuando terminara la relación la dicha se convertiría en una tortura mental insoportable.

Entusiasmada, Fayza contó a Connie que su enamorado había caído en sus redes, y que estaba segura de que pronto se verían porque la conversación telefónica había sido muy apasionada: Jafer le había dicho que si algún día conseguía tenerla a su lado, ya nunca la perdería. Fayza estaba encantada.

La joven no desistió; tras dos semanas de conversaciones telefónicas cada vez más íntimas, la resolución de Jafer se debilitó y acordaron verse en el Al-Akariya, un gran centro comercial de la ciudad de Riad.

Fayza, con el velo puesto, haciéndose pasar por un familiar de Jafer, caminaba por fin junto al hombre de sus sueños. Iban de tienda en tienda, hablando. No levantaban sospechas porque aparentemente no eran más que un árabe acompañado de una mujer con velo, algo muy corriente en la ciudad.

Pasear no era la mejor forma de conocerse, pero no se atrevían a sentarse en un restaurante para comer juntos porque sabían que los restaurantes de nuestro país son el objetivo principal de los comités morales, cada vez más activos, que acosan a gentes de todas las nacionalidades que viven en Arabia Saudí.

Esos comités se dedican a entrar en los establecimientos por sorpresa exigiendo a los clientes que se identifiquen. Si una pareja que comparte una mesa no puede demostrar que son marido y mujer, hermano y hermana o padre e hija, son detenidos y conducidos a la comisaría, donde reciben su «merecido castigo». La ley establece penas que varían de acuerdo con la nacionalidad del «delincuente»: los infractores musulmanes pueden ser azotados, mientras que los no musulmanes son encarcelados o deportados.

Al principio, Jafer y Fayza se amoldaron a la situación.

Con el tiempo, Jafer encontró un apartamento donde podrían verse en privado; un amigo suyo libanés les había ofrecido su casa. Como Fayza, por ser mujer, no podía conducir, se vio obligada a confiar en un chófer de la familia, el cual sabiendo que si llegaban a descubrirlo sería deportado o algo peor, terminó aceptando la importante suma de dinero que Fayza le ofreció.

De aquella tentadora atracción surgió un gran amor. Los amantes reconocieron que nunca podrían volver a amar de aquel modo. Jafer pidió a Fayza que se casara con él. Justo cuando empezaban a reunir el valor para confesar su amor a sus familias, ocurrió un imprevisto. Uno de los hombres más ricos de Arabia Saudí acudió a Fouad para que aceptara casar a su hermosa hija con su heredero. Su familia empezó a presionarla para que aceptara. Fouad le insistía repetidas veces en que el pretendiente era inmejorable.

«¡Cuánto he luchado para construir una relación perfecta que mi padre va a destruir!», se lamentaba Fayza a su doncella.

Los amantes, desesperados, decidieron huir del país.

Fouad había sido engañado, su honor manchado y ahora no descansaría hasta dar con su hija.

—¿Cómo consiguió Fayza salir del reino sola? —pregunté, sabiendo la dificultad que tenían las mujeres para viajar libremente.

—No se marchó sola —explicó Kareem.

Me alegré de saber que Fayza no había cometido el

pecado de viajar sola. La religión nos prohíbe viajar sin un miembro masculino de nuestra familia como acompañante. Esta imposición está inspirada en las palabras del Profeta: «La mujer que cree en Alá y en el último Día (el Día del Juicio) no debe viajar a una distancia que se pueda cubrir en un día y una noche a no ser que vaya acompañada de un *mahram*.»

El *mahram* de una mujer puede ser cualquiera de los parientes con los que no se puede casar, como su padre, hermano, tío, sobrino, padrastro, suegro o yerno; también puede viajar, por supuesto, con su marido.

Me di cuenta de que Fayza tenía un gran talento para engañar a todo el mundo. Dijo a sus padres que necesitaba irse unos días de la ciudad para reflexionar tranquilamente sobre la proposición de matrimonio. Llegó al extremo de insinuar a su madre que si podía tomarse unos días de vacaciones, seguramente su respuesta sería positiva. Se le había ocurrido visitar a una prima suya que se había casado con un hombre de Dubai; sólo pedía que le concedieran un fin de semana antes de entregarse en matrimonio.

Samia se había hecho daño en la espalda y estaba en cama, así que Fayza se llevó consigo a su hermano menor como acompañante.

¿Quién podía sospechar algo del hecho de que Jafer se hubiera tomado sus vacaciones precisamente aquellos días? A ningún miembro de la familia se le habría ocurrido relacionar a Jafer con Fayza.

Ya en Dubai, libres de los peligros de Arabia Saudí, Fayza sacó su pasaporte de la maleta de su hermano mientas él estaba en la ducha y le dijo que quería ir de compras con otras mujeres. Su hermano se ofreció para llevarlas en coche al centro comercial Al Ghurair antes de reunirse con un amigo suyo que se alojaba en el Chicago Beach Hotel, situado en una de las playas más hermosas de los Emiratos.

En el centro comercial Al Ghurair, Fayza le dijo a su prima que tenía que ir al lavabo y que volvería enseguida. Su prima, que estaba eligiendo un perfume, no dio importancia al comentario y le prometió que la esperaría en la tienda.

No volvieron a ver a Fayza. Su prima, horrorizada, fue la primera en darse cuenta de que había desaparecido.

Iniciaron una intensa búsqueda. Fouad y su esposa temían por la seguridad de su hija. ¿La habrían secuestrado, violado, asesinado? Aquellos crímenes no eran corrientes en los Emiratos, pero de vez en cuando se cometían actos violentos.

Cuando Connie se enteró de la extraña desaparición de su apreciada ama, se puso a llorar y confesó las relaciones de Jafer y Fayza.

El amor de un padre no atiende a razones; incapaz de creer que su inocente hija pudiera ser tan malvada, culpó de todo a Jafer.

Hasta entonces, todo el mundo tenía a Fouad por un hombre amable y comedido; ni Kareem ni yo le habíamos visto nunca perder los estribos; pero al enterarse de que su hija había huido con un hombre sufrió un trastorno emocional. Despidió a la pobre Connie y la embarcó en el primer vuelo a Manila. Después irrumpió en las oficinas de Kareem y se abalanzó sobre el tío de Jafer. El espectáculo fue deplorable; Fouad amenazó al tío del joven con matarlo si su hija no aparecía sana y salva y con su virginidad intacta. La violencia llegó a tal extremo que una asustada secretaria india de otra oficina del edificio llamó a la policía.

En nuestro país, las responsabilidades de los desórdenes públicos siempre recaen sobre el extranjero y nunca sobre el saudí. La policía interrogó a Fouad, y luego se disculpó por interferir en un asunto privado. Si Kareem no hubiera tenido más influencia que Fouad, habrían detenido al tío de Jafer.

Mi familia estaba muy afligida; nadie sabía qué pensar.

Sara y yo fuimos a visitar a Samia. «La vida sin amor no tiene sentido», murmuré, y a partir de ahí no hice más que equivocarme con mis comentarios; en cambio, Sara supo expresar sus intensos sentimientos de una forma sutil.

Desconcertada por la huida de su hija, Samia no sabía qué decir, y empezó a farfullar atolondradas respuestas a las preguntas de Sara. Sumida en un dolor insoportable, parecía prematuramente senil.

Al salir de su casa le pregunté a mi hermana: «¿Cómo podremos cambiar las caducas tradiciones de nuestra sociedad sin destruir las esperanzas de la generación anterior?»

Yo creo que el matrimonio más natural y gratificante es el que se basa en el amor, pero la mayoría de los habitantes de mi país desprecian el amor y en cuanto al matrimonio sólo buscan respeto y compañerismo.

¿Cómo podremos los saudíes conciliar nuestras diferencias?

Como no podía dar con el paradero de su hija sin ayuda profesional, Fouad contrató los servicios de varias empresas de detectives de Francia y América. Una semana después de la desaparición de su hija, supo que Fayza se encontraba en Nevada, registrada en un hotel como esposa de Jafer.

En cuanto se enteró, Fouad viajó con sus tres hijos a América, con la intención de volver a casa con su hija. Prometió a su esposa que Fayza no se quedaría con un palestino; dominado por su despótico afecto, aseguró que prefería la muerte a la vergüenza.

La noticia causó una gran agitación en nuestra familia.

Yo estaba tan nerviosa que me mordí las uñas hasta que me sangraron.

Abdullah sufrió una depresión que puso en peligro su salud; llegó a creer que nada volvería a ser como antes.

Amani rezaba por las almas de los amantes, pero predijo que Dios no escucharía sus oraciones porque habían cometido el error de buscar el paraíso en la tierra y que a su muerte irían a parar al fuego del infierno.

Un día Abdullah, ya harto de las manías de su hermana, mirándola con desprecio, le dijo que quizá Jafer opinaba que por la belleza de Fayza valía la pena perder el cielo.

Por su parte, Maha, preocupada por Jafer y por Fayza, se mostraba hostil con cualquiera que criticara a los amantes y decía que ningún gobernante debería tener autoridad sobre el verdadero amor.

Cuando nos enteramos de que Fouad y sus hijos se dirigían hacia Estados Unidos, Abdullah y yo suplicamos a Kareem que avisara a Jafer; después de todo la familia de Fayza necesitaba unos cuantos días para mentalizarse de que ahora Fayza pertenecía a otro hombre. Aquella ira no podía durar mucho; el tiempo conseguiría apaciguarlos.

Pero mi marido se mostró fiel a la política masculina saudí de aceptar cualquier injusticia que fuera consecuencia de la obsesión de un hombre por sus mujeres o por el honor familiar. Insulté a Kareem para intentar provocarlo; le dije que lamentaba haberme casado con un hombre incapaz de entender las complejidades de los seres humanos, un hombre insensible que prefería quedarse en la superficie de las cosas.

Me marché dejando a mi marido estupefacto, pero antes añadí una última descortesía:

–¿Cómo es posible que jamás dudes entre la lógica y el sentimiento? ¿Acaso no eres humano?

Me retiré en silencio con la intención de mandar a Abdullah que registrara el despacho de Kareem para buscar los informes de los detectives. Cuando los encontró, decidimos que telefonearíamos a Jafer durante la plegaria de la noche; de esta forma nadie podría enterarse, pues Kareem estaría en la mezquita y Amani encerrada en su habitación rezando sus oraciones.

Con dedos temblorosos, Abdullah marcó el número del hotel Mirage de Las Vegas, Nevada, donde se alojaban Jafer y Fayza.

Mientras observaba a mi hijo que esperaba pacientemente a que la telefonista del hotel le pusiera con la habitación, deseé que su dolor abandonara su cuerpo para alojarse en el mío.

Cuando Abdullah logró hablar con Jafer, no encontró las palabras más adecuadas para darle a entender que corría un gran peligro.

Su amigo se sorprendió de la rapidez con que los habían descubierto, pero se sentía seguro ahora que Fayza y él estaban casados.

—¿Qué pueden hacernos? —preguntó a Abdullah.

Al ver que Abdullah dudaba, le arrebaté el auricular de la mano.

—Muchas cosas, Jafer —grité—. El honor de Fouad está manchado, y su hija ha desaparecido con un hombre que según él no la merece. No seas estúpido. Tú también eres árabe y sabes muy bien las reacciones que semejante angustia puede provocar en un padre árabe.

Jafer intentó tranquilizarme; dijo que su amor los pondría a salvo de cualquier persecución.

Fayza se puso al teléfono y por su tono de voz supe que el amor había vencido pese a los obstáculos de nuestras leyes.

—Fayza, tú sólo tienes veinte años y te has liberado de nuestras pesadas tradiciones, pero tu padre no puede hacer lo mismo que tú. Fouad tiene la mentalidad de los hombres del desierto y lo único que hará es dejarse llevar por la corriente. Para él, has cometido una grave ofensa. ¡Tenéis que marcharos! Ya os enfrentaréis a los hombres de tu familia más adelante.

No logré convencer a los amantes. Jafer, valeroso,

dijo que estaba dispuesto a hacer frente a la familia de Fayza.

Devolví el auricular a mi hijo, yo había hecho todo lo que estaba en mi mano.

Me pregunté a mí misma si sería una suerte o una desgracia que todavía no tuvieran conciencia del alcance de su tragedia. Me di cuenta de que su amor los obcecaba: Jafer y Fayza estaban ciegos; creían que la fuerza de su gran amor se impondría sobre la ira de la familia.

Lo único que cabía esperar era que Jafer y Fayza retrasaran un poco su destino.

Fouad tardó cuatro días en regresar a Arabia Saudí.

Kareem me llamó desde su despacho y, nervioso, me contó que Fouad y sus hijos habían vuelto de América. Se me hizo un nudo en la garganta; no pude formular la pregunta que quería hacerle a mi marido.

Tras un incómodo silencio, Kareem añadió que Fouad había regresado con su hija, pero sin Jafer.

Recuperé la voz:

–¿Está muerto? –pregunté. No sabía cómo podríamos decírselo a Abdullah.

–No. Jafer no está muerto –repuso Kareem, pero el tono de su voz me hizo dudar de que estuviera diciendo la verdad.

Me quedé en silencio, esperando las noticias que no estaba segura de querer oír.

–Ahora vengo, Sultana. Juntos le contaremos a Abdullah lo que ha sucedido.

–¿Qué ha pasado? –grité. No me sentía capaz de esperar los veinticinco minutos que Kareem tardaría en llegar a casa.

Oí un ruido y la comunicación se cortó. Las noticias debían de ser horribles, porque Kareem, como la mayoría de los árabes, tenía la costumbre de retrasar las noticias desagradables hasta el último momento.

Lo único que Fouad le había dicho era que tras una

breve pelea en la habitación del hotel de Jafer y Fayza, habían dejado allí a Jafer inconsciente pero no gravemente herido.

¿Y Fayza? Naturalmente, su hija había sufrido un gran trauma y ahora se encontraba sedada en su palacio. Fouad creía que sin la influencia de Jafer su hija recuperaría la sensatez rápidamente.

Miré a Kareem y, convencida de lo que decía, exclamé:

—¡Jafer está muerto!

—No digas tonterías, estaban en América.

Dos semanas más tarde recibimos una llamada de Jafer; había regresado al Líbano. Finalmente supimos la verdad de lo ocurrido.

—Está todo perdido —me dijo Jafer—, pero por lo menos he salvado mi vida.

—¡Abdullah! —grité—. ¡Es Jafer! ¡Corre!

Kareem, Maha y yo rodeamos a Abdullah mientras escuchaba en silencio a su amigo, interrumpiéndolo únicamente para darle ánimos:

—¿Qué podías hacer? No tenías alternativa.

Pero me sobresalté al oír que mi hijo contestaba:

—¡Voy para allá!

Dijo que se reuniría con su amigo en el Líbano, que nada se lo impediría.

Cogí a Abdullah por los brazos y negué con la cabeza. Kareem me apartó de nuestro hijo.

Abdullah colgó el auricular; con las lágrimas deslizándose por sus mejillas, mi hijo se tapó la cara con las manos. Apenas entendía sus palabras:

—¡Jafer está perdido! ¡Está perdido!

—¿Qué era eso que decías del Líbano? —pregunté, demasiado alarmada por la idea de que Abdullah viajara a ese país para ayudar a Jafer.

—Cállate, Sultana —ordenó Kareem.

Abdullah se tranquilizó y nos explicó cómo Fouad y

sus hijos se habían llevado a Fayza; así conocimos la otra versión.

Fouad llamó a la habitación desde la recepción del hotel, cuando ellos estaban durmiendo. Con tono civilizado le preguntó si podía subir con sus hijos. A Jafer no se le había ocurrido pensar que pudiera estar en peligro y les abrió la puerta con una sonrisa en los labios.

Fouad y sus hijos no le dieron oportunidad de hablar. Ofendidos por la sonrisa de Jafer, que debieron de interpretar como una provocación, los hermanos de Fayza se abalanzaron sobre él. Jafer, cogido por sorpresa, no pudo luchar contra cuatro hombres. Parece ser que le golpearon en la cabeza con algún objeto y que perdió el conocimiento.

Al despertarse, horas más tarde, su reciente esposa y sus parientes habían desaparecido.

Jafer dijo que al ver que se habían llevado a Fayza se dio cuenta de que todo estaba perdido. Sabía perfectamente que en nuestro país las mujeres saudíes no se podían casar con extranjeros. No había forma de reclamar a Fayza por medios legales, pese a que estaban casados, porque su unión no estaba reconocida en Arabia Saudí. Si Jafer hubiera sido saudí y Fayza palestina, no habría habido ningún impedimento porque los saudíes sí están autorizados a casarse con quien quieran.

A pesar de todo, Jafer viajó a Londres en un desesperado intento de volver al reino, pero allí le dijeron que su permiso de residencia en Arabia Saudí ya no tenía validez.

Jafer, que hasta entonces había temido la reacción de Kareem, superó su temor y le telefoneó; quizá él podía ayudarlo.

Mi marido le contestó que no estaba dispuesto a hacerlo porque con eso sólo conseguiría poner en peligro su vida: si Jafer regresaba a Arabia Saudí, Fouad y sus hijos lo matarían.

Aunque Kareem no lo confesó, yo sabía que mi marido jamás podría perdonar a Jafer. Para Kareem era un gran bochorno que un empleado de su confianza hubiera conquistado y raptado a la única hija de su viejo amigo y socio, sólo el gran amor que sentía por Abdullah le hizo callar.

Kareem, que nunca hacía promesas que no pudiera cumplir, le aconsejó que rehiciera su vida en el Líbano, aprovechando que el país estaba recuperando la paz.

–Qué lástima –dije–. Es el fin de un magnífico amor. Y ahora Jafer está solo, enfrentado a un poder devastador.

Mi hijo, de pie y en silencio con su túnica blanca, ofrecía una imagen inolvidable. Por primera vez vi en él a un hombre, y no a un niño. Abdullah, muy afectado, dijo que no, que Jafer nunca estaría solo porque él nunca abandonaría a su amigo; pensaba ir al Líbano a visitarlo.

Kareem y yo le prohibimos viajar a ese país, pero a él no pareció importarle que no le diéramos permiso y dijo que iría de todos modos.

Aquel viaje podía depararnos infinitas calamidades. Mientras me acostaba, triste y cansada, pensé en cómo podía impedirlo.

Debí imaginarme que todos mis intentos terminarían fracasando porque es imposible tratar de hacer obedecer a un hijo que se está convirtiendo en adulto. La vitalidad de la juventud no acepta fácilmente la derrota.

9. ABDULLAH

> Se lo daremos a nuestros hijos, y ellos a sus
> hijos, y no se perderá.
>
> KAHLIL GIBRAN

Tras el turbulento incidente de Jafer y Fayza, experimenté un duradero y deprimente cambio y me refugié en mí misma, pues mi hijo Abdullah había planeado su viaje al Líbano con tanto detalle que acabé creyéndole cuando me dijo que nada le impediría realizarlo.

Kareem me aconsejó que me tranquilizara, asegurándome que su ímpetu se iría desvaneciendo a medida que surgieran las dificultades de viajar al Líbano.

Estaba furiosa con mi marido y le pregunté cómo podía él seguir tan tranquilo mientras yo sufría de aquel modo por mis hijos.

Kareem esbozó una misteriosa sonrisa y me recordó que el pasaporte de Abdullah estaba guardado en la caja fuerte: nuestro hijo no podría salir del país.

Ante aquel estado de cosas, mi oposición a los planes de Abdullah no era más que esporádica, desorganizada y poco eficaz. En cuestión de días, la apacible relación con mi hijo se llenó de tensos silencios.

Todos estábamos nerviosos; mientras Abdullah hacía sus preparativos, Amani se lamentaba de no poder hacer nada para mejorar la moral de sus hermanos. Por este motivo y, movida por la fe, Amani había empezado a espiar a nuestros empleados. Estaba horrorizada por el presunto relajamiento de las costumbres de nuestro servicio, formado por sesenta criados. Según ella los muchos encuentros amorosos secretos que se producían entre ellos la habían llevado a convertir a los criados cristianos e hindúes a la fe musulmana, que consideraba superior.

Tras incontables discusiones con mi hija, que criticaba desconsiderada e inconsistentemente a los practicantes de cualquier religión que no fuera la nuestra, acabé por reconocer que Amani estaba superando a su madre en perseverancia.

Todos aquellos problemas hacían que me pasara muchas horas sola en mi habitación, pensando en mis tres hijos.

Cuando no eran más que unos niños, me dieron muchas alegrías, con lo que mi vida tenía un claro sentido. Sólo Maha había dado algunos problemas de pequeña, pero nunca sospeché que tendríamos que sortear tantos peligros. En aquellos tiempos, los momentos de felicidad eran mucho más abundantes que los intervalos de preocupación y temor por el destino de aquellas criaturas que había traído al mundo.

Ahora que mis hijos se estaban convirtiendo en adultos, llegué a la terrible conclusión de que la única condición previa a la maternidad era una precaria dependencia del azar, pues nada de lo que yo dijera o hiciera alteraba el impredecible comportamiento de mis hijos.

Aquel día llegué a sentir lo mucho que me costaba aceptar el fracaso. Me metí en la cama y dije a mi marido que nada de lo que había esperado de la vida se estaba cumpliendo. Aquel bache psicológico por el que atravesaba se producía en un momento en que Kareem estaba muy ocupado, y como sus ratos libres eran tan pocos, él no tenía ánimos para consolarme y librarme de aquella melancolía, de aquel intruso mental que había destrozado mi alegre búsqueda de la felicidad.

Me sentía cada vez más sola. Me dejé llevar por la autocompasión; empecé a dormir mal y a comer demasiado, y me engordé. Los miembros de la familia que pretendía manipular me ignoraban sistemáticamente, y empecé a maltratar a mis familiares y a mis criados. Adquirí incluso el hábito de retorcerme el cabello, tirar de él y morderlo, hasta que se me estropeó. Un día, Kareem, que ya se había fijado en aquella mala costumbre, comentó con sarcasmo que creía que había cambiado de peluquero, pero que ahora se daba cuenta de que lo que pasaba era que me estaba comportando como una chiquilla.

Me defendí acusándolo injustamente de preocuparse sólo de sí mismo y de dejar que fuera yo sola la que se encargara de vigilar a nuestros hijos.

Dominando su impaciencia, Kareem apartó la mirada y se quedó como ausente. Luego dijo que estaba intentando recordar unos versos que había leído acerca de la crianza de niños díscolos: «Puedes dar amor a tus hijos, pero no puedes darles tus ideas porque ellos tienen las suyas.»

–Kahlil Gibran –dije.

–¿Cómo?

–Esos versos son de *El Profeta* y fui yo la que te los leí mientras esperábamos el nacimiento de Abdullah.

Una sonrisa iluminó su semblante; me pregunté si estaría recordando los felices momentos que pasó con nuestro hijo recién nacido.

Pero, admirado, dijo:

–Sultana, eres increíble. ¿Cómo puede ser que recuerdes una cosa así?

A Kareem siempre le había sorprendido mi memoria; todo cuanto oía o leía se me quedaba grabado para siempre y no lo olvidaba nunca.

Agradecí su cumplido, pero las causas de mi disgusto eran tan profundas y diversas que no podía dejarlas a un lado. El enfrentamiento con mis hijos me había impedido reconocer que mi marido poseía una mente lúcida y lógica, pero como no tenía nadie más con quien pelear, seguí fastidiándole y le dije que era como Nerón, quien a pesar de que su reino estuviera en llamas no quería reconocer el desastre.

Harto de recibir insultos, Kareem decidió dejarme a solas para que reflexionara sobre su último comentario, nada halagador: «Lo tienes todo, Sultana, y, sin embargo, tienes miedo y no entiendes nada. Un día tendrán que encerrarte en un manicomio.»

Kareem tardó dos días en volver.

Poco después de aquella acalorada discusión, estaba tocándome el cabello distraídamente mientras hojeaba una revista americana, en la que había un artículo sobre una extraña enfermedad que sólo afecta a las mujeres y que las hace tirarse del cabello hasta que se quedan completamente calvas; tras quedarse calvas, esas desgraciadas mujeres empiezan a comerse las cejas, las pestañas y el vello.

Rápidamente dejé de tocarme el pelo. ¿Tendría yo aquella enfermedad? Corrí a mirarme en el espejo y me examiné el cuero cabelludo en busca de clapas. Verdaderamente, mi cabello se había vuelto muy fino. Estaba francamente preocupada porque siempre había sido vanidosa y no me agradaba la idea de quedarme calva. Por si fuera poco la religión musulmana también nos prohíbe quedarnos calvas.

Con el tiempo comprobé que no padecía aquella terrible enfermedad, pues al parecer, a diferencia de lo que les ocurría a las mujeres del artículo, mi aprecio por la belleza me ayudó a superar rápidamente aquel hábito.

Pese a haber conseguido conservar mi cabello, temía perder mi pasión por la vida, y me dije que si no dominaba aquella depresión, la vejez me llegaría prematuramente. Dominada por la autocompasión, me imaginé que tendría una muerte lenta precedida de una gradual pérdida de los sentidos.

Fue mi querida hermana quien me salvó de aquel comportamiento negativo.

Sara, que desde el principio había advertido mi apatía, procuraba pasar muchas horas conmigo, colmándome de atenciones. Ella me comprendía perfectamente y sabía que ahora mi vida giraba alrededor de los problemas con Abdullah y Amani.

Recuerdo un día en que mi hermana me miró con compasión cuando, con lágrimas en los ojos, le dije:

–Sara, si tuviera que volver a nacer no creo que sobreviviera.

Sara esbozó una tímida sonrisa, y, con ironía, comentó:

–No creo que muchos de nosotros sobreviviéramos si tú volvieras a nacer, Sultana.

Nos echamos a reír.

Mi hermana seguía siendo encantadora a pesar de que ella también tenía sus problemas: su hija no dejaba de preocuparla. De sus cinco hijos, cuatro eran prácticamente perfectos, mientras que Nashwa, que nació el mismo día que Amani, disfrutaba creando conflictos.

Sara me dijo en el más estricto secreto, que podía alegrarme de que Amani se interesara por la religión, porque ella tenía el problema opuesto con Nashwa: su hija sentía una atracción desmesurada por el sexo opuesto; Assad ya la había descubierto en dos ocasiones con jóvenes saudíes en una tienda de discos de un centro comercial de la ciudad.

Con lágrimas en los ojos, me confesó que su hija coqueteaba descaradamente con cualquier varón que entrara en el recinto de su palacio. Siguió contándome que la semana anterior Nashwa había tenido una animada conversación sobre asuntos sexuales con dos de los chóferes filipinos. Ellos estaban enterados porque uno de sus hijos les había escuchado; cuando le pidieron explicaciones, ella se defendió alegando que tenía que hacer algo para romper la monotonía de la vida de Arabia Saudí.

Assad se vio obligado a despedir a aquellos empleados y contrató a unos musulmanes egipcios de mayor edad que los filipinos, seguro de que respetarían la principal norma musulmana: ignorar a las mujeres impertinentes de la casa.

Aquella misma mañana, Sara había escuchado una conversación telefónica de su hija con una amiga. Las niñas estaban hablando con todo detalle del tipo que tenía el hermano mayor de la amiga de Nashwa. Sara creía que Nashwa estaba enamorada de aquel chico y ahora tenía que controlar las visitas de su hija a aquella casa.

Ella estaba muy preocupada por la falta de moral y la improcedente conducta de Nashwa: había oído decir que uno de los errores de la naturaleza era que la belleza y la virtud solían darse por separado. Según mi hermana, su hija era una hermosa joven con aire inocente, pero muy poco virtuosa.

Tuve que reconocer que, comparadas con los problemas que mi hermana tenía con Nashwa, las dificultades que me planteaba Amani eran insignificantes. Yo tenía el consuelo de que la piedad de Amani contaba con la aprobación de las autoridades religiosas, mientras que la conducta de Nashwa podía complicar a Sara y Assad en el inacabable enredo del sistema religioso y legal saudí.

Volvió a asaltarme el temor de que Nashwa fuera mi hija y que Amani lo fuera de Sara. Estuve a punto de preguntarle a Sara qué opinaba de aquello, pero pensé que si le confesaba mis temores ella podría proponerme un intercambio. Recordé que en mi país es mejor acarrear con una fanática religiosa que con una chica interesada por el sexo.

En un intento de animar a mi hermana, le dije que muchas veces los padres sólo veían los defectos de sus hijos. Quise mencionar alguna de las virtudes de Nashwa, pero no se me ocurrió ninguna.

Sara y yo nos quedamos un rato calladas, mirándonos. Sabíamos que nos entendíamos perfectamente.

Sin dejar de pensar en su hija, Sara empezó a hablar del progreso de la civilización, y consideró la posibilidad de que los animales se hubieran convertido finalmente en seres humanos. Esto se podía comprobar en la conducta de nuestros hijos: ellos habían sido protegidos de todas las preocupaciones mundanas, habían disfrutado de todo tipo de comodidades, de ocupaciones intelectuales y de una guía moral y, sin embargo la meticulosa organización de nuestra sociedad había causado muy poco impacto en su desarrollo.

Sara continuó diciendo que había llegado a la conclusión de que los seres humanos éramos únicamente un resultado de la genética, y que sus hijos habrían podido crecer como plantas silvestres, en lugar de hacerlo como plantas de jardín cuidadosamente atendidas. A continuación añadió, sonriendo:

–Además, los radicales de una generación se convierten en los reaccionarios de la siguiente, así que quién sabe cómo serán los hijos de nuestros hijos.

Me encontraba mucho mejor que los días pasados porque siempre alivia saber que los demás también tienen problemas, aunque esa persona sea un ser querido.

Me reí y le di la razón, diciéndole que no todas las semillas que habíamos plantado habían florecido. Pensé que al fin y al cabo la vida estaba en manos de Dios y me prometí que no volvería a preocuparme.

Sara fue a ver qué hacían sus hijos, que estaban jugando en el parque infantil situado junto al zoo de Amani, y yo me dispuse a bañarme y vestirme para ir a visitar a Fayza. Ni Sara ni yo habíamos visto a la pobre chica desde su obligado regreso, aunque habíamos oído, con cierta sorpresa, que se había recuperado y que empezaba a relacionarse con parientes y amigos.

Por primera vez en varios días empezaba a sentir cierta paz, y aquella llamada telefónica de mi marido me cogió desprevenida.

El tono de su voz era alarmante:

–Sultana, ve a la caja fuerte y busca el pasaporte de Abdullah.

–¿Para qué?

Kareem me dijo que me callara y que obedeciera.

Esperando lo peor, solté el auricular y corrí al despacho de mi marido, situado en el primer piso de la casa. Nerviosa, tuve que marcar tres veces la combinación para poder abrir la caja.

Mi marido guardaba su pasaporte en la caja fuerte de su oficina, mientras que el mío y los de nuestros hijos estaban en la caja fuerte del despacho que Kareem tenía en casa.

Revolví todos los documentos pero no encontré el pasaporte de Abdullah.

Entonces me di cuenta, horrorizada, de que sólo había dos pasaportes: el de Maha también había desaparecido.

¿Qué estaba pasando? ¿Cómo había podido ocurrir aquello? Sólo Kareem y yo sabíamos la combinación.

–¡No! –exclamé al no encontrar los permisos firmados que guardaba Kareem para que las mujeres de su familia pudieran salir del reino sin compañía de un varón de la familia.

Estaba aturdida. ¿Se había marchado Maha sola? ¿O habían huido juntos ella y su hermano?

El teléfono privado del despacho de Kareem empezó a sonar.

Mi marido se había cansado de esperar por la línea que yo había atendido en nuestro dormitorio.

–¡Sultana! –gritó–. ¿Qué pasa?

Le conté a Kareem lo que acababa de descubrir.

¿Y los dólares?

No se me había ocurrido buscar los dólares que guardábamos en la caja fuerte por si algún día estallaba una revolución religiosa en el país. Con aquel dinero, que confiábamos no tener que utilizar nunca, podríamos sobornar a los funcionarios para salir de Arabia Saudí.

Abrí el cajón que había en la parte superior de la caja fuerte. El dinero había desaparecido, tal como imaginaba Kareem. Abdullah se había llevado más de un millón de dólares en efectivo. ¿Había perdido el juicio?

–Los dólares han desaparecido –le dije.

–Entérate de si Maha está en el colegio. Yo voy al aeropuerto.

–¡Date prisa! –exclamé. Sabía que mi hijo iba camino del Líbano. Pero, ¿qué pintaba Maha en todo aquello? A Abdullah no se le habría ocurrido llevarse a su hermana a un país tan peligroso. El miedo y la confusión me impedían pensar con claridad.

–Intentaré llamarte desde el coche –añadió Kareem–. Haz lo que te he dicho, busca a Maha.

Cogí el primer vestido que encontré y me puse corriendo la *abaaya*, el velo y la *shayla*, mientras llamaba gritando a Sara para que me acompañara al colegio de Maha. Le dije a mi doncella que buscara a Mousa, el más joven de los chóferes egipcios, porque sabía por experiencias anteriores que a él no le importaba conducir a toda velocidad.

El colegio de Maha estaba a quince minutos en coche de nuestra casa, pero sólo tardamos diez minutos. Por el camino le conté a Sara lo poco que sabía de la situación.

Las diecisiete chicas de la clase de historia estaban tomando apuntes y escuchando al profesor que aparecía en una pantalla de televisión situada en el centro del aula. La clase se impartía con vídeos porque en Arabia Saudí está prohibido que un profesor entre en un aula de chicas.

Cuando irrumpí en el aula llamando a mi hija, Maha se ruborizó. Al verla me abalancé sobre su pupitre y exclamé:

—¡Maha! ¡Estás aquí!

Maha me apartó, malhumorada, y dijo:

—¿Dónde querías que estuviera?

Pedí a la directora del colegio que diera permiso a mi hija para que regresara a casa conmigo. Sin dar muestras de la menor curiosidad acerca de mi atolondrado comportamiento, la directora indicó a Maha que recogiera sus libros. Nos preguntó si tardaría más de una semana en volver a clase. Como no lo sabía, dije que sí. Entonces, la directora dijo que pediría a los profesores de Maha que le guardaran los apuntes.

—¡Madre! ¿Qué pasa? —me preguntó mi hija mientras entrábamos en el coche.

—Pensaba que te habías ido con Abdullah.

—¿Con Abdullah?

Se suponía que mi hijo estaba en su colegio, una institución diferente sólo para chicos.

Maha me miró, sorprendida.

—Madre, no entiendo nada. —Miró a Sara, y añadió—: ¿Qué pasa, tía?

Sara le explicó la misteriosa desaparición de los pasaportes y le comentó que no entendíamos por qué se había llevado Abdullah el pasaporte de su hermana.

De repente, Sara me miró por encima de la cabeza de mi hija; estábamos pensando lo mismo.

—¡Fayza! —murmuramos al unísono.

Ordené al chófer que nos llevara a casa de Fouad y Samia:

–¡Deprisa!

Comprendí los planes de Abdullah: había cogido el pasaporte de Maha para la esposa de Jafer. Abdullah había planeado su rescate. Era Fayza y no Maha, la que iba a viajar al Líbano con él. Con el velo puesto, las mujeres saudíes pueden viajar utilizando el pasaporte de otra.

Cuando Maha comprendió el significado de la acción de su hermano, me suplicó que volviéramos a casa.

–¡Por favor, madre, deja que se vayan!

Era un momento difícil. Si no se lo contaba todo a los padres de Fayza, me convertiría en cómplice de la intrusión de mi hijo en la vida privada de otro hombre. Pero si no impedía que Fayza siguiera lejos de un hombre al que amaba lo suficiente como para casarse con él, jamás podría volver a decir que luchaba por los derechos de las mujeres.

Sara y yo nos miramos durante un largo espacio de tiempo. La mirada de Sara era clara y penetrante, y supe que ella estaba reviviendo los terribles abusos sexuales que tuvo que soportar en su primer matrimonio. Si nuestra madre no se hubiera revelado contra nuestro padre, arriesgándose al divorcio y a una separación permanente de sus preciosos hijos, Sara habría seguido siendo la esclava de un hombre que odiaba, sin llegar a conocer el maravilloso amor que ahora compartía con Assad.

Ahora puedo decir que mi decisión fue el resultado de la intolerancia y la represión que sufren las mujeres de mi país; hemos soportado durante demasiados siglos los abusos de los hombres.

–Llévenos a casa –ordené a Mousa, movida por lo mejor y no por lo peor de mi linaje.

Maha se echó a reír espontáneamente, y me besó una y otra vez, aplastándome contra el asiento del automóvil.

A Sara se le iluminaron los ojos; me cogió la mano con fuerza, diciendo:

–No te preocupes, Sultana. Has tomado la decisión correcta.

Mousa nos miraba extrañado, mientras abría y cerraba la boca como un pájaro abrasado por el sol del desierto. Me di cuenta de que no estaba de acuerdo con el rumbo que estaban tomando los acontecimientos.

–Mirad al conductor –dije en francés, un idioma que el chófer no entendía–. No está de acuerdo con nosotras.

–¿Acaso hay algún hombre en este país que apruebe el derecho de las mujeres a elegir a su marido? –preguntó Maha–. Si consigues decirme uno… ¡me caso con él!

Pensé en todo lo que había ocurrido a lo largo de la jornada. Me sentí aliviada porque vi que mi hija estaba en el buen camino, aunque ella todavía no lo supiera.

–Abdullah –contesté–, tu hermano, mi hijo. Abdullah es ese hombre.

Miré a mi hija en silencio, mientras regresaba al pasado. Vi a mi primer hijo en mis brazos, recién nacido. Las emociones que sentí el día de su nacimiento me abordaron con una breve oleada de felicidad. Desde aquel día me pregunté si mi hijo contribuiría a empezar el severo sistema que esclavizaba a las mujeres de mi país y recé para que no fuera así, para que su influencia en la historia de nuestro país fuera positiva, y ayudara a realizar cambios en las rígidas costumbres sociales de Arabia Saudí.

Resultaba difícil juzgar su conducta, pero la aplaudía sinceramente y sabía que mis más hondos deseos se habían cumplido: un varón nacido de mi vientre defendería la causa de las mujeres saudíes.

¡Qué hijo tan valiente!

Sin importarme ya la reacción de Mousa, volví a hablar en árabe, y recordé a Sara y a Maha que los hombres de la generación de Kareem ya habían hablado en favor de las mujeres, pero que los religiosos militantes los habían hecho callar. Lamentando la timidez de los hombres de mi generación, yo ya no buscaba consuelo en ellos.

Pero la esperanza no estaba perdida mientras las mujeres árabes dieran a luz hombres como Abdullah.

Continué diciéndoles que sabía que mi querido hijo era un príncipe que algún día emplearía todo su poder y su influencia para mejorar nuestra situación.

Animada por la valerosa actitud de Abdullah, durante el resto del camino a casa no hablé de otra cosa, y escandalicé a Mousa con mi sincero discurso sobre la necesidad de liberar a las mujeres, incluso a su propia esposa, una mujer a la que Mousa obligaba a vivir con sus padres en un pequeño pueblo de Egipto, mientras él trabajaba para nosotros.

Kareem me estaba esperando en casa; no le sorprendió verme tan feliz y me imaginé que mi marido asociaba mi buen humor con el descubrimiento de que mi hija estaba a salvo. No sabía que mi felicidad estaba relacionada con nuestro hijo y con el hecho de que Abdullah hubiera decidido enfrentarse a la injusticia y defender la libertad.

A Maha le asustó la ferocidad de la mirada de su padre y comentó que tenía cosas que hacer.

Sara recogió a sus hijos y se marchó a su casa, susurrándome al oído que la llamara en cuanto pudiera.

Oí la voz de Amani, entonando sus sentidas oraciones.

Por fin me quedé sola con mi marido.

Pensé que la tensa expresión de su semblante se debía al agobiante peso de su descubrimiento y sus acusaciones me cogieron desprevenida.

—Sultana, tu perfume acompañaba a Fayza en su huida —declaró.

Aquella insinuación me hizo enmudecer, y traté de que probara la fuerza de mis puños.

Kareem, que conocía bien mi forma de actuar, estaba preparado; se hizo a un lado y desvió el puñetazo.

A lo largo de todos aquellos años, Kareem siempre había dominado sus reacciones fingiendo que era una persona moderada para hacer que fuera yo la que pareciera perder el control en todas nuestras peleas. Esta vez no iba a ser una excepción:

–Éste no es momento para peleas, Sultana –dijo–. Nuestro hijo y Fayza han huido del reino; debes decirme adónde han ido.

No conseguí convencerle de que, si bien nuestro hijo había heredado mi talento para mentir, yo no había participado en sus planes para reunir a Jafer y a su esposa.

Pero mi pasado me estaba traicionando y no podía probar mi inocencia.

Pensé que Kareem, como marido, no me estaba demostrando su fidelidad y así se lo dije.

Kareem me dijo que le resultaba imposible creerme: se había casado con una mujer mitad ángel y mitad demonio, que el demonio que había en mí casi siempre dominaba al ángel, y que cuando se trataba de asuntos que afectaban a las mujeres yo no sabía hablar sin mentir.

Más furiosa que antes, porque qué mujer puede encajar las críticas con elegancia, escupí a los pies de Kareem y me marché de la habitación, prometiendo no volver a dirigirle la palabra.

Kareem creyó que lo mejor sería dejar a un lado sus dudas, porque sin mi colaboración no conseguiría encontrar a su hijo ni recuperar a la hija de Fouad. Optó por disculparse y aceptó que podía estar equivocado, y trató de convencerme de que teníamos que impedir que nuestro hijo cometiera una ofensa y se inmiscuyera en los asuntos personales de otro hombre.

Sospechando sus verdaderas intenciones, me resistí a perdonarle; cerré los ojos para no verlo y le indiqué que se marchara.

El placer de la venganza se desvaneció en cuanto se cerró la puerta.

¿Y mi hijo, estaría a salvo?

Durante cinco días no hubo paz en nuestro hogar porque Kareem y yo no conseguimos hablar sin pelearnos. Amani rezaba y lloraba, mientras Maha cantaba canciones de amor y celebraba la huida de Fayza.

¿Hay algo en la vida más dulce que el éxito?

Fayza, con un solo propósito en la mente, sorteó todos los obstáculos y consiguió reunirse con el hombre que amaba.

Jamás me habría imaginado la reacción de Fouad y Samia ante la desesperada huida de Fayza. Hasta el último momento, creí que Kareem se vería obligado a utilizar sus influencias para proteger a nuestro hijo, pero me sorprendió saber que Fouad había aceptado con resignación la marcha de su hija.

El quinto día después de su desaparición, Abdullah nos telefoneó desde Chipre, la pequeña isla situada junto a las costas del Líbano. Abdullah no nos tenía ningún miedo y ante nuestras protestas alegó que, posibilitando el encuentro entre Jafer y Fayza, se había puesto al lado de la justicia y no de la venganza.

Nos contó que Fayza había telefoneado a sus padres hacía una hora y que Fouad y Samia sólo querían contar con una segunda oportunidad para aceptar a Jafer como su hijo. Fouad le dijo que si Jafer y ella no daban la espalda a la familia, él prometía no «dejarse arrastrar otra vez por un río de cólera».

Los seres humanos nunca quieren ceder cuando se sienten fuertes, pero cuando su posición se debilita están dispuestos a recurrir al arbitraje. Temiendo no volver a ver a su preciosa hija, Fouad y Samia habían llegado a la conclusión de que aceptarían su matrimonio con un hombre de inferior posición social y económica.

Como soy desconfiada por naturaleza, pensé que

quizá se tratara de una treta para atraer a Jafer a un país donde no tenía ningún derecho. Si Fouad se lo proponía, una vez en Arabia Saudí, Jafer podía ser encarcelado con cualquier pretexto.

Pero no sucedió nada de eso.

Aquel mismo día, Fouad y su familia viajaron a Grecia para encontrarse con Jafer y Fayza en un país maravilloso, donde los hombres llevaban muchos siglos viviendo civilizadamente. Todos olvidaron sus amargos pensamientos; Jafer y Fayza por fin hallaron la felicidad con las personas que habían cuestionado hasta entonces la legitimidad de su matrimonio.

Fayza consiguió un permiso especial para casarse con un musulmán de otra nacionalidad y se celebró una segunda boda, mucho más festiva, en un hotel de El Cairo.

Kareem y yo fuimos a Egipto con nuestras dos hijas para asistir con Abdullah a la ceremonia.

Jafer y Fayza se empeñaron en que los invitados acudieran juntos, sin importar su sexo, a la recepción ofrecida en el hotel Mina House. Su gran amor hizo sonreír incluso al sombrío Kareem, quien continuaba avergonzándose de que su hijo hubiera interferido en la vida privada de su amigo. Kareem se sintió más relajado cuando Fouad le confesó que las cosas no podían haber terminado de otro modo porque, mucho antes de que Abdullah rescatara a Fayza, la inmensa tristeza de su hija había hecho decidir a sus padres que Fayza debía regresar junto a Jafer pues ya no podían seguir ignorando su dolor. Fouad aseguró a mi marido que el día que Fayza desapareció, ellos habían estado a punto de rendirse

Kareem y yo vimos cómo Fouad se unía a Jafer y a Fayza en un solo abrazo. El joven, radiante, miraba a su esposa y era evidente que amaba a Fayza con más fuerza que antes.

¡Estaba tan contenta! Por fin una mujer saudí lograba casarse con el hombre que había elegido.

–¿Lo ves? –susurré a Kareem–. Cualquier línea recta puede convertirse en una curva.

Una tragedia familiar había terminado siendo una escena de gran armonía.

Aquella misma noche, Kareem y yo contemplamos la belleza del firmamento egipcio desde el patio de nuestra villa de El Cairo.

Con gran sorpresa por mi parte, mi marido se disculpó con una gran sinceridad. Vacilando entre la vergüenza y el amor, Kareem me prometió que no volvería a prejuzgarme: Abdullah le había dicho que yo no había tenido nada que ver en su plan para liberar a Fayza.

Después, se metió la mano en el bolsillo, como si se le acabara de ocurrir aquella idea, y extrajo el diamante más enorme que yo había visto en mi vida, montado en una cadena de oro. Mi marido me puso el collar cariñosamente y sentí sus labios rozándome el hombro.

Años atrás, yo había llegado a odiar el amargo vacío de mi vida matrimonial y hacía tan sólo un mes que no conseguía encontrar un sentido a la vida. Ahora me acosaban todo tipo de emociones: cariño, remordimiento y, sobre todo, confusión. ¿Sería Kareem aquel raro fenómeno, un marido tierno, viril, práctico e inteligente? ¿Me habría equivocado al juzgar su carácter?

¿Cómo podía un saudí ser la fuente de mi felicidad, si yo había luchado toda mi vida contra ellos?

En una ocasión oí decir que el avaro nunca está satisfecho con su dinero, tampoco el sabio con su conocimiento. ¿Acaso yo nunca conocería la satisfacción? Aquella posibilidad me llegó a parecer terrible.

Recordé un proverbio árabe: «Si tu marido está hecho de miel, no te lo comas.»

Ahora consideraba a Kareem de una forma muy diferente y al recordar los numerosos insultos que le había lanzado, supliqué a Dios que me ayudara a dominar mi lengua y a ser más razonable.

Sonreí, y de pronto sentí que las heridas que me había provocado su conducta en nuestros primeros años de matrimonio iban cicatrizando.

Las heridas apenas habían dejado señal.

10. FATMA

> Algo había muerto en cada uno de noso-
> tros: la esperanza.

Oscar Wilde

Al día siguiente, Kareem y yo estábamos sentados
con nuestros hijos en el mirador de nuestra villa de El
Cairo. Un precioso jardín de flores rodeaba el amplio
porche y el dulce aroma de las rosas y las madreselvas
invadía el aire, recordando la refinada presencia británica
en El Cairo. Mi marido y yo disfrutábamos del frescor
de aquella zona amplia y sombreada, pues aquella tarde
no soplaba ni la más leve brisa; los edificios de la popu-
losa ciudad guardaban el opresivo calor del día, adorme-
ciendo los sentidos de los ocho millones de habitantes de
El Cairo.

Nuestros tres hijos hablaban en voz baja, comentan-
do que «la olvidadiza Fatma» había vuelto a olvidarse de
ellos. Así llamaban a nuestra ama de llaves egipcia cuando ella no podía oírlos.

Reprendí a mis hijos y les dije que Fatma ya no era
joven y que a sus pies les costaba trabajo arrastrar aquel

voluminoso cuerpo. Pero no pude contener una sonrisa, y pensé que seguramente mis hijos tenían razón: probablemente Fatma estaba ocupada en otra tarea y había olvidado por completo a sus amos, que esperaban impacientemente que les trajera un refresco. El despiste de Fatma le hacía olvidar por qué se había marchado de una habitación y había entrado en otra. Kareem se había quejado muchas veces, diciendo que deberíamos despedirla y contratar a una mujer más joven y enérgica, pero yo me resistía, porque ella era una persona de confianza y siempre había demostrado un sincero amor por mis tres hijos.

Kareem me dijo que no quería perderla porque la mujer me entretenía con interesantes historias sobre los escándalos de El Cairo, pero no era verdad.

Fatma había sido nuestra ama de llaves desde que compramos la villa, hacía muchos años. Abdullah sólo tenía dos años cuando Fatma entró en nuestras vidas, y nuestras hijas todavía no habían nacido, así que los tres niños tenían muchos recuerdos de ella.

Justo cuando me levanté de la silla para ir a recordarle nuestro encargo, oí el familiar roce de sus sandalias contra el suelo de mármol del pasillo que conducía al porche.

Miré a Kareem, que hizo un gesto de desesperación. Mi marido no entendía por qué tenía que soportar los inconvenientes causados por aquella criada tan anciana.

—Kareem, no olvides que Dios te está observando —dije con picardía.

—Sultana, no te entrometas en mi relación con Dios —replicó mi marido con aspereza.

Mis hijos creyeron que íbamos a enzarzarnos en una pelea y que estropearíamos la tarde, así que Amani abrazó a su padre y Maha me suplicó que no me enfadara.

Les dije que estaba demasiado contenta para discutir. Entonces me fijé en nuestra criada. Recordando a la esbelta y elegante Fatma del pasado, vi cómo la anciana abría con dificultad las puertas de cristal que separaban el porche de la villa. Estaba muy gorda y le costaba mucho mantener el equilibrio de la bandeja, en la que traía los vasos y una jarra de cristal llena de zumo de limón.

Fatma, como la mayoría de las mujeres egipcias, había tenido problemas de peso desde su primer embarazo. Con cada nuevo hijo, iba engordando más y más. Un día, Abdullah, muy asustado, me preguntó cómo podía la piel de Fatma seguir soportando el peso de tanta carne.

Fatma tardó un buen rato en llegar hasta la mesa de junco.

Abdullah se puso en pie y cogió la bandeja, insistiendo en que él serviría las bebidas.

Kareem y yo nos miramos, y pude ver que se mordía el labio inferior para no protestar. Ya desde pequeño, a Abdullah le afectaba fácilmente el sufrimiento ajeno. Yo me enorgullecía de la sensibilidad de mi hijo, pero sabía que su padre no quería que hiciera el trabajo de los criados.

Para distraer a Kareem pedí a nuestro hijo que nos contara más cosas del Líbano, pues desde que nos habíamos reunido con él en El Cairo no habíamos tenido mucho tiempo para que nos relatara sus aventuras. Recordé que cuando Kareem era joven, había pasado muchos momentos felices en la hermosa ciudad de Beirut porque muchos miembros de la familia real saudí viajaban al Líbano para descansar y relajarse, antes de que una estúpida guerra destruyera aquel maravilloso país.

Abdullah, a diferencia de Kareem, creía que todavía quedaban esperanzas. Dijo que le había impresionado el espíritu de los libaneses; no sólo habían logrado sobrevivir, sino que habían soportado aquella cruel guerra civil sin perder el optimismo, negándose a reconocer que no recuperarían su esplendoroso pasado. Él creía que si tenían la oportunidad, los libaneses volverían a ocupar una posición importante en el mundo árabe.

Abdullah hizo una pausa y, mirando a mi marido, le preguntó si estaría interesado en invertir dinero en ese país.

Kareem recompensó a Abdullah con una sonrisa de aprobación. Él siempre estaba buscando oportunidades para hacer inversiones, y la falta de interés por esos temas demostrada por nuestro hijo hasta entonces siempre le había preocupado. La sonrisa de Kareem se esfumó rápidamente cuando Abdullah añadió que la ciudad estaba prácticamente en ruinas y que podría contribuir a su reconstrucción.

Al ver cómo palidecía estuve a punto de echarme a reír. Kareem se irguió en su asiento e intentó demostrar cierto interés, pero le costaba ocultar su desesperación; miraba a su hijo como si lo estuviera viendo por primera vez.

Sabía que mi marido todavía no se había recuperado de la noticia de que Abdullah había donado el millón de dólares que había cogido de nuestra caja fuerte al hospital donde estaba ingresado el hermano mayor de Jafer. No se atrevió a reprender a su hijo por aquella buena acción y se limitó a mirarle con tristeza y cariño, a pesar del disgusto que le suponía haber perdido un millón de dólares.

Más tarde Kareem me confesó que opinaba que donar dinero al Líbano era lo mismo que tirarlo por la ventana, porque no se sabía cuándo volvería la destrucción a asolar el país. Cuando los libaneses demostraran que verdaderamente querían la paz, Kareem se plantearía la posibilidad de ayudar a sus vecinos árabes.

Abdullah se había quedado impresionado ante la falta de medios de la institución donde estaba ingresado el hermano de Jafer, y volvió a hablarnos de aquel hospital. Dijo que nunca olvidaría a todos aquellos heridos de guerra, con lágrimas en los ojos, nos habló de hombres y mujeres con miembros amputados, confinados en habitaciones diminutas porque no podían contar con prótesis ni sillas de ruedas. Había visto a hombres atados a mesas de madera, hombres que no se podían mover, hombres que aceptaban con estoicismo la idea de una vida carente de todo placer. También se había enterado de que un gran número de libaneses heridos habían perdido a toda su familia y no tenían a nadie que atendiera el gasto de sus cuidados.

Angustiado, Abdullah nos preguntó:

—¿Acaso no le importa a nadie el daño que ha sufrido ese país?

Recordé a mi hijo que el hermano de Jafer era muy afortunado, porque Jafer enviaba dinero sistemáticamente para cubrir sus gastos médicos, pero que, de cualquier modo, su situación era precaria si la comparábamos con los modernos hospitales de que disfrutábamos los ciudadanos saudíes gracias a la riqueza proporcionada por el petróleo. Ahora, el hermano de Jafer dispondría de los mejores médicos y tratamientos, porque Fouad se había empeñado en traerle a Arabia Saudí para que viviera como uno más de la familia.

Nuestro hijo le propuso a Kareem que distribuyera una parte de sus riquezas entre los necesitados del Líbano; creía que un nuevo hospital dotado con los últimos adelantos podía ser un buen comienzo.

Me incliné hacia adelante para oír la respuesta de mi marido, pues sabía que a Kareem le costaba resistirse a los deseos de su adorado hijo.

Kareem cerró los ojos, se concentró y empezó a frotarse la frente; entonces, nos sorprendió un grito desgarrador.

Nos miramos, desconcertados, y nos dimos cuenta de que el extraño sonido procedía del interior de la villa y que lo había producido Fatma.

Kareem se alegró de que aquel grito hubiera distraído a su hijo. Abdullah fue el primero en entrar en la casa, y mis hijas y yo lo seguimos, dejando a Kareem en el porche.

Lo primero que pensé fue que Fatma se había quemado porque estaba de pie junto a los fogones de la cocina, friendo carne y cebollas para la comida. Enseguida me di cuenta de que su llanto no había interrumpido sus tareas culinarias, seguía revolviendo los ingredientes que había en la sartén y no parecía darse cuenta de que sus lamentos habían traspasado los muros de piedra de la casa.

—¡Fatma! ¿Qué te pasa? —preguntó Abdullah.

Con una voz fantasmagórica, contestó:

—¡Oh, Abdullah! ¡La hembra más feliz es la que nunca ha nacido! ¡Y después, la que muere siendo niña!

Desconsolada, Fatma empezó a golpearse el pecho.

Maha le arrebató la cuchara de madera que tenía en la mano y Amani se puso a consolar a la pobre mujer con palabras cariñosas.

Abdullah me interrogó con la mirada.

Yo estaba tan aturdida como él y me encogí de hombros. Lo único que se me ocurría era que el marido de Fatma se hubiera divorciado de ella y hubiera tomado otra esposa, pero siempre me habían parecido una pareja feliz.

Su marido, Abdul, era nuestro jardinero y chófer, y la pareja solía decir que se consideraban muy afortunados por trabajar para gente adinerada que pagaba un buen salario y que casi nunca estaba en el país. Tenían mucho tiempo libre para dedicar a sus hijos, que vivían en un apartamento de El Cairo con la madre de Abdul. Sin embargo, yo sabía que los egipcios, como los saudíes, gozan de poder absoluto sobre sus mujeres, y era corriente que un hombre mayor tomara una segunda esposa o, incluso, que se divorciara de la primera para casarse con otra más joven y más atractiva.

La experiencia me había enseñado que generalmente los hombres son la causa del dolor de las mujeres. Al oír las amargas palabras de Fatma sobre la desgracia de las mujeres, me imaginé que un hombre debía de ser la causa, pues para una mujer de la edad de Fatma no hay nada más desmoralizador que ser abandonada por un marido con el que lleva largos años viviendo.

Abdullah, Amani y yo la hicimos sentarse en una butaca del salón, mientras Maha se encargaba de vigilar la comida.

Fatma, sin dejar de gimotear, tenía una mano sobre la cabeza, como si intentara detener un dolor.

Pedí a mis hijos que salieran del salón porque quería averiguar el motivo de sus preocupaciones.

–¿Qué pasa, Fatma? ¿Os habéis divorciado? –pregunté, sin andarme por las ramas.

Fatma levantó la cabeza y me miró, sorprendida por mi pregunta. Repitió mis palabras:

–¿Abdul y yo? ¿Divorciarnos? –Sonrió, pero sólo con los labios–. ¿Ese viejo? ¡Que lo intente! Le abriré la cabeza como si fuera un huevo y le freiré los sesos en la acera.

Tuve que esforzarme para no reír porque en el pasado Kareem solía comentar que en su opinión Abdul vivía aterrorizado por su esposa, la única mujer casada en el mundo árabe que no necesitaba mis consejos feministas.

Abdul no era tan corpulento como Fatma, y una vez Kareem vio con sus propios ojos cómo ella lo golpeaba con un palo.

–Si no es Abdul, ¿qué pasa? –pregunté a la criada.

Fatma hundió el cansado rostro en sus manos y se sumió en sus pensamientos. Suspiraba muy profundamente y comprendí que sentía una gran tristeza. Me pregunté qué podía haber tras aquella tremenda angustia.

–Fatma… –dije para recordarle mi presencia.

De pronto, con expresión siniestra, dio rienda suelta a su desesperación.

–¡Se trata de mi nieta, Alhaan! ¡Su padre, ese Nasser, es un ser cruel, una bestia! Si mi hija me dejara, lo mataría con mis propias manos. Pero nos dice que ella y su familia son libres de vivir como quieran.

Fatma echaba fuego por los ojos y su enorme pecho temblaba de indignación.

–¡Mi propia hija me pide que me mantenga al margen de sus asuntos familiares! –prosiguió. Me miró, horrorizada, y preguntó–: ¿Se lo imagina? ¡No tengo ni voz ni voto en la vida de mi propia nieta!

–¿Qué le ha hecho Nasser a la niña? –pregunté, desconcertada.

Me dije que si la madre de la niña no tenía nada que objetar, el daño no podía ser muy grave.

–¡Ese Nasser! Es un ignorante. Nació en un pueblecito. ¿Qué sabrá él?

Fatma, para gran sorpresa mía, escupió sobre la alfombra nueva. No paraba de hablar, insultando a Nasser, lamentándose por su hija y rogando a Dios para que ayudara a su nieta.

Perdí la paciencia. Levantando la voz, exigí una explicación:

–¡Basta ya, Fatma! ¿Qué le ha pasado a tu nieta?

Desconsolada, Fatma me apretó la mano y dijo:

–Esta noche. Esta noche van a convertir a Alhaan en mujer. Tienen una cita con el barbero a las nueve. Yo no creo que ese ritual sea necesario. A ninguna de mis hijas se lo hicieron. ¡Todo es culpa de Nasser! Por favor, señora, ayúdeme…

De repente, recordé la terrible pesadilla de nuestra hermana mayor, cuando también a ella la hicieron mujer.

Kareem y yo todavía no nos habíamos casado y yo sólo tenía dieciséis años. Mi madre había muerto hacía poco tiempo y fue Nura quien tuvo que contestar a mis preguntas sobre la circuncisión femenina. Yo no supe hasta entonces que Nura y mis otras dos hermanas mayores habían realizado aquel horroroso ritual, que las había condenado a sufrir el resto de su vida.

No hace muchos años, en Arabia Saudí la circuncisión de las mujeres era un hecho corriente; cada tribu la practicaba de formas diferentes. Precisamente el año pasado leí un libro que mi hijo compró en Londres; se titulaba *The Empty Quarter*, de St. John Philby, un respetado explorador británico del desierto. Con la colaboración de mi abuelo, Abdul Aziz Al-Saud, el fundador y primer rey de Arabia Saudí, John Philby realizó una exhaustiva exploración de Arabia en los años treinta.

Encontré el libro en la habitación de mi hijo y leí con gran placer la historia de las tribus árabes de las que desciende la población de Arabia Saudí, hasta que llegué a una parte del libro en que el inglés hablaba de las investigaciones que había realizado sobre la circuncisión femenina.

Al leer una conversación del autor con los árabes del desierto, recogida en el libro sobre esta práctica, recordé el trato brutal que habían recibido mis hermanas y no pude contener mis lágrimas.

«Pero su tema favorito era el sexo, y le encantaba reírse de Salih hablando de las costumbres de los Manasir respecto a la circuncisión femenina. "Créame —dijo—, dejan que sus mujeres lleguen a la pubertad con el clítoris intacto, y cuando una niña se va a casar hacen una gran fiesta de circuncisión uno o dos meses antes de la boda. Entonces la circuncidan, y no en el momento de nacer como hacen las otras tribus: Qahtan y Murra, Bani Hajir y 'Ajman. Así, sus mujeres son más lascivas que otras, y además son hermosas y muy ardientes. Pero entonces se lo quitan todo y las dejan completamente lisas, para calmar su ardor sin reducir su deseo… Las encargadas de hacerlo son unas mujeres que conocen bien su oficio y que reciben un dólar por su trabajo. Son expertas con las tijeras, la hoja de afeitar y la aguja, los tres instrumentos utilizados en la operación."»

¡Se imaginaban que con esa brutal práctica las mujeres se volvían más lascivas! Me intrigaba la información transmitida a aquel inglés, y llegué a la conclusión de que no era más que tonterías de hombres, porque a mí me habían dicho que aquella práctica hacía castas a las mujeres, en lugar de apasionadas.

Mi abuelo, Abdul Aziz Al-Saud, era un adelantado en su época y siempre intentaba mejorar las cosas. Había nacido en el Najd y no creía en la circuncisión de las mujeres, ni en circuncisión por desolladura de los hombres, que era tan terrible como la primera.

Esta circuncisión de los hombres consiste en retirar la piel desde el ombligo hasta las ingles. Mi abuelo, precisamente, no pudo resistir presenciar aquel acto de brutalidad y prohibió su práctica. Pese al decreto de mi abuelo, las viejas costumbres tardaron en extinguirse, y la gente estaba dispuesta a arriesgarse al castigo para continuar la tradición que les habían enseñado sus mayores; entre esta gente se encontraba mi propia madre, quien permitió que a tres de sus hijas se les practicara la circuncisión.

Mientras que algunas tribus llegaron a prohibir cualquier tipo de circuncisión, otras mandaban extirpar únicamente el extremo del clítoris; esta forma de extirpación es el método menos común y es el único procedimiento análogo a la circuncisión masculina.

En determinadas tribus de Arabia, la tradición mandaba extirpar todo el clítoris y los labios internos; éste es el método más común de circuncisión femenina, comparable a la extirpación del prepucio del pene. Tres de mis hermanas sufrieron esa cruel operación. El resto de las mujeres de mi familia se libraron de este terrible rito gracias a la intervención de un médico occidental y a la insistencia de mi padre, que convenció a mi madre de que la circuncisión de las hembras sólo era una práctica pagana que debía interrumpirse.

Existe otro método de circuncisión, más atroz y peligroso, llamado circuncisión faraónica. Apenas se puede imaginar el dolor que deben de experimentar las mujeres sometidas a esta clase de circuncisión. Tras cumplirse el rito, la niña pierde el clítoris, los labios internos y los externos. Si esa operación se le hiciera a un hombre, correspondería a la amputación del pene y del escroto.

¡Qué bárbaras eran aquellas viejas costumbres que todavía nos amenazan en el presente! En Arabia Saudí, se había avanzado mucho en la erradicación de esa tradición, y la mayoría de las mujeres de mi país ya no tienen que someterse a ella. Los hombres de mi familia prohibieron esa tradición pagana, pero algunas familias de orígenes africanos que vivían en Arabia seguían dispuestas a arriesgarse al castigo para no abandonar el rito, alegando que sólo la reducción del placer de la mujer lograría preservar su castidad.

Según tengo entendido, la práctica de la circuncisión femenina se inició en el valle del Nilo y siempre he especulado sobre la posibilidad de que ese bárbaro ritual termine justo en el lugar en que empezó. Pero muchas mujeres egipcias y de todo el continente africano siguen todavía sometidas a ese ritual inhumano.

Con los años, y después de que mi familia prohibiera aquel rito, había conseguido olvidarme de esta terrible práctica.

Fatma me cogió por los brazos; su gesto implorante me hizo regresar al presente. Recordé con gran pesar el rostro de la joven Alhaan, a quien tuve ocasión de conocer en las visitas que hacía a su abuela en nuestra villa; era una niña muy guapa y alegre. Me asaltó una espantosa imagen de la niña yaciendo ante el barbero, desnudada por su propia madre, con sus pequeñas piernas abiertas ante un hombre armado con una afilada hoja de afeitar.

Estaba horrorizada; no podía creer que la madre de aquella niña pudiera permitir que le hicieran tanto daño a su preciosa hija. Sin embargo, sabía que muchas madres permitían aquellas intolerables prácticas, pues las organizaciones mundiales de la salud estiman que la mutilación genital femenina afecta entre ochenta y cien millones de mujeres de todo el mundo. ¿Cómo se puede hacer tanto daño a niñas inocentes?

–Señora, ¿puede salvar usted a mi nieta? –me preguntó Fatma con esperanza, examinando meticulosamente mi semblante.

Moví la cabeza con lentitud:

–¿Qué puedo yo hacer, Fatma, que no puedas hacer tú? Yo no pertenezco a tu familia; mi intervención no sería bien recibida.

–Pero usted es una princesa. Mi hija respetará a una princesa.

Yo sabía que los pobres creen que el dinero proporciona la sabiduría además de la libertad económica, pero estábamos hablando de una tradición muy arraigada. Supe instintivamente que la hija de Fatma no aceptaría mi intervención.

–¿Qué quieres que haga, Fatma? –dije con pesimismo–. Desde que tengo uso de razón siempre he luchado por la libertad de las mujeres con el fin de ponerlas a salvo de semejantes prácticas. –Bajé la voz, cada vez más desmoralizada–. Por lo visto, el mundo no estaba mejorando mucho.

Fatma se quedó callada, con la pena reflejada en su rostro.

–Si pudiera, ayudaría a tu nieta –aseguré–, pero no tengo autoridad para manifestar mi opinión.

Fatma parecía desilusionada, pero no me reprochaba nada:

—Lo comprendo, señora —me miró con los ojos entrecerrados—, pero le ruego que venga conmigo. Aunque sea sólo para intentarlo.

Sorprendida por la obstinación de Fatma, me sentí más dispuesta a ceder.

—¿Dónde vive tu hija? —pregunté mientras un escalofrío me recorría el cuerpo.

—Muy cerca —dijo Fatma, exaltada—. En coche es sólo un momento. Si nos vamos enseguida, llegaremos antes de que Nasser vuelva del trabajo.

Reuní todo mi valor y me puse en pie. Me dije que debía hacer un esfuerzo, en lugar de prever un fracaso. Sabía que iba a tener que mentir a mi marido porque si le decía la verdad me prohibiría ir.

—Coge tus cosas, Fatma —dije—. Y no digas ni una sola palabra a nadie de esto.

—¡Sí, señora! ¡Sabía que Dios quería que usted me ayudara!

Fatma se marchó a toda prisa; jamás la había visto correr tanto. Pese a que pertenecíamos las dos a mundos completamente diferentes, nos habíamos convertido en camaradas luchando por la misma causa.

Después de cepillarme el cabello, ponerme el carmín y coger mi bolso, decidí decir a Kareem que Fatma se había enterado aquella misma mañana de que su hija sufría una extraña enfermedad femenina, pero que se negaba a recibir tratamiento, diciendo que si era la voluntad de Dios que muriera, ella no debía criticar su decisión aceptando un tratamiento prescrito por un hombre. Fatma me había rogado que convenciera a su hija de que debía luchar por su vida para poder seguir atendiendo a sus hijos. Para resultar más convincente, fingiría que no quería ir, pero añadiría que jamás me perdonaría si aquella mujer moría sin que yo hubiera hecho ningún esfuerzo. No era una historia muy convincente, pero a Kareem no le interesaban los asuntos de mujeres, y probablemente se quejaría, pero no haría nada para impedirme que me marchara.

Pero no fue necesario contar aquella estúpida historia porque Abdullah me dijo que su padre había recibido una llamada telefónica mientras yo hablaba con Fatma. Kareem le pidió a Abdullah que me dijera que había quedado con algunos primos suyos en un casino de El Cairo y que no volvería a casa hasta después de cenar. Me imaginé que mi marido quería eludir la petición de su hijo de que donara millones de dólares a la precaria economía libanesa, y pensé que su pretexto para ausentarse de casa era tan deshonesto como la mentira que yo había preparado. Kareem comparte uno de los rasgos más comunes de los árabes: no sabe decir no y prefiere mentir y desaparecer de la vista del que le está exigiendo una respuesta.

«¡Perfecto!», murmuré. Los reparos de Kareem para estar en compañía de su hijo llegaban en el momento oportuno.

Tras transmitirme el mensaje de su padre, Abdullah siguió mirando la televisión; me di cuenta de que estaba hipnotizado observando un serial egipcio que tenía mucho éxito entre los árabes de muchos países. Vi que Amani estaba haciendo pucheros; ella no estaba contenta con la elección de su hermano porque aquella serie estaba prohibida en Arabia Saudí, ya que había muchas escenas en que se insinuaba un comportamiento sexual inadecuado.

—Abdullah, necesito que me lleves a casa de la hija de Fatma. ¿Puedes venir?

Mi hijo no desaprovechaba ninguna ocasión para conducir el nuevo Mercedes blanco que Kareem había comprado para nuestra villa de El Cairo. Kareem siempre se llevaba el Mercedes viejo para conducir por el congestionado centro de El Cairo porque temía la conducción de los taxistas de la ciudad.

Idioma oficial:

El árabe es el idioma oficial, mientras que el inglés se utiliza en las relaciones comerciales y de negocios.

Leyes y Gobierno:

Arabia Saudí es un estado islámico y sus leyes se basan en la Shariyá, el código legal islámico extraído de las páginas del Corán, y en las Sunna, tradiciones transmitidas por el profeta Mahoma. El Corán puede ser considerado como el cuerpo de su constitución pues en él se basa la administración de la justicia.

El rey y el Consejo de Ministros ejercen la autoridad ejecutiva y legislativa; sus decisiones se fundamentan en la Shariyá. Los ministros y las instituciones gubernamentales dependen de la monarquía.

Religión:

Arabia Saudí es la cuna del Islam, una de las tres religiones monoteístas. Los musulmanes creen en un único Dios, Alá, y en Mahoma su profeta. Este país es especialmente importante en el mundo musulmán: cada año, millones de peregrinos musulmanes viajan a La Meca para venerar a su Dios; por esta razón, es uno de los países musulmanes más tradicionales y sus ciudadanos son rigurosamente fieles al Corán.

Los musulmanes tienen cinco obligaciones, los cinco pilares del Islam: *1)* profesión de fe: «Alá es el único Dios, y Mahoma es su Profeta»; *2)* los musulmanes deben rezar cinco veces diarias, orientándose hacia La Meca; *3)* deben donar una parte de sus ingresos a los pobres; *4)* durante el noveno mes del calendario islámico, están obligados a ayunar. En este período, llamado Ramadán, los creyentes deben abstenerse de comer y beber desde el amanecer hasta el ocaso; 5) deben realizar el *Haj* o peregrinaje, por lo menos una vez en la vida (siempre que su economía lo permita).

Abdullah apagó el televisor con el mando a distancia y se levantó inmediatamente, diciendo:

–Voy a buscar el coche.

Por las calles de El Cairo había coches de todo tipo, y el tráfico era prácticamente un embotellamiento continuo. Los peatones caminaban entre los coches. La gente se colgaba de las puertas y las ventanas de los autobuses ya llenos, como si fuera la forma más normal de viajar.

A medida que nuestro coche avanzaba lentamente por las calles de la ciudad, iba observando la multitud que se concentraba en la ciudad de los faraones, y me estremecí como si hubiera tenido una visión aterradora, porque era evidente que El Cairo no podía seguir tal como estaba.

Abdullah interrumpió mis pensamientos preguntándome el motivo del viaje.

Le hice jurar que guardaría el secreto. Cuando le conté el motivo de preocupación de Fatma, la cólera iluminó su rostro.

Abdullah dijo que había oído hablar de esas cosas, pero que no eran más que exageraciones.

–¿Es verdad? –preguntó–. ¿Hacen eso a las niñas?

Iba a contarle el caso de su tía Nura, pero cambié de idea, porque aquello era muy personal, y sabía que mi hermana sentiría una profunda vergüenza si mi hijo se enteraba de su mutilación. Le hablé sólo de la circuncisión femenina.

Mi hijo se alegró de que aquella costumbre se estuviera extinguiendo en nuestro país, pero lamentaba que tantas mujeres de otros países sufrieran un dolor innecesario.

Hicimos el resto del viaje en silencio, cada uno sumido en sus pensamientos sobre el incidente de aquella tarde.

La hija de Fatma vivía en un pequeño callejón de una de las principales calles comerciales de El Cairo. Abdullah dio una propina a un comerciante para que le permitiera aparcar el coche en la acera, frente a su tienda de ropa, y prometió al hombre que le daría otra propina si se aseguraba de que al coche no le pasaba nada durante nuestra ausencia.

Abdullah nos cogió por los hombros y nos guió por entre la muchedumbre hasta que llegamos al callejón; éste era demasiado estrecho para que pasaran automóviles, así que caminamos hasta el centro de la calle pavimentada de piedra. Pasamos por delante de varias cafeterías especializadas en platos árabes; el olor a cocina llenaba el aire.

Abdullah y yo nos miramos varias veces porque nunca habíamos visitado los barrios más pobres de El Cairo, y las pequeñas viviendas y la pobreza de sus habitantes nos impresionaron mucho a los dos.

La hija de Fatma vivía en un edificio de tres plantas, en el centro del callejón. El edificio estaba orientado hacia la mezquita del barrio, muy vieja y deteriorada. La planta baja era una panadería y los dos pisos superiores, apartamentos. Fatma señaló hacia arriba y dijo que su hija Elham vivía en el piso superior. Casualmente, Elham, que estaba observando a la multitud desde el terrado del edificio, distinguió a su madre y empezó a llamarla por su nombre, que nosotros apenas oímos debido al ruido de la calle.

Abdullah, que no sabía que en aquella familia las mujeres podían ver a hombres que no fueran parientes, pues en Egipto las costumbres varían en cada familia, me dijo que nos esperaría en una pequeña cafetería que habíamos dejado atrás donde hacían bocadillos de *shawarma*, unos trozos delgados de cordero envueltos en pan árabe, con aderezo de tomate, menta y cebolla. A mis hijos les encantaban estos bocadillos y Abdullah estaba hambriento.

Antes de subir vi cómo mi hijo caminaba con desenvoltura entre la multitud.

Elham y tres de sus cuatro hijas nos recibieron en el rellano de la escalera; todas hablaban a la vez: querían saber si había ocurrido alguna tragedia en la familia.

Lo primero que pensé fue que Elham era idéntica a su madre cuando era joven.

Elham me miró fascinada cuando Fatma me presentó como una princesa de Arabia Saudí. Yo no conocía a aquella hija de Fatma, aunque sí al resto de sus hijos y nietos. Mis joyas me hicieron sentir muy incómoda porque con las prisas no me había acordado de quitarme los llamativos pendientes de diamantes ni el opulento anillo de bodas, que en aquel barrio tan pobre llamaban mucho la atención. La hija menor de Elham, una niña de seis años, recibió una bofetada de su madre por frotar con su dedito la piedra de mi anillo.

Ante la insistencia de Elham, pasamos a un pequeño salón, mientras ella iba a la cocina a hervir agua para el té. Fatma tenía a dos nietas sentadas en el regazo, y una tercera a sus pies. No vimos a Alhaan.

Eché un vistazo al salón y me di cuenta de que Elham vivía con mucha sencillez. Intenté no fijarme demasiado en las raídas alfombras y en las andrajosas fundas de los almohadones porque no quería que mi atención fuera mal interpretada. En el centro de la habitación había un brasero, y una mesa cuadrada junto a la pared, llena de libros religiosos. Una pequeña lámpara de gas colgaba del techo, y me pregunté si el apartamento no tendría electricidad. La casa estaba impecable; era evidente que Elham era una mujer limpia que hacía todo lo posible por alejar de su sencillo hogar el polvo y los bichos.

Elham no tardó en volver. Nos sirvió té dulce y unas galletas de almendra que había hecho ella misma para la celebración familiar de aquella noche. Comentó a su madre que Alhaan estaba emocionada con el acontecimiento; ahora había subido al terrado para leer el Corán y prepararse para el día más importante de su vida.

Hasta aquel momento la atmósfera había sido cordial, pero cuando Elham sacó aquel tema, Fatma le suplicó que cancelara el ritual y le ahorrara a la niña todo aquel sufrimiento.

Fatma estaba muy atolondrada, y al ver que no conseguía que su hija cambiara de opinión, me señaló y dijo que si no quería hacer caso a su propia madre, quizá querría escuchar a una mujer que había recibido una educación, una mujer a la que los médicos más respetados habían dicho que nuestra religión no fomentaba la mutilación de las niñas, y que esa práctica no era más que una costumbre que no tenía ningún sentido en la vida moderna.

La tensión iba en aumento y, aunque Elham se mostró muy educada y escuchó mis opiniones sobre aquel tema, me di cuenta de que había tomado una decisión y no pensaba cambiarla. Fatma me había dicho que la familia era muy creyente, así que recurrí a argumentos religiosos. Dije que en el Corán no se mencionaba la mutilación, y que si Dios considerara necesario que las mujeres fueran circuncidadas, sin duda habría dado ese mensaje al profeta Mahoma cuando le reveló su palabra.

Elham admitió que era cierto que la ablación de las niñas no se mencionaba en el Corán, pero añadió que la práctica se contaba entre las costumbres del Profeta, y que por eso se había convertido en Sunna, o tradición para todos los musulmanes. Me recordó un famoso Hadith, una tradición que no recoge el Corán; ese Hadith dice que el profeta Mahoma dijo un día a Um Attiya, una mujer que estaba circuncidando a una niña: «Reduce, pero no destruyas.»

Aquélla era la tradición que Elham y su marido iban a seguir respecto a la circuncisión femenina, y nada que yo pudiera decir alteraría su decisión.

Estuvimos hablando hasta que la habitación empezó a quedar en penumbra. Se acercaba el anochecer. Sabía que

Nasser pronto volvería a su casa, y no quería tener que hablar con el dueño de la casa de aquel asunto tan delicado. Me disculpé diciendo que tenía que volver porque mis hijos me esperaban.

Fatma, al reconocer el fracaso, empezó a gimotear y a golpearse las mejillas.

La congoja asomó al rostro de Elham al ver el dolor de su madre, pero repitió que su marido había tomado una decisión y que ella estaba de acuerdo con él. Sus cuatro hijas se someterían al rito de la circuncisión en el momento adecuado.

Me di cuenta de que Elham estaba deseando que me marchara. Tras comprobar que no podía hacer nada para detener la sombra que se cernía sobre las vidas de las hijas de aquella casa, me puse en pie y me despedí.

Elham me miró a los ojos con serenidad, y se despidió de mí educadamente.

–Ha sido un honor recibirla en mi casa, princesa Sultana –dijo–. Por favor, vuelva otro día y quédese más tiempo.

Fatma insistió en quedarse para presenciar la ceremonia, contra la voluntad de su hija. Dijo que ya que iban a cometer aquella barbaridad, por lo menos quería supervisar el trabajo del barbero para asegurarse de que no cortaba más que el extremo del clítoris de su nieta.

Tuve que conformarme con lo inevitable: me marché de aquella casa sin haber conseguido mi propósito. Cuando bajaba la larga escalera, me pesaban los pies. Descansé un momento para lograr tranquilizarme y recité unos versículos del Corán en voz alta: «Tú no puedes guiar a quien quieras; es Dios el que guía a quien quiere.»

Mi hijo me estaba esperando sentado en una mesa de la cafetería, cuando me acerqué a él me interrogó con la mirada.

–¿Qué ha pasado? –preguntó, impaciente.

–No hay nada que hacer –contesté, reconociendo mi fracaso.

Abdullah bajó la cabeza con tristeza.

–Vamos –dije–. Volvamos a casa.

Cuando salimos del callejón miré por encima del hombro. La casa de Elham se había perdido en la oscuridad, como si nunca hubiera existido.

Mi hijo se puso a hablar, pero yo le pedí que guardara silencio con un simple gesto.

Después ya no pude contener el llanto por más tiempo.

En cuanto llegamos a la villa, llamé a mis hijas, les ordené que dejaran lo que estuvieran haciendo y que hicieran las maletas, y les comuniqué que nos marcharíamos de El Cairo en cuanto su padre volviera del casino.

Le dije a Abdullah que estaba perdiendo el cariño por la ciudad que tanto había amado de niña, aunque esperaba que la experiencia de aquella noche no me hiciera odiar todo lo relacionado con el mundo egipcio.

Abdullah me entendió, y me alegré de ver que mi hijo valoraba mi razonamiento.

Kareem no tardó en llegar y comprobé que olía a alcohol. Amani, escandalizada, se puso a rezar para que Dios no tuviera en cuenta los pecados de su padre y le permitiera seguir siendo uno de los candidatos al cielo; terminó describiendo la agonía infernal que esperaba al resto de los miembros de su familia.

En aquellos momentos yo no estaba de humor para aguantar el exaltado fanatismo de Amani. Me sacaba de mis casillas que llegara al extremo de criticar siempre nuestra conducta. Le dije que todavía no había recibido ninguna notificación de que Dios la hubiera designado para que llevara a cabo la sagrada tarea de guiar a la humanidad hacia la decencia mediante el terror.

Cuando iba a darle un pellizco en la mejilla, Kareem me cogió la mano y la sujetó con fuerza. Ordenó a Amani que se marchara, y sugirió que terminara sus oraciones en privado.

Kareem se puso a gritar como un borracho, diciendo que no era la primera vez que observaba mi incapacidad para controlar mi destructivo genio, y que creía que había llegado el momento de darme una buena lección.

Nos quedamos callados un momento, mirándonos. Kareem esperaba mi respuesta. Sus labios dibujaban una mueca de desprecio, y era evidente que, aunque resultara extraño en él, estaba buscando pelea.

Eché un vistazo a la habitación en busca de algo con que golpear a mi marido en la cabeza, porque siempre respondo con violencia a las amenazas, pero como me conoce muy bien, me impidió llegar hasta el florero de cobre que había decidido utilizar en mi ataque.

De pronto me abandonaron las ganas de seguir peleando porque a veces soy capaz de razonar y reconozco que Kareem es mucho más fuerte que yo. Sin armas, estoy en clara desventaja, y una vez desarmada se me puede dominar fácilmente. Además, lo más prudente era no dejar que nuestro desacuerdo se convirtiera en una pelea, porque en otras ocasiones había comprobado que era imposible ganar una pelea con Kareem cuando estaba borracho. Pero estaba furiosa, y no conseguía recordar cómo me había enamorado de Kareem.

Para evitar una confrontación que no podía reportarme ningún beneficio, tenía que hacer las paces.

–¡Tendrías que verte! –dije riéndome–. ¡Pareces un elefante amenazando a una hormiga! –Le sonreí mientras le decía que estaba muy contenta de que hubiera vuelto a casa pronto: mi tristeza necesitaba de su compañía.

Kareem, que no se encontraba en uno de sus mayores momentos de lucidez, quedó fácilmente vencido. Al principio le sorprendió mi cambio de táctica, pero cayó en mi trampa y se arrepintió de sus palabras. Me dio unas palmaditas en la espalda, me pidió disculpas y me preguntó qué era lo que me preocupaba.

Consulté mi reloj y vi que eran casi las nueve. Atormentada por la idea de que una niña inocente, Alhaan, pronto se sometería a la mutilación, abandoné todos mis pensamientos egoístas y, con tremenda tristeza, le dije que la vida no tenía nada que ofrecer a las mujeres y que lo mejor sería que muriéramos todas.

Kareem no podía sospechar qué era lo que me había inspirado aquellas tétricas ideas: ¿Acaso no era mi vida perfecta? ¿Había algo que deseaba que él no me proporcionara?

Kareem sabía que la principal fuente de mis conflictos eran las injusticias sociales padecidas por las mujeres, y me recordó que juntos nos habíamos propuesto que en nuestro hogar nuestras hijas no sufrieran los prejuicios que acosan a las mujeres de Arabia Saudí. ¿Qué otra cosa podía hacer un hombre que velar por sus seres queridos?

Kareem sonrió con ternura y me acarició los labios.

Pensé que Kareem estaba dotado de un maravilloso encanto que hacía olvidar por momentos sus rasgos menos admirables.

Kareem que no sabía cómo manejar el ambiguo tema de mi insatisfacción con respecto a la situación de las mujeres, dijo que mi destino había sido nacer en Arabia Saudí, y que las mujeres deben aceptar los límites impuestos por nuestra cultura. Continuó diciéndome que Dios lo sabía todo y que ningún mortal podría nunca conocer los motivos que lo habían llevado a hacerme nacer en territorio saudí.

Volví a sentir desprecio por Kareem y lamenté que no pudiéramos convertir a los hombres en mujeres para que vivieran en nuestro mundo, limitado y cruel, durante un tiempo para comprendernos mejor. Me ponía furiosa ver lo lejos que estaba mi marido del dolor que nosotras debemos soportar.

¿Cómo podemos describir a los hombres el dolor que nos amenaza continuamente? Reconocí que era inútil desear que los hombres sufrieran nuestras limitaciones y me dije que estaba demasiado alterada para mantener una conversación normal; terminé sugiriéndole que nos acostáramos para poder estar más lúcidos al día siguiente.

Kareem, que siempre se comporta de la misma forma durante nuestras discusiones, y que después de beber siempre duerme, aceptó mi proposición y fue a acostarse mientras yo buscaba a los niños para decirles que cenaran solos y que estuvieran preparados para marcharnos de El Cairo a la mañana siguiente.

Cuando volví a nuestro dormitorio, mi marido estaba profundamente dormido.

Incapaz de conciliar mis ideas rebeldes con las creencias tradicionales de Elham, pensé en las palabras de Kareem: yo era una mujer enfrentada a mi destino; sin embargo, y a pesar de ser un ser humano de segunda clase, sabía que jamás aceptaría la práctica de la circuncisión femenina.

Antes de sumirme en un sueño intranquilo, me prometí que continuaría luchando por acabar de una vez por todas con aquella bárbara costumbre.

11. MONTECARLO

Decir que las mujeres son el sexo débil es
una calumnia; es una injusticia por parte de los
hombres. Tienes que velar por el honor de tu
esposa, y no debes ser su señor, sino su amigo.
Que ninguno de los dos vea en el otro un
mero objeto de placer.

Mahatma Gandhi

A la mañana siguiente, Fatma hizo todo lo posible
para fingir que no había pasado nada. Cuando nos des-
pertamos, ella llevaba varias horas trabajando en la cocina, y nuestro anuncio repentino de que nos íbamos a
Montecarlo la inquietó. Íbamos a reunirnos en la Riviera
francesa con tres de mis hermanas y sus familias, que
estaban de vacaciones en el pequeño principado de Mónaco.

Yo me había imaginado la escena de la circuncisión de
su nieta, y sabía que la trágica noche no podría describir-
se con palabras. Sin embargo, conseguí despistar a mi
familia un momento para interesarme por el estado de
Alhaan.

Con las manos cogidas, y con una mirada sobria tras la que se ocultaba una profunda indignación, Fatma me dijo que la niña no estaba bien. Siguiendo las órdenes de su yerno, el barbero había amputado todo el clítoris y los labios internos; tuvieron que hacer compresas especiales porque la niña sangraba mucho.

Sintiéndome injustamente culpable por no haber sido capaz de impedir aquella brutalidad, le pregunté alarmada:

—¿Temes que pueda haber complicaciones?

Al ver que los ojos se me llenaban de lágrimas y que estaba muy preocupada, Fatma intentó relajar su expresión:

—Señora —dijo, abrazándome—, el mal ya está hecho. Ahora debemos seguir adelante. Usted hizo todo lo que pudo. Le agradezco mucho el amor que ha demostrado por una niña que no es de su misma sangre. Estoy convencida de que Alhaan se recuperará. Consuélese con eso.

No sabía qué decir. Fatma me soltó y me miró a los ojos. Nos quedamos largo rato sin decirnos nada. Noté que Fatma sentía un gran cariño por mí.

Se humedeció los labios antes de añadir:

—Princesa Sultana, anoche soñé con usted y creo que debo transmitirle el mensaje de mi sueño.

Contuve la respiración, temiendo lo que Fatma pudiera decirme; nunca había salido bien parada de las predicciones sobrenaturales.

Fatma me miró con tristeza y cariño:

—Señora, usted vive rodeada de riquezas, pero en el fondo está vacía. Su insatisfacción se debe a que su corazón de niña se esconde en su cuerpo de mujer. Esa combinación produce muchas dificultades al alma. Ni usted, ni ningún hijo de Dios, puede resolver todos los problemas de la humanidad. Me han encargado decirle que no es vergonzoso rendirse a la realidad y que debería aplacar la sed de conflictos que corre por sus venas.

La imagen del rostro de mi madre apareció ante mí, no había duda de que era ella quien estaba utilizando a Fatma para comunicarse conmigo. Las palabras de Fatma me recordaban los consejos que mi madre solía darme cuando era niña. Entonces no entendía sus sabias palabras y no las relacionaba conmigo; pero ahora me había hecho adulta y las cosas habían cambiado.

Ya de niña supe que cuando mi madre comprendió que se estaba muriendo, lo único que lamentaba era dejarme sola en el mundo con mi enérgico carácter, sin nadie que me guiara. Temía que seguiría reaccionando en el mundo de los adultos con el mismo ímpetu con que había reaccionado durante mi infancia, cuando sólo pretendía salirme con la mía aunque para ello tuviera que provocar conflictos.

Mi querida madre se estaba comunicando conmigo.

Una oleada de calor recorrió mi cuerpo y me sentí mucho más tranquila que los días pasados. Mis recuerdos ya no eran tristes: mi madre estaba conmigo.

Emití, sin proponérmelo, un extraño quejido, y, llorando, me arrojé a los fuertes brazos de Fatma. Me sentía como una niña y deseaba con todo mi corazón la oportunidad de estar, aunque sólo fuera un instante, con la mujer que me había dado la vida.

–¡Qué afortunadas son las mujeres que todavía tienen a su madre! –exclamé.

Cuando nos marchábamos de El Cairo, no pude evitar pensar en el desdichado destino que tendrían tantas niñas egipcias. Comenté a mi hijo que aquellos trágicos sucesos hacían que la vida en ese país fuera menos animada y alegre de lo que hubiera debido ser.

Aquella tarde nuestro avión privado aterrizó en el aeropuerto de Niza, en el sur de Francia. Los maridos de mis tres hermanas habían alquilado una gran mansión en las colinas de Mónaco, que según habían dicho a Kareem no estaba lejos del aeropuerto.

La mansión había sido el palacio de un aristócrata francés, y tenía más de sesenta habitaciones, así que había espacio de sobra para todas las familias. Ninguno de mis cuñados había tomado más de una esposa, así que nuestro grupo de ocho adultos y dieciséis niños era considerablemente pequeño para ser una reunión de cuatro familias árabes.

Hay tres carreteras que unen Niza y Mónaco, pero ninguno de nosotros quería viajar por la carretera costera, la Inferieure Corniche, que suele estar muy transitada. La Moyenne Corniche es la carretera intermedia, y la Grande Corniche es la más alta.

Yo me decanté por la Moyenne, pues sabía que era la mejor y que ofrecía una hermosa panorámica de la costa.

Kareem, en cambio, dijo que debían ser nuestras hijas las que eligieran la ruta.

Le di un pellizco en la pierna para indicarle que su idea no era sensata, pero él siguió preguntando a mis hijas por dónde preferían ir.

Inmediatamente Maha y Amani se enzarzaron en una discusión; cada una quería ir por una carretera diferente.

—Ya te había advertido —le dije a Kareem.

Desde el día en que aprendieron a hablar, nunca se habían puesto de acuerdo en nada. Reconocí que tras el nacimiento de mis tres hijos la vida se había vuelto bastante complicada.

El chófer puso fin a la discusión diciendo que un camión cargado de huevos había tenido un accidente, y que la Moyenne estaba temporalmente cortada. Como dos de las tres carreteras estaban embotelladas, sugirió que tomáramos la Grande.

Amani puso mala cara, pero Maha y Abdullah estaban encantados, y señalaron varios parajes interesantes que no recordaban de nuestro último viaje a Mónaco, donde estuvimos hacía más de tres años.

Napoleón hizo construir la Grande Corniche siguiendo la ruta de la antigua calzada romana. La carretera corría por los precipicios de la ladera sur de los Alpes marítimos y el paisaje era espectacular.

Mencioné que, acostumbrada a los tonos marrón y beige de los países desérticos, la exuberante vegetación de Europa me mareaba.

Amani interpretó mi comentario como una ofensa para el país del Profeta; a Kareem se le agotó la paciencia y pidió a su hija que no hiciera interpretaciones religiosas de cualquier comentario banal.

Nuestra preciosa hija se estaba volviendo francamente antipática. Sentía el mismo amor de siempre por ella, pero había momentos en que me molestaba muchísimo su actitud altiva y autoritaria.

Nuestro viaje llegaba a su fin, y me alegré de ver a mis hermanas Sara, Tahani y Nura cuando nuestro coche aparcó frente a la mansión. Me emocionó que se hubieran quedado esperándonos en la puerta, ansiosas porque llegáramos.

Pero mi alegría no duró mucho.

–¡Han ingresado a Reema en el hospital! –anunció Nura después de saludarnos y de que mis tres hijos se hubieran alejado para ir a buscar a sus primos.

–¿Qué? –pregunté, mientras intentaba adivinar qué enfermedad podía haber afectado a mi hermana.

–Está herida –dijo Sara mientras dirigía a Nura una mirada de complicidad.

–¿Ah, sí? –dije en voz tan baja que apenas me oyeron. Temí que Reema hubiera tenido un accidente de automóvil, pues en Arabia Saudí ésa es la primera causa de mortalidad porque son muchos los jóvenes que conducen temerariamente.

Nos quedamos un rato calladas, mirándonos unas a

otras. Esperé a que alguien se decidiera a informarme sobre el estado de mi hermana.

Kareem y Assad se unieron a nuestro grupo, observándonos pero sin hacer ningún comentario.

Nadie decía nada y se me encogió el estómago. Mi hermana podía estar muerta y nadie tendría el valor de decírmelo.

—¿Está grave? —pregunté al fin.

—Por lo visto está fuera de peligro —dijo Nura.

Los árabes tienen la ridícula costumbre de eludir las malas noticias. Tenía ganas de gritar para que alguien me contara lo que había pasado y me librara de la agonía de tener que arrancar las palabras a mis hermanas.

—¿Qué ha pasado? ¡Cualquier cosa será mejor que esta atormentante duda!

Mis hermanas intercambiaron extrañas miradas. ¡Reema estaba muerta!

—Entremos en la casa —sugirió Assad mientras cogía a Sara del brazo—. Pediré que nos preparen té.

Seguí a Sara al interior de la casa, sin fijarme en las habitaciones por donde pasábamos. Pensaba en la pobre Reema. La quinta hija de la familia siempre había gozado de la simpatía de todos. Reema nunca había sido guapa; no es que naciera con el rostro deformado ni nada parecido, pero ninguna madre había envidiado a la mía por la belleza de su hija.

Un día Nura me confesó que Reema había sido la única hija a la que mi madre no había creído necesario proteger con la piedra azul que defendía de los malos espíritus, pues ¿a quién podía interesarle echar el mal de ojo a una criatura tan poco atractiva? Además, era una niña gordita y su figura inspiraba las burlas de otros niños insensibles.

Sara era la más bella de mis nueve hermanas; otras cuatro eran también muy guapas, tres atractivas y otra agraciada, pero Reema carecía de cualquier atractivo. En una familia de diez hijas, Reema era el patito feo que nunca destacaba en la escuela ni en los juegos. Su única virtud consistía en superar a nuestra madre en la cocina; era capaz de improvisar deliciosos platos árabes y franceses que no hacían nada para mejorar su figura.

En un país donde nada se admira más que la belleza de las mujeres, Reema no tenía ningún valor.

Una vez instalados en el salón, Kareem y Assad nos dejaron solas y fueron a encargarse del té. Mientras la puerta se cerraba, oí a Assad hablando en voz baja con mi marido; supe que Kareem se había enterado de lo que le había ocurrido a Reema antes que yo.

–Decidme la verdad –insistí–. ¿Está muerta?

–No –contestó Nura; pero la siniestra mirada de mi hermana revelaba la gravedad de la situación.

–Saleem le ha pegado –dijo Tahani finalmente.

Me estremecí:

–¿En serio?

–Nuestra querida hermana ha sido brutalmente agredida por su propio marido –añadió Nura con intensa emoción.

–¿Qué motivo podía tener Saleem para agredir a Reema? –pregunté–. ¡Seguro que ella no ha hecho nada!

Reema, como le ocurre a mucha gente poco llamativa físicamente, siempre había tenido un carácter agradable. Se esforzaba por hacer que los que estuvieran con ella se lo pasaran bien, como si su alegre semblante pudiera engañar a la naturaleza, inspirando admiración en los que la rodeaban.

¿Saleem? Repasé las cosas que recordaba sobre el marido de Reema. Saleem, como su esposa, no era muy agraciado físicamente, pero era un hombre tranquilo y amable. Todo el mundo consideraba que Saleem era el compañero perfecto para Reema, y aparentemente formaban una buena pareja. Su actitud violenta no encajaba en absoluto con su carácter.

–¿Se ha vuelto loco? ¿Por eso ha atacado a Reema? –pregunté a Nura. Era la única explicación lógica que se me ocurría.

No me esperaba lo que iban a contarme.

Hacía aproximadamente un año, Reema le había confesado a Nura que un terrible secreto estaba consumiendo su vida. Le contó que su marido estaba experimentando una extraña alteración de personalidad que había empezado a manifestarse con una misteriosa inquietud y una especie de insatisfacción general. Saleem, que siempre estaba contento, se sumió de súbito en una profunda melancolía. Él siempre se había mostrado satisfecho con su hogar, pero ahora se había vuelto irritable y se pasaba el día criticando a su mujer y a sus cuatro hijos. Ya no manifestaba ningún interés por su trabajo y muchas veces se quedaba en la cama hasta media tarde. Saleem estaba siendo dominado por sus propias emociones, que impedían al resto de la familia llevar una vida normal.

A lo largo de su vida de casada, el amor que sentía Reema por su marido había ido creciendo, pero Saleem llegó a decirle un día fríamente que nunca la había amado, que en realidad no sabía lo que era el amor y que se había casado con ella con el único propósito de adquirir prestigio.

Reema hizo frente a la incongruente hostilidad de Saleem con amor, fidelidad y preocupación. Le dijo a Nura que temía que Saleem pudiera tener un tumor cerebral, o que por lo menos pareciera algún desarreglo neurológico. ¿Qué otra explicación podía tener aquel cambio radical?

Reema no paraba de suplicarle que consultara con un médico; pero en lugar de buscar ayuda profesional, Saleem se fue hundiendo más y más en su desgracia. Él, que casi nunca bebía alcohol, empezó a emborracharse y a ponerse violento con Reema y con la mayor de sus hijas.

Reema comentó a Nura que temía que Saleem se divorciara de ella y la separara de sus dos hijos menores, porque la había amenazado con librarse de ella, insistiendo en que aquélla era la única forma de librarse de su infelicidad.

Nura no sabía qué aconsejarle porque ninguno de nosotros tenía muy buenas relaciones con la familia de Saleem, que recientemente había pedido que una de las hijas de Nura se casara con su hijo menor. El compromiso no llegó a realizarse porque Ahmed y Nura ya habían concertado otro matrimonio para su hija. Desde entonces, la familia de Saleem se mostraba distante con nosotros pues consideraba que la habíamos ofendido.

Nura me dijo que poco a poco Saleem había ido recuperándose en el terreno profesional, pero que en cambio cada vez estaba peor con ella. Saleem empezó a realizar frecuentes viajes al Extremo Oriente, y Reema supo por algunos folletos que encontró en el armario de su esposo que aquellos viajes no eran de negocios. Saleem participaba en excursiones sexuales a Bangkok y Manila.

Hacía sólo un mes que Reema se había presentado en casa de Nura con magulladuras en la cara. Nuestra hermana había descubierto a su marido en la cama con una de las doncellas. Saleem le dio varios puñetazos y la amenazó con arrebatarle a sus hijos si se atrevía a decir algo a su familia. La familia de Saleem era muy religiosa y su conducta los habría avergonzado, aunque no habrían podido hacer nada para modificarla.

Es cierto que muchos saudíes tienen relaciones secretas con mujeres que no son sus esposas, pero ninguna de mis hermanas se había casado con un hombre tan insensato como para acostarse con una criada en su propia casa.

Reema, perpleja y sin saber a quién acudir, fue a visitar a una imán egipcia, y le pidió que contestara por escrito a esta pregunta: «¿Autoriza el Islam a un hombre a tener relaciones sexuales con su criada sin casarse con ella?» Sin duda, su marido se mostraría dispuesto a acatar una sentencia religiosa si ella se la llevaba por escrito. ¡Para nuestra piadosa hermana era inconcebible contradecir las enseñanzas del Corán!

Nura, cuando supo que Reema iba a enseñarle la sentencia a Saleem, la previno porque, según ella, su marido estaba desquiciado.

Pregunté a Nura si recordaba el texto de la sentencia y ella me contestó que se había quedado con una copia y que la había archivado con el resto de su material religioso, quizá otra mujer necesitara algún día aquella información.

Nura hizo memoria.

—La sentencia de la imán —dijo— establece que el Islam no permite las relaciones sexuales entre un amo y su criada; según el Islam sólo puede haber relaciones sexuales en el marco del matrimonio.

»La imán reconocía que el Islam no siempre sanciona lo que ocurre en la práctica, y que le habían llegado varias denuncias de hombres que obligaban a sus criadas a rendirse a sus deseos, y que se aprovechaban de la inferioridad de la criada para satisfacer su deseo carnal sin gastarse dinero.

»La imán declaró que aquella relación era ilícita y contenía los tres males expresamente prohibidos por el Islam: "Toda relación que afecte negativamente el tejido moral de la sociedad, o conduzca a la promiscuidad, o afecte los derechos de cualquier individuo. Según el Islam, la única forma de tener relaciones sexuales lícitas es mediante el matrimonio."»

Me sorprendió el valor que Reema había demostrado pidiendo la opinión de la imán, porque mi hermana no se había mostrado nunca muy atrevida.

—¿Fue la sentencia lo que provocó el ataque de Saleem? —pregunté a mis hermanas.

Nura dijo que no.

–¿Entonces?

Sara se puso a llorar y se marchó de la habitación, diciendo que no quería volver a oír los detalles de lo ocurrido. Tahani se levantó y quiso seguirla, pero Assad estaba de pie junto a la puerta; vi cómo abrazaba a su esposa y se la llevaba a un rincón del salón. Después volvió y se sentó a mi lado, y empezó a darme unas nerviosas palmaditas en la mano.

Me di cuenta de que se estaban preparando para contarme una historia espeluznante.

–El médico no quiso contarnos los detalles, pero nuestro padre y Alí fueron a su despacho a saber qué era lo que le había ocurrido a Reema; Saleem acabó confesándolo todo.

»Por lo visto, Saleem acababa de regresar de un breve viaje a Bangkok, donde había comprado unos vídeos pornográficos de contrabando. Se pasó la noche bebiendo y viendo películas, y luego decidió acostarse con su esposa, aunque llevaba mucho tiempo sin mostrar ningún interés por Reema.

»Saleem despertó a Reema para tener relaciones con ella y su esposa le dijo que tenía el período.

Nura, con los ojos entrecerrados, se recostó en el sofá.

Todos los musulmanes saben que el Corán prohíbe las relaciones sexuales durante la menstruación. Así dice el Corán: «Las mujeres menstruantes son un daño y una suciedad. Apartaos de las mujeres en sus períodos, y no os acerquéis a ellas hasta que estén limpias. Pero cuando se hayan purificado, podéis abordarlas en cualquier modo, tiempo o lugar que Alá os haya destinado.»

Me imaginé que Reema se había resistido y que su marido la había violado y golpeado.

Vi que Nura estaba intentando encontrar la forma de

seguir narrando lo sucedido. Con el semblante pálido de
ira, mi hermana prosiguió:

–Saleem, borracho, se puso furioso por la negativa de
Reema. –Nura respiró hondo y añadió–: La golpeó sal-
vajemente, Sultana, y luego la violó por una parte de su
cuerpo que le está prohibida. El médico de la clínica privada informó a nuestro padre que el ataque de Saleem
fue tan violento y brutal que tuvieron que operar a nuestra hermana de urgencia. Reema se verá obligada a llevar
una bolsa de colostomía el resto de su vida.

Me quedé sin habla. ¿Reema? ¿Incapacitada el resto
de su vida? Me hervía la sangre. Ahora comprendía por
qué Sara se había marchado de la habitación: también ella
había sufrido aquel tipo de abuso sexual cuando se casó,
contra su voluntad, con su primer marido, un perver-
tido.

Me levanté y golpeé el suelo con tanto ímpetu que
estuve a punto de hacer caer un florero.

–Si Saleem estuviera aquí –grité–, lo mataría ahora
mismo. ¿Dónde está? –pregunté, furiosa–. ¿En la cárcel?

–¿En la cárcel? –dijo Tahani chasqueando la lengua–.
Es el marido de Reema. Puede hacer con ella lo que se le
antoje.

Nura estaba cada vez más pálida; la desgracia de su
inocente hermana le producía un inmenso dolor.

–¡Pero ha cometido un acto prohibido! –protesté–.
Estoy segura de que podemos hacer que se inicie una
investigación religiosa.

Nura me miró, con una mezcla de amor y tristeza:

–Pareces una niña, Sultana –dijo–. ¿Quién iba a ponerse del lado de una mujer contra su esposo? Nuestro
padre y nuestro hermano han decidido que esto es un
asunto personal entre ellos y que nadie de la familia debe
intervenir.

–Nuestro padre nos prohibió que te lo contáramos
–me confesó Tahani–, pero decidimos no ocultarte la

verdad porque cuando vieras a Reema tendrías que enterarte.

–¡Reema tiene que divorciarse! ¡Eso como mínimo! –insistí.

Nura me hizo ver la situación en que se encontraba Reema:

–¿Y perder a sus hijos? Las dos niñas han alcanzado la pubertad, y los niños tienen ocho y nueve años. Saleem tiene derecho a quitárselos; y sin duda lo haría. Ya la ha amenazado con eso. Sultana, Reema moriría si la privaran de la compañía de sus hijos.

Al ver que seguía furiosa, Nura me preguntó:

–Dime, Sultana, ¿tú podrías vivir si te arrebataran a tus hijos?

Las leyes de mi país establecen en los casos de divorcio que la madre tiene derecho a quedarse con los niños si todavía los amamanta. Generalmente, conserva la custodia de las hijas hasta que éstas alcanzan la pubertad; en cuanto a los niños, pueden quedarse con su madre hasta que cumplen siete años, se supone que a esa edad, pueden elegir entre vivir con su padre o su madre; pero en la práctica, suele ser el padre el que se queda con los niños cuando cumplen siete años. Una vez ha alcanzado la pubertad, el hijo *debe* irse con el padre obligatoriamente.

Muchas veces el padre no permite que la madre conserve la custodia de los hijos, sin importar la edad que tengan. He conocido a mujeres que perdieron la custodia de sus hijos muy pequeños, y que nunca volvieron a verlos. Desgraciadamente, si un padre toma la iniciativa y se lleva a los niños, no hay ninguna autoridad que pueda obligarlo a devolvérselos a su madre.

Yo sabía que si Saleem negaba a Reema el derecho a quedarse con sus hijos, mi hermana nunca volvería a verlos. No había tribunal capaz de revocar la decisión de un marido sobre el destino de sus hijos.

Pensé en lo que cambiaría la situación si contáramos con el apoyo de los hombres de la familia. Si nuestro padre o Alí defendieran a Reema, mi hermana podría negociar la custodia de sus hijos. Pero como nuestro padre y nuestro hermano opinaban que un hombre puede hacer lo que quiera con las mujeres de la familia, no iban a servir de gran ayuda.

La situación era grave.

—A lo mejor Saleem reconoce su equivocación —dijo Nura esperanzada.

—Es inútil intentar enderezarle la cola a un perro —murmuró Tahani sin dirigirse a nadie en particular.

Tras una larga discusión, mis hermanas y yo decidimos ir a Riad. Dejaríamos a nuestros maridos en Montecarlo con los niños y volveríamos a Arabia Saudí al día siguiente.

Aquella noche, Kareem intentó animarme recordándome que mi hermana no había muerto, y que cabía la posibilidad de que las cosas mejoraran. Dijo que mi cuñado sólo estaba pasando una crisis, pero yo le prometí que Saleem pagaría por lo que había hecho a Reema.

Con el fin de aplacar mi ira, Kareem, bromeando, dijo:

—Sultana, no me gustaría verte en manos del verdugo. Debes perdonarle la vida a Saleem.

Mi marido siguió hablando, pero yo no le escuchaba; me parecía lamentable que la ignorancia continuara dominando en mi país, cuna de una gran religión.

12. HERMANAS

> Las niñas no poseen otra cosa que un velo
> y una tumba.
>
> Proverbio saudí

Nuestro hermano Alí nos recogió en el Aeropuerto Internacional Rey Khalid, situado a treinta y cinco kilómetros del centro de Riad. Alí, con aire preocupado, nos dijo secamente que nos llevaría directamente a la clínica privada donde estaba ingresada nuestra hermana Reema, porque tenía un día particularmente malo y no había hecho otra cosa que preguntar por Nura.

Había mucho tráfico y tardamos más de una hora en llegar. Todas íbamos pensando en Reema. Al principio del viaje la conversación fue forzada y escueta, y no hablamos de nada importante.

Alí, cansado del silencio, comentó que también él atravesaba por una crisis familiar. Fastidiado, mi pérfido hermano dijo que el desafortunado accidente de Reema no podía llegar en peor momento, y que le había incomodado mucho la necesidad de involucrarse en la vida privada de Saleem. Con toda desfachatez, añadió que no sabía qué habría hecho Reema para contrariar a su marido.

¡Alí culpaba a Reema del ataque de Saleem!

Sara y Tahani le miraron, reprendiéndolo tímidamente por su cruel comentario.

No pude dominarme, y dije:

–Alí, cada día que pasa crece tu ignorancia y disminuye tu inteligencia.

Estuve tentada de darle una bofetada, pero no quería ponerme en evidencia delante de Nura y Tahani, así que me consolé criticando a Alí en silencio. Alí y yo sólo nos llevábamos un año, pero parecía por lo menos diez años mayor que yo: tenía arrugas y bolsas debajo de los ojos. En su juventud, había sido atractivo y muy vanidoso. Pero con los años se había engordado y le había salido papada. Su rostro y su figura delataban una vida de opulencia y abusos. Me alegré de su decadencia física.

Mi hermana mayor quiso saber qué era lo que estaba motivando la crisis de Alí.

De las diez hermanas, Nura es la única que siente verdadero amor por Alí. Los sentimientos de las otras nueve por su único hermano van de la compasión, el desdén y la envidia al odio declarado. Pero la diferencia de edad entre ellos impide a nuestra hermana sentir la misma antipatía que nosotras sentimos por él. Nura es la hija mayor de nuestra madre, y Alí sólo es un año mayor que la última. Cuando nació Alí, Nura estaba casada y con hijos, y afortunadamente para ella no tuvo que soportar a nuestro malcriado hermano. Además, Nura había heredado el amable carácter de nuestra madre, y pertenecía a esa clase de personas que siempre se disculpan en nombre de los demás y que aceptan cualquier pretexto estúpido para comportamientos imperdonables. De modo que la reacción de Nura al desapasionado comentario de Alí fue diferente de la de sus otras tres hermanas.

Alí, mirando por la ventanilla del coche, dijo:

–Me he divorciado de Nada.

–¿Otra vez? –se sorprendió Nura.

Alí miró a Nura y asintió con la cabeza.

–¡Cómo has podido, Alí! ¡Prometiste a Nada que nunca volverías a divorciarte de ella!

Nada era la esposa predilecta de Alí y también la más hermosa. Se había casado con ella hacía siete años y habían tenido tres hijas encantadoras.

Según la ley musulmana, el Corán autoriza al hombre a divorciarse de su esposa; de este modo el divorcio amenaza continuamente la seguridad de las mujeres. Es intolerable que muchos hombres lleven la ley a su extremo y que exijan el divorcio por motivos triviales, provocando la degradación social de sus mujeres.

Nosotras no estamos en igualdad de condiciones; el divorcio en favor de la mujer únicamente se concede tras una meticulosa investigación. La mayoría de las veces las mujeres no reciben autorización para divorciarse, aunque exista una razón de peso. Esta desigualdad favorece que los hombres empleen métodos crueles para ejercer su poder sobre sus esposas. Cuando un hombre quiere castigar a su mujer, la amenaza con echarla de su casa, y con arrebatarle a los hijos.

Alí, que casi nunca controlaba su mal genio ni medía sus palabras, solía utilizar el divorcio como arma contra sus esposas.

Mi hermano se había divorciado por lo menos una vez de todas sus esposas; de Nada se había divorciado dos veces. Normalmente, una vez pasado su enfado, se arrepentía y recuperaba a la esposa de la que se había divorciado el día o la noche antes. Alí gozaba de esta ventaja, porque los hombres no sólo tienen derecho a divorciarse de sus esposas, sino que se les permite cancelar el divorcio y reanudar su matrimonio como si no hubiera pasado nada. La ley musulmana autoriza al hombre a cancelar el divorcio dos veces. Si el hombre se divorcia de su esposa por tercera vez, el procedimiento se complica.

Alí, en un arrebato de cólera, se había divorciado de Nada por tercera vez, y según nuestras leyes, no podía reanudar el matrimonio con Nada hasta que ella se casara con otro hombre y se divorciara de él. Con su conducta infantil, se había divorciado definitivamente de la única de sus esposas por la que sentía un verdadero afecto.

Intenté disimular mi sonrisa y recité mentalmente los versos del Corán: «Puedes divorciarte de tus esposas dos veces; después debes conservarlas y tratarlas bien, o dejarlas marchar con una indemnización. Pero el marido que se divorcia por tercera vez de su esposa no puede volver a tomarla hasta que ella se haya casado con otro hombre.»

Me acerqué a mi hermano y le pregunté:

—¿Con quién se va a casar Nada, Alí?

Alí me lanzó una mirada de odio y respondió fríamente:

—¡Ella no quiere casarse con otro hombre!

—¡Ja! Nada es famosa por su belleza. En cuanto se sepa que está libre, muchas madres y hermanas enviarán a sus hijos y hermanos a pedir la mano de Nada. ¡Espera y verás!

Sara, que no quería que nuestra eterna enemistad desencadenara una pelea violenta dentro del coche, intervino en la discusión:

—Alí, ¿por qué has pedido el divorcio?

Era evidente que le resultaba violento explicarnos el motivo. Dijo que era un asunto privado, pero pidió a Sara y a Nura que visitaran a Nada para convencerla de que Alí se había precipitado y que debía dar a su esposo otra oportunidad para demostrarle que en realidad no quería divorciarse de ella. Si Nada decidía no informar a las autoridades de la situación, Alí podría eludir la obligación de permitir que Nada se marchara de su casa, con libertad para casarse con otro hombre.

Nura y Sara prometieron hablar con ella.

El coche aminoró la marcha. Alí miró entre las cortinas azul marino de la limusina y señaló la colección de velos, *abaayas* y *shaylas* amontonados en el asiento del automóvil.

—Deprisa, preparaos —dijo—. Hemos llegado.

Mis tres hermanas y yo nos pusimos las prendas negras hasta recuperar un aspecto «decente». Alí nos había recogido del avión en la misma pista de aterrizaje, de modo que no nos habíamos preocupado de cubrirnos con aquellas prendas hasta el último momento.

Habíamos llegado a la clínica privada que, según nos contó Alí, dirigían un libanés y un saudí. Muchos miembros de la familia real la frecuentaban cuando necesitaban intimidad. Yo conocía a tres princesas que acudían a la clínica para recibir tratamiento de desintoxicación de drogas y alcohol.

Entramos en el edificio por una puerta de servicio. Dentro nos esperaba uno de los médicos de Reema; nos dijo que era internista, un especialista de Beirut, y que había sido contratado por la clínica recientemente para atender a miembros de la familia real. No resultaba difícil comprender por qué lo habían elegido a él para encargarse de los saudíes más influyentes: era alto, atractivo y respetuoso, y la confianza que inspiraba nos tranquilizó.

El médico caminaba entre Nura y Alí; intenté acercarme más a ellos para participar en la conversación, pero ni siquiera oí lo que decían. Pasamos por delante de un grupo de enfermeras filipinas.

Las ventanas de la habitación de Reema todavía estaban cerradas, pero las persianas entreabiertas permitían que entrara un poco de luz. La habitación estaba pintada completamente de blanco y del techo colgaba una gran lámpara de araña que desentonaba en aquella habitación de hospital.

Reema estaba descansando, pero abrió los ojos en cuanto nos oyó; sufrió unos momentos de confusión antes de volver a la realidad. Estaba pálida y sus ojos reflejaban todavía un miedo infantil. Le estaban suministrando diferentes fluidos contenidos en botellas que colgaban de unos soportes metálicos; tenía innumerables tubos en los brazos y en la nariz.

Nura corrió a su lado y la rodeó con sus brazos. Sara y Tahani se dieron la mano, conteniendo el llanto; yo me dejé caer en una butaca blanca: estaba tan mareada que apenas veía. Me mordí los labios hasta que sangraron y me agarré al brazo de la butaca con tanta fuerza que me rompí tres uñas.

Alí, que se sentía incómodo en medio de aquella exhibición de dolor, le dijo a Sara que regresaría al cabo de una hora para acompañarnos a nuestras casas. Antes de marcharse le recordó que era imprescindible que Nura y ella fueran a ver a Nada aquella noche.

Al ver a mi pobre hermana mi ira se intensificó. Sentía tanto odio que quería arrasar todo el país para que el mal muriera junto con los saudíes que se atrevían a utilizar el sagrado Corán para abusar de las mujeres.

Intenté tranquilizarme porque no tenía sentido empeorar la situación y hacer sufrir más a Reema. Recordé la promesa del Profeta de castigar a los pecadores, pero no encontraba sosiego en mi religión, ni siquiera sabiendo que Saleem pagaría en el infierno por lo que había hecho a mi hermana. No tenía paciencia para esperar a la intervención divina. ¡Sólo la imagen del cadáver mutilado de Saleem habría podido calmarme!

Tras recibir el consuelo de Nura, Reema se dirigió a sus otras tres hermanas. Nos rogó que tratáramos a Saleem con la misma cortesía de antes y nos recordó que uno de los deberes de los buenos musulmanes es olvidar a los pecadores. Reema vio la ira reflejada en mi rostro y recitó un verso del Corán.

–Sultana –dijo–, no olvides las palabras del Profeta: «Aunque estés enfadado, perdona.»

Recordé el resto del texto y no pude reprimirme:

–«Deja que el mal se encargue de castigar a los que hacen el mal.»

Sara me dio un pellizco en el trasero y me pidió que no angustiara más a nuestra hermana. Me aparté de su lecho y me quedé mirando por la rendija de las persianas, pero sin ver nada.

Reema continuaba hablando; yo no daba crédito a lo que oían mis oídos, y sus palabras, pronunciadas con la apasionada elocuencia de una mujer cuyo sentido de la vida estaba en juego, me estremecieron.

Volví junto a Reema y la miré a los ojos.

Reema, cada vez más acalorada, frunció el ceño y los labios en un gesto de determinación. Mi hermana dijo que Saleem se había arrepentido y había prometido que no volvería a emplear la violencia. No pensaba divorciarse de ella y ella tampoco quería hacerlo.

De pronto comprendí por qué reaccionaba de aquel modo. Lo único que temía mi hermana era que le quitaran a sus hijos; aquellos cuatro niños inspiraban a Reema la capacidad para perdonar a Saleem por aquel acto atroz. Estaba dispuesta a soportar cualquier ultraje con tal de que su relación con sus adorados hijos no se viera afectada.

Reema nos hizo prometer que nadie de la familia exigiría una reparación por lo ocurrido.

Era la promesa más difícil que jamás había hecho; mi lengua no quería obedecer a mi cerebro; pero acabé dando mi palabra, sabiendo que no tenía otro remedio que acatar los deseos de mi hermana.

En cuanto se recuperara, Reema volvería a vivir con un hombre que había ocultado durante años su infinita crueldad. Yo sospechaba que Saleem no enmendaría su conducta, pero no podíamos hacer nada.

Nuestra frustración se agravó cuando una enfermera egipcia que trabajaba en la clínica confesó a Nura que Saleem había visitado a su esposa aquella misma mañana. Estando la enfermera presente, Saleem le levantó el camisón a su esposa y al ver el orificio que le habían practicado en el costado para evacuar sus excrementos, manifestó su repugnancia.

La enfermera nos contó que hizo un comentario sumamente desagradable: le comentó a su esposa que, aunque no se divorciaría de ella, no volvería a dormir en su cama porque no podía soportar aquella visión tan asquerosa.

Me sorprendió mi capacidad para controlar mis instintos.

Mis hermanas y yo habíamos entrado en la clínica decididas a liberar a Reema de su pérfido marido, pero su justificada aprensión ante la posibilidad de perder a sus hijos nos hizo salir de la clínica rendidas, incapaces de hacer caer el brazo de la justicia sobre un solo hombre.

El dolor de la derrota era insoportable.

¿Quién podía negar que el principal baluarte del orden social saudí seguía siendo la dictadura de los hombres?

Como nuestros maridos y nuestros hijos seguían en Montecarlo, mis hermanas y yo decidimos quedarnos juntas en casa de Nura. Mientras Alí nos acompañaba a casa de mi hermano, Nura y Sara volvieron a prometerle que aquella misma noche irían a visitar a Nada, y le aconsejaron que pasara la noche en casa de otra esposa.

Después de telefonear a nuestros maridos para hablarles de Reema, Tahani dijo que estaba agotada y se acostó pronto. Yo me empeñé en acompañar a mis hermanas al palacio de Nada. Me vi obligada a hacer una segunda promesa: no le aconsejaría a Nada que abandonase a Alí ahora que podía. Mis hermanas me conocen muy bien. Tengo que reconocer que yo ya había tramado un plan para convencerla de que debía marcharse y casarse con otro hombre. Mi hermano siempre había tratado mal a las mujeres, y yo creía que ya era hora de que aprendiera a no utilizar el divorcio como arma. Quizá si perdiera a la única esposa a la que quería, abandonaría sus tiránicas tácticas.

Ya tenía otra difícil promesa que cumplir.

Cuando llegamos eran casi las nueve de la noche. La residencia de Alí estaba muy tranquila. Mientras el coche avanzaba por el camino circular que rodeaba los cuatro palacios de mi hermano, no vimos a ninguna de sus esposas ni concubinas, ni tampoco a sus hijos. El palacio de Nada era el tercer edificio del recinto.

Su ama de llaves nos comunicó que la señora se estaba bañando, pero que esperaba nuestra visita y le había ordenado que nos acompañara a sus aposentos.

La seguimos hasta el interior de la casa.

Hay que reconocer que mi hermano no conoce la palabra modestia. La influencia de la riqueza nacida del petróleo saudí era evidente en cada rincón. Entramos en el opulento recibidor de mármol blanco, del tamaño de una terminal de aeropuerto. La desmedida escalera despedía destellos plateados, y recordé haber oído decir a Alí que las columnas que apuntalaban la estructura estaban recubiertas de plata. Unas puertas de cuatro metros y medio, con pomos de plata maciza, conducían a los aposentos de Nada.

Recordé, con regocijo, que mi hermano había perdido mucho dinero en los años ochenta por culpa de sus inversiones en la compra de plata. Después de que sus negocios fracasaran, había decidido compensar las pérdidas económicas bañando todo su palacio con aquel precioso metal.

Yo no había estado nunca en el dormitorio de Nada,

aunque una vez había recibido una invitación para ver el armazón de la cama. Sara, perpleja, me contó que la cama era de marfil y ahora podía comprobarlo con mis propios ojos. El jactancioso Alí había dicho algo sobre el número de elefantes que tuvieron que matar para construir el voluminoso marco de aquel mueble, pero no pudo recordar la cifra exacta.

Mientras contemplaba la opulenta mansión de mi hermano, comprendí que hubiera gente que quisiera echar a los Al-Saud del reino de Arabia Saudí, porque aquel despilfarro de la riqueza no merecía otro castigo. Algún día nos condenarían al exilio, como al rey Farouk de Egipto, el Sha de Irán o el rey Idris de Libia. Estaba convencida de que si algún día la clase trabajadora de Arabia Saudí visitaba la residencia privada del príncipe Alí Al-Saud, la revolución sería inevitable.

Aquella idea me pareció aterradora.

Nada apareció en la habitación, con un peinado a la última moda, una expresión arrogante y con su prominente pecho ceñido en un deslumbrante vestido dorado. No hacía falta tener mucha imaginación para comprender por qué nuestro hermano había caído en las redes de su más bella esposa. Nada se había hecho famosa en la familia por sus atrevidos atuendos y por su empeño en llevar la contraria a un hombre al que las mujeres nunca ofrecían mucha resistencia. Pese a la capacidad de Nada para torturar a Alí, siempre me había parecido que en sus ojos había una expresión maliciosa, y nunca dejé de afirmar que su única intención al casarse con Alí era enriquecerse. Sara opinaba que la inseguridad del matrimonio de Nada le hacía parecer lo que no era, porque Nada no sabía cuándo podría Alí decidir librarse de ella, como había hecho con otras mujeres. Esa posición la obligaba a acumular bienes para asegurarse un futuro incierto, pero yo seguía teniendo mis dudas acerca de su verdadera personalidad, aunque reconocía que había pagado con creces los lujos de que gozaba porque estar casada con Alí debía de ser un martirio.

—Os ha enviado Alí, ¿verdad? —nos preguntó.

Me quedé mirándola; Nada quería dar a entender que nuestra visita era un error. Como yo no sabía qué pensar sobre mi cuñada, cuando Nura y Sara se sentaron con ella, me excusé diciendo que iba al bar a prepararme una bebida.

La casa estaba vacía y en silencio. Me preparé un gin tonic y como no me apetecía reunirme con ellas, me puse a pasear por el palacio de mi hermano, y acabé en su estudio privado, situado en la planta baja de la casa.

Invadida por una curiosidad infantil, me puse a registrar sus pertenencias. Descubrí una cosa que primero me desconcertó, pero que luego encontré muy divertida.

Abrí un pequeño paquete que había sobre su escritorio y leí el folleto de unos calzoncillos que mi hermano había comprado en su último viaje a Hong-Kong:

«Calzoncillos Mágicos: ¡Felicidades por haber comprado los Calzoncillos Mágicos! Debe utilizarlos diariamente. Le garantizamos que con esta prenda su potencia sexual mejorará notablemente.

»El secreto de estos calzoncillos milagrosos reside en la "estratégica" bolsita que mantiene los órganos sexuales a la temperatura adecuada y en óptimas condiciones.

»Los Calzoncillos Mágicos están recomendados para hombres de todas las edades, pero sobre todo para los que tienen una vida sexual muy activa y para los que trabajan sentados.»

Mientras reía se me ocurrió una idea. Cogí la bolsa de plástico que contenía la ropa interior y la hoja de instrucciones y la escondí debajo de mi vestido. No sabía qué iba a hacer con aquello, pero me apetecía compartir el secreto con Kareem. Reviviendo mi rivalidad infantil con Alí, me imaginé a mi hermano, desesperado, buscando los calzoncillos mágicos por toda la casa.

En la escalera me encontré con mis hermanas, que no habían tenido éxito con la mujer de Alí.

Nada pensaba abandonar a su marido.

Ella, a diferencia de Reema, no temía que le arrebataran a sus hijas, porque Alí no sentía mucho aprecio por las niñas; nunca había ocultado a su esposa que sus tres hijas no tenían ningún valor para él y que aceptaría sin problemas que fueran a vivir con su madre.

Salí sin despedirme, llevando el gin tonic en la mano. El robo de los calzoncillos me hacía sentir como una niña traviesa, y me pareció muy emocionante pasearme por las calles de Riad en una limosina bebiendo una bebida alcohólica.

Pregunté a Sara por qué había decidido Nada renunciar a ser una Al-Saud pues, pese al desagradable carácter de mi hermano, el origen familiar de Nada era dudoso, y no iba a resultarle sencillo vivir tan holgadamente como había vivido hasta ahora. Fue la gran belleza de Nada, y no sus contactos familiares, lo que le había permitido casarse con un hombre tan inmensamente rico.

Nura dijo que por lo visto Nada y Alí se habían peleado después de una noche de amor.

Nada, muy afligida, confesó a mis hermanas que Alí se había divorciado de ella tres veces por culpa del sexo. Alí se empeñaba en que Nada lo complaciera a altas horas de la noche, y muchas veces despertaba a su esposa de su profundo sueño. Hacía una semana, Nada se negó a tener relaciones con su marido, pero Alí insistió y dijo que cuando un hombre quiere acostarse con su mujer, ella no tiene que oponerse. Nada no quiso ceder y por eso Alí se divorció.

Sara añadió que Nada les había sorprendido aún más con una segunda declaración: aunque ella se llevaba muy bien con las otras esposas de Alí, estaba empezando a hartarse de los hijos nacidos de sus infidelidades. Nuestro hermano era padre de diecisiete hijos legítimos y de veintitrés ilegítimos. La residencia de Nada estaba invadida por las concubinas de su marido y por sus hijos.

Cuando me enteré de la desmesurada actividad sexual de Alí, fuente de su descendencia inagotable, pensé en sus calzoncillos mágicos y me puse a reír hasta que me saltaron las lágrimas; pero me negué a revelar el motivo de mi júbilo y mis dos hermanas se imaginaron que los incidentes del día habían afectado mi equilibrio emocional.

EPÍLOGO

Dios mío, que el final de mi vida sea lo
mejor de mi vida, y el mejor de mis actos su
fin, y el mejor de mis días, el día que me presente ante ti.

Dios mío, que la muerte sea lo mejor de
cuanto no elegimos pero esperamos, y la tumba la mejor morada, y que lo mejor de esa
muerte sea lo que hay tras ella.

Oración de un peregrino

Habían pasado dos semanas desde que dejáramos a
nuestras familias en Mónaco; nuestros maridos y nuestros hijos regresarían a Arabia Saudí dentro de dos días.

Aquella noche, las diez hijas de mi madre nos habíamos reunido en casa de Nura. Afortunadamente Reema
había sido dada de alta aquella misma mañana, y se había instalado en casa de Nura hasta su total recuperación.

La reunión coincidía con el veinte aniversario de la
muerte de nuestra madre. Nunca habíamos dejado de
conmemorar aquella fecha porque todas seguíamos año-
rándola, incluso después de tanto tiempo. Otros años lo

habíamos celebrado recordando las historias que ella solía contarnos y que tanto habían influido en nuestras vidas. Esta vez, afectadas por la reciente tragedia de Reema, hablamos de temas más tristes.

–¿Veinte años? –dijo Sara–. Parece increíble que haya pasado tanto tiempo.

Todas coincidimos en que los años habían pasado más deprisa de lo que hubiéramos deseado.

De pronto caí en la cuenta de que, de las diez hermanas, ocho habían sobrepasado la edad que tenía mi madre al morir; Sara y yo éramos la excepción. Se lo comenté a mis hermanas.

–¡Sultana, por favor! ¡Basta! –dijo Nura.

Nura ya tenía nietos y, últimamente, la edad de nuestra hermana mayor se había convertido en un tema tabú.

Reema pidió silencio y dijo que iba a contarnos una historia sobre nuestra madre que nunca nos había contado antes porque creía que yo podría sentirme ofendida.

Sentí una gran curiosidad y le aseguré que nada de lo que ella dijera me ofendería.

–¡Prométemelo, Sultana! ¡Y pase lo que pase, sé fiel a tu palabra!

Me reí y acepté, cada vez más intrigada.

Cuando yo sólo tenía ocho años, mi madre llamó a Reema a su dormitorio y le pidió que hiciera una solemne promesa. A la tímida Reema le impresionaba tener que compartir un secreto con nuestra madre pero le dio su palabra de que nadie se enteraría de aquella conversación.

Mi madre le dijo que estaba muy preocupada por Sultana: había descubierto que era una ladrona.

Debí poner una cara tan ida que ninguna de mis hermanas pudo contener la risa.

Reema pidió silencio levantando la mano y prosiguió.

Mi madre había descubierto a su hija menor robando objetos personales de otros miembros de la familia: juguetes, libros, caramelos, galletas y cosas que para mí no tenían ninguna utilidad, como los discos de Alí. Le dijo a Reema que había probado conmigo todas las tácticas y todos los castigos sin éxito y que no había conseguido que la obedeciera; ahora necesitaba que Reema la ayudara a salvar mi alma.

Mi madre le hizo jurar que a partir de aquel momento y durante el resto de su vida, cada vez que rezara pediría a Dios que protegiera, guiara y perdonara a Sultana.

Reema me miró con ojos llorosos y dijo:

—Sultana, estoy harta de preocuparme por tu mala conducta. Aquella promesa ha sido una pesada carga para mí: no sólo rezo las cinco plegarias obligatorias diariamente sino que rezo también en muchos otros momentos del día. Como no puedo romper la promesa que hice, tendré que seguir rezando por ti hasta que me muera, pero espero que Dios haya escuchado mis oraciones y que por lo menos ya no seas una ladrona.

Las otras ocho hermanas se pusieron a reír de nuevo, creando un gran alboroto. Cuando se calmaron, ¡descubrimos que mi madre les había hecho prometer lo mismo a cada una de ellas! Todas creyeron ser la única hermana que estaba enterada del secreto vicio de Sultana. Habían cumplido su palabra durante veinte años y no habían revelado el secreto.

Me sentí muy aliviada; debía de tener muchos ángeles protegiéndome porque todas mis hermanas rezaban muchas oraciones por mí a lo largo del día.

Tahani, con tono bromista, dijo:

—Sultana, nos gustaría saber si Dios ha escuchado nuestras oraciones. ¿Alguna vez has vuelto a coger algo que no te perteneciera?

Vi que mis hermanas esperaban que diera una respuesta negativa porque no se habrían podido imaginar que siguiera siendo una ladrona, pero entonces me acordé de los calzoncillos mágicos de Alí, que tenía escondidos en mi maleta, en la habitación que me habían asignado. Esbocé una tímida sonrisa.

Nura, sorprendida de verme vacilar, dijo:

–¿Sultana?

–Un momento –respondí, y fui corriendo a buscarlos.

Regresé al salón con los calzoncillos de Alí puestos y ante la concurrencia me puse a leer la hoja de instrucciones mientras colocaba dos plátanos en la bolsita «estratégica». Nura desaprobó mi comportamiento pero el resto de mis hermanas no podían dejar de reírse: tres de ellas tuvieron que salir de la habitación corriendo, y otra nos aseguró que se había orinado encima.

No podíamos parar de reír, ni siquiera cuando tres criadas de Nura entraron corriendo en el palacio, asustadas por el tremendo ruido que se oía desde los jardines.

Cuando nos habíamos tranquilizado, sonó el teléfono y volvimos a ponernos serias. La llamada era de Nashwa, que quería hablar con su madre, Sara. Nashwa llamaba desde Mónaco para quejarse de su prima Amani: mi hija se había dedicado a seguirla por Mónaco y había instituido un Comité contra el Vicio y la Corrupción Social del que ella era el único miembro.

Nashwa estaba indignada porque Amani se había atrevido a quitarle el maquillaje, el esmalte de uñas y las gafas de sol, diciendo que con aquellas cosas violaba las leyes del Islam.

Si Amani no la dejaba en paz iba a hacer que tres amigos suyos franceses la siguieran para darle una lección, dejándola en ropa interior en una zona frecuentada por turistas. Aquello haría que su puritana prima se preocupara de otros asuntos.

Abandonamos el tema de los calzoncillos de Alí. Mis hermanas comentaron que resultaba irónico que la hija de Sultana se hubiera entregado al fervor religioso, mientras que la de Sara se pasaba las horas en las discotecas.

Salí un momento de la habitación para llamar a Kareem y le puse al corriente de cómo estaban las cosas entre nuestra hija y su prima. Mi marido dijo que ya había decidido no separarse de Amani hasta que llegaran a Riad porque aquel mismo día nuestra hija había estado discutiendo con el director de un hotel de Montecarlo. Amani pretendía que instalaran ascensores separados para hombres y mujeres porque no era decente que miembros de diferente sexo se encerraran en un espacio tan pequeño.

Puse los ojos en blanco, y coincidí con Kareem cuando comentó la necesidad de llevar a Amani al psicólogo en cuanto volvieran al reino. El hecho de que Maha se hubiera recuperado de su desequilibrio mental había convertido a Kareem en un fiel defensor de los profesionales de la psicología.

Pensé en Maha y en lo mucho que me alegraba que volviera a ser una chica responsable; ahora sólo pensaba en sus estudios y en llevar una vida normal.

Volví al salón, donde mis hermanas discutían acaloradamente sobre la amenaza que representaban los fundamentalistas militantes para nuestra familia. Pensé otra vez en Amani y en su exagerado interés por la fe. Todas mis hermanas declararon que sus maridos temían el poder que había ido adquiriendo el primitivo movimiento ideológico. Los líderes fundamentalistas islámicos eran hombres jóvenes, educados y civilizados. Este grupo, que predica la recuperación absoluta del Corán, está en conflicto con el régimen del país, que pretende la modernización y la occidentalización del reino.

Yo no hablé mucho, aunque había hecho bastantes averiguaciones sobre el movimiento, pues mi propia hija formaba parte de un grupo extremista que había manifestado su oposición a la monarquía. Me sentía demasiado implicada en aquel asunto.

Me puse a arreglar unos cojines para que Reema estuviera cómoda, mientras pensaba en el futuro de mi país: ¿acabaría la oposición derrocando al legítimo gobierno de Arabia Saudí?, ¿lucharía mi hija contra su propia familia?

Cuando se agotó el tema de los extremistas, Reema dijo que tenía otra noticia que darnos.

Yo temía que proclamara algún otro de mis pecados, pero no dejé que mi expresión delatara mi preocupación.

Reema anunció que Saleem estaba planeando tomar otra esposa.

Nuestra madre había soportado la humillación de que su marido tomara otras tres esposas, pero Reema era la primera de mis hermanas que tenía que someterse a aquel castigo.

Se nos llenaron los ojos de lágrimas, pero ella nos pidió que no lloráramos porque pensaba ser muy feliz aunque su marido la ignorara. Mientras no la separaran de sus hijos, nada podría impedirle llevar una vida apacible. Declaró con firmeza que era feliz, pero sus ojos no podían engañarnos.

Yo sabía que mi hermana había profesado a Saleem un amor sincero y fiel, y no había recibido ninguna recompensa por ser una buena esposa y madre.

Fingimos que la creíamos y la felicitamos por su pequeña victoria.

Nura anunció que Nada había hecho las paces con Alí: nuestro hermano había firmado un documento para que Nada pudiera administrar sus propias riquezas y le había prometido que irían a París para comprar las joyas dignas de una reina.

Tahani preguntó cómo había conseguido anular el edicto religioso que le prohibía casarse de nuevo con Nada. No me sorprendió enterarme de que Alí había pedido a un primo suyo que se casara con Nada sin consumar la unión. Se habían divorciado inmediatamente después de la boda, y así ellos se habían vuelto a casar.

Cité de memoria las normas del Islam respecto a aquella práctica, y dije a mis hermanas que lo que había hecho Alí estaba prohibido. El Profeta dice que Dios maldice a los hombres que recurren a ese ardid porque no es otra cosa que un engaño y se considera una grave ofensa a Dios.

–¿Quién hubiera podido impedírselo? –dijo Sara.

–Nadie –admitió Nura–, pero Dios lo sabe –añadió–, y todas nos compadecimos de Alí, que acababa de cometer otro pecado más.

La velada llegaba a su fin y volvió a sonar el teléfono. Una de las criadas de Nura vino a decirnos que llamaban a Tahani.

Las que habíamos dejado a nuestros seres queridos en Mónaco nos imaginamos que había estallado otra crisis, y le pedimos que nos ahorrara los detalles de las travesuras de nuestros hijos.

Oímos gritar a Tahani y corrimos a su lado. Cuando colgó el auricular, todas temíamos que nos dijera que a algún miembro de nuestra familia le había ocurrido otra desgracia.

Tahani, muy afligida, dijo:

–Sameera ha muerto.

Todos permanecimos en silencio.

¡No podía ser!

Conté con los dedos, intentando calcular los años que Sameera llevaba encerrada en la «cámara de la mujer», una celda de la casa de su cruel tío.

–¿Cuánto? –preguntó Sara, que adivinó lo que yo estaba intentando recordar.

–Casi quince años –contesté.

–He cometido un grave pecado –dijo Tahani–. Llevo muchos años pidiendo a Dios que se lleve al tío de Sameera de la tierra.

Habíamos oído decir que la salud de aquel hombre

era ya muy precaria, y teníamos esperanzas de que tras su muerte, Sameera volvería con nosotras.

—Debimos imaginarnos que un ser tan malvado no iba a morir tan pronto —comenté con sarcasmo.

Sameera era hija única y sus padres la adoraban. Los padres murieron en un accidente de automóvil y el hermano del padre se hizo cargo de la niña, controlando su vida. Sameera huyó con un joven al que amaba. La engañaron para que regresara al reino y la casaron con otro hombre contra su voluntad. Al descubrirse que ya no era virgen, el tío, furioso, encerró a su sobrina en la «cámara de la mujer».

A lo largo de los años, muchas personas intentaron liberarla, diciendo que su pecado no merecía un castigo tan exagerado, pero su tío creía que sólo él conocía los deseos de Dios y no modificó su severo veredicto.

Sameera era una chica inteligente, guapa y de carácter amable. Un destino cruel le quitó todo lo que la naturaleza le había dado. Sameera, a la que todos queríamos, se había ido consumiendo poco a poco en los horrores de su soledad.

Tahani, entre sollozos, dijo que la habían enterrado aquel mismo día. La tía de Sameera había dicho a Tahani que pese a estar muy demacrada, todavía estaba hermosa en la mortaja blanca con que se presentaría ante Dios.

¿Cómo podíamos soportar el dolor de una muerte tan cruel?

Conteniendo el llanto, intenté recordar unos versos de Kahlil Gibran sobre la muerte. Primero los recité en voz baja y luego en voz alta para que todas pudieran oírme: «Sólo cuando bebas del río del silencio cantarás de verdad. Y cuando alcances la cima empezarás a escalar. Y cuando hayan enterrado tu cuerpo podrás bailar.»

Mis hermanas y yo nos dimos la mano y recordamos que éramos como una cadena: tan fuertes como el lazo más fuerte, y tan débiles como el lazo más débil.

Ahora, más que nunca, formábamos una hermandad más poderosa que la de la misma sangre. Jamás volveríamos a quedarnos de brazos cruzados meditando sobre la crueldad de los hombres y sobre la injusticia que suponía la muerte de mujeres inocentes por culpa de la maldad de los hombres.

—El mundo debe saber que las mujeres de Arabia Saudí están teniendo cada vez más conciencia de su lucha —dije.

La mirada de mis hermanas me confirmó que por primera vez en su vida entendían el por qué de mi lucha.

Me dije a mí misma que el orden moral del mundo cambiaría y que algún día triunfaría la justicia.

Las mujeres de Arabia Saudí han empezado a luchar por sus derechos y no serán derrotadas por hombres de adoctrinada ignorancia.

Los hombres de mi país acabarán lamentando mi existencia, nunca dejaré de desafiar sus prejuicios contra las mujeres de Arabia Saudí.

AGRADECIMIENTOS

Quiero expresar mi agradecimiento a Jack W. Creech, mi más leal colaborador, y a mi familia, que siempre me ha demostrado su apoyo: mi hermana Barbara, mi cuñado George y su hija Roxanne y su marido, David.

Gracias también a mis tres queridos amigos David Abramowitz, Nancy Apple y Richard Billingsly. Sin Frank y Lydia, me habría resultado muy difícil trabajar tantas horas.

Quiero expresar mi agradecimiento a Mercer Warriner, quien corrigió el original, y también a Judy Kern, de Doubleday, por sus útiles comentarios. Así como a mi «superagente» Frank Curtis por manifestar su entusiasmo por mi trabajo y por manejar tan bien los asuntos relacionados con la venta de *Las hijas de Sultana*.

Hay otras personas que no puedo nombrar, como los mensajeros saudíes que me pusieron en contacto con Sultana cuando la comunicación entre nosotras resultaba imposible; pero ellos saben quiénes son y desde aquí les doy las gracias.

No puedo dejar de mencionar a mis dos amigos australianos; espero que algún día pueda agradecerles públicamente su apoyo incondicional y su amor.

Gracias a mis numerosos amigos saudíes y árabes que no me han abandonado por haber escrito la historia de Sultana: ellos saben, como yo, que a pesar de haber escrito libros que denuncian las condiciones de vida de las mujeres saudíes, son muchos los árabes a los que sigo respetando; ellos mejor que nadie saben cuánto los quiero.

Y por supuesto, mi más sentido agradecimiento a Sultana.

PERSONAJES

Abdul Aziz Al-Saud (rey): abuelo de la princesa Sultana; primer rey y fundador de Arabia Saudí; murió en 1953.

Abdul: empleado egipcio de la princesa Sultana (casado con Fatma).

Abdullah Al-Saud: hijo de la princesa Sultana.

Aisha: amiga de la princesa Maha.

Alhaan: niña egipcia a la que practican la circuncisión pese a la oposición de su abuela, Fatma.

Alí Al-Saud: hermano de la princesa Sultana.

Amani Al-Saud: hija menor de la princesa Sultana.

Arafat, Yasser: presidente de la OLP.

Assad Al-Saud: cuñado de la princesa Sultana (marido de Sara).

Connie: doncella filipina, empleada de unos amigos saudíes de la princesa Sultana.

Cora: doncella filipina de la princesa Sultana.

Elham: mujer egipcia, hija de Abdul y Fatma (empleados de la princesa Sultana).

Fahd (rey): gobernante actual de Arabia Saudí, muy respetado por la princesa Sultana, su sobrina.

Fatma: ama de llaves egipcia de la princesa Sultana (casada con Abdul).

Fayza: hija de unos amigos saudíes de la princesa Sultana; se fuga con Jafer, un palestino.

Fouad: padre de Fayza.

Hanan: hermana menor del príncipe Kareem (cuñada de la princesa Sultana).

Huda: esclava africana que trabajaba en el hogar paterno de la princesa Sultana.

Jafer: empleado palestino del príncipe Kareem e íntimo amigo de su hijo Abdullah; se fuga con Fayza.

Jomeini: líder religioso iraní que dirigió la revolución contra el Sha de Irán y estableció la República Islámica.

Kareem Al-Saud: príncipe de la familia real, marido de Sultana.

Rey Khalid: cuarto rey de Arabia Saudí, muy amado por su pueblo, murió en 1982.

Lawand Al-Saud: primera prima de Kareem que fue confinada en la «cámara de la mujer».

Maha Al-Saud: hija mayor de la princesa Sultana.

Majed Al-Saud: hijo de Alí (sobrino de la princesa Sultana).

Mishail: prima de la princesa Sultana, acusada de adulterio y ejecutada.

Mohammed: cuñado de la princesa Sultana. Mohammed está casado con la hermana de Kareem, Hanan.

Mousa: chófer egipcio de la familia de la princesa Sultana.

Nashwa: sobrina de la princesa Sultana; hija de Sara.

Nasser: yerno de Fatma.

Noorah: suegra de la princesa Sultana.

Nura Al-Saud: hermana mayor de la princesa Sultana.

Reema Al-Saud: hermana de la princesa Sultana.

Saleem: cuñado de la princesa Sultana, marido de su hermana Reema.

Sameera: amiga de Tahani, hermana de la princesa Sultana. Sameera fue confinada a la «cámara de la mujer» hasta su muerte.

Samia: miembro de la familia real que se casó con Fouad; madre de Fayza.

Sara Al-Saud: hermana de la princesa Sultana; casada con Assad, hermano de Kareem.

Tahani Al-Saud: hermana de la princesa Sultana.

Wafa: amiga de la princesa Sultana a la que obligaron a casarse con un anciano.

Yousif: compañero de estudios del príncipe Kareem, que más tarde ingresó en un grupo fundamentalista egipcio.

GLOSARIO

Abaaya: prenda exterior larga y negra de las mujeres saudíes.

Al Ras: escuela para chicas de Arabia Saudí.

Al-Saud: familia gobernante de Arabia Saudí.

Arabia Saudí: país asiático que ocupa casi la totalidad de Arabia; posee una cuarta parte de las reservas de petróleo del mundo.

Assiut: ciudad del sur de Egipto.

At Táif: estación de montaña cercana a La Meca.

Bahrain: isla-nación del Golfo Arábigo.

Beduinos: pueblo nómada del desierto, del que descienden los árabes.

Bin (o Ibn): «Hijo de»; título que se intercala entre el nombre propio del hombre y el nombre de su bisabuelo o su abuelo.

Cámara de la mujer: habitación de la casa donde se encierra a las mujeres saudíes que incumplen las órdenes de sus maridos, padres o hermanos. El castigo puede durar de unos pocos días a toda una vida.

Chiíta: rama del Islam que se separó de la mayoría sunnita por discrepancias respecto al sucesor del profeta Mahoma. Es una de las dos sectas principales.

Corán: libro sagrado de los musulmanes; en él se recogen las palabras de Dios, transmitidas al profeta Mahoma.

Dhu al-Hijah: doceavo mes de la hégira.

Dhu al-Qida: onceavo mes de la hégira.

Dubai: ciudad situada en los Emiratos Árabes Unidos.

Gamaa Al Islamiya: grupo extremista islámico fundado en Egipto en los años ochenta.

Hadiths: dichos y tradiciones del profeta Mahoma, integrados en la ley islámica.

Haj: peregrinaje anual a La Meca que realizan los fieles musulmanes.

Hajii: peregrino que realiza el peregrinaje a La Meca (título honorífico).

Héjira: calendario islámico que arranca de la fecha en que el profeta Mahoma huyó de La Meca y se refugió en Medina (622).

Ihram: período del *Haj* en que los musulmanes abandonan la vida normal para entregarse únicamente a los asuntos religiosos.

Imán: persona que dirige las plegarias comunes y lee los sermones de los viernes.

Infanticidio: asesinato de menores de edad. En los tiempos preislámicos, era una práctica común en Arabia librarse de las niñas nacidas en la familia.

Islam: religión de los musulmanes, cuyo profeta es Mahoma. El Islam es la última de las tres grandes religiones monoteístas.

Jidda: ciudad de Arabia Saudí situada a orillas del mar Rojo.

Kaaba: máximo santuario del Islam. La Kaaba es un pequeño edificio que se encuentra en la Mezquita Santa de La Meca, de forma casi cúbica, donde se guarda la Piedra Negra, objeto de veneración de los musulmanes.

Kohl: polvo negro que se aplican las mujeres árabes en los párpados.

La Meca: ciudad santa del Islam. Cada año, millones de musulmanes viajan a La Meca para cumplir el peregrinaje anual.

Libro Verde: Libro de Gadaffi, donde se recoge la filosofía del coronel Gadaffi de Libia.

Mahram: hombres con los que no puede casarse una mujer, como su padre, hermano, o tío, y que pueden acompañarla cuando ella tiene que viajar; debe ser un pariente cercano.

Medina: segunda ciudad santa del Islam. El profeta Mahoma está enterrado en Medina.

Muecín: persona encargada de convocar a los fieles a la oración, cinco veces al día.

Muta: matrimonio temporal permitido a los musulmanes.

Mutawwa: policía religiosa, también conocida como policía moral.

Najd: nombre que tradicionalmente recibe el centro de Arabia. Los habitantes de esta región son famosos por su actitud conservadora. La familia gobernante de Arabia Saudí procede de esta región.

Policía Moral: autoridades religiosas de Arabia Saudí, con derecho a detener a los que cometen infracciones morales o crímenes contra el Islam, o que contradicen las enseñanzas del Islam.

Poligamia: matrimonio simultáneo con más de una esposa. Los musulmanes están autorizados a tomar cuatro esposas a un tiempo.

Purdah: práctica que consiste en encerrar a las mujeres en sus casas. Esta reclusión total está permitida en algunos países musulmanes.

Purificación: ritual de lavarse antes de rezar a Dios.

Riad: capital de Arabia Saudí, situada en el desierto.

Riyal: moneda de Arabia Saudí. El cambio fluctúa, pero aproximadamente 1 dólar equivale a 3,75 riyales.

Rub Al Khali: enorme desierto que ocupa el sur de Arabia.

Sanaa: capital de Yemen.

Shawarma: bocadillo típico de Arabia Saudí y otros países árabes, hecho de cordero, buey o pollo envuelto en *pita* (pan árabe), aderezado con diferentes salsas.

Shayla: pañuelo negro con que se cubren la cabeza las mujeres saudíes.

Sunna: tradiciones de la fe islámica transmitidas por el profeta Mahoma.

Sunnita: rama mayoritaria ortodoxa del Islam. El 95 por ciento de la población saudí es sunnita, «tradicionalista». Una de las dos sectas principales.

Umm Al Qurrah: «la ciudad santa», o «madre de todas las ciudades», La Meca.

Umrah: breve peregrinaje a La Meca que realizan los musulmanes en cualquier época del año.

Zakah: limosna obligatoria que deben dar todos los musulmanes; es el tercer pilar del Islam.

CRONOLOGÍA (años d. C.)

570: nacimiento del profeta Mahoma en La Meca.

610: el profeta Mahoma tiene una visión de Dios. Nace el Islam.

632: muere el profeta Mahoma.

650: redacción del Corán, basada en la palabra de Dios según Mahoma.

1446: el primer antecesor de Sultana se instala en Dar'iyah (actualmente Riad).

1744: el guerrero Mohammed Al-Saud y el maestro Mohammed Al Wahhab unen sus fuerzas.

1806: tras años de luchas en el desierto, Arabia se unifica bajo la autoridad de las familias Al-Saud y Al Wahhab.

1876: nace el fundador del estado moderno de Arabia Saudí, Abdul Aziz ibn Saud.

1887: los Rasheed, rivales del clan Al-Saud, conquistan la ciudad de Riad.

1891-1901: el clan Al-Saud se refugia en el desierto y acaba exiliándose en Kuwait.

1902: Abdul Aziz ibn Saud y sus hombres arrebatan Riad a los Rasheed.

1932: Abdul Aziz ibn Saud consigue unificar casi todo el territorio de Arabia. El reino de Arabia Saudí ocupa el doceavo país del mundo en extensión.

1933: Arabia Saudí autoriza a Estados Unidos a llevar a cabo prospecciones petrolíferas en su territorio.

1938: se encuentra petróleo en Dammán, Arabia Saudí.

1946: la producción de petróleo alcanza los sesenta millones de barriles al año.

1948: el príncipe Faisal dirige la delegación árabe, que se enfrenta a la delegación judía, contra la declaración del estado de Israel. Se establece el estado de Israel. La delegación árabe declara que vencerán a los judíos por medio de la guerra.

1948: empieza la primera guerra árabe-israelí, con la victoria de los israelíes.

1953: muere el rey Abdul Aziz ibn Saud y ocupa el trono su hijo Saud. Faisal es nombrado príncipe heredero.

1962: abolición oficial de la esclavitud en el reino de Arabia Saudí; en la práctica, la esclavitud continúa existiendo.

1963: se inaugura la primera escuela para chicas de Arabia Saudí, pese a las protestas de los religiosos.

1964: el rey Saud abdica y se marcha del reino. El príncipe heredero Faisal se convierte en el tercer rey de Arabia Saudí. Khalid es nombrado nuevo príncipe heredero.

1967: estalla la guerra de los Seis Días entre Israel y sus vecinos árabes, con la derrota árabe.

1969: muere en Grecia el destituido rey Saud.

1973: debido a las guerras árabe-israelíes, el rey Faisal impone el embargo de petróleo a los países occidentales.

1975: el rey Faisal muere asesinado por un sobrino suyo.

1975: Tras la muerte de Faisal, el rey Khalid es coronado. Fahd es nombrado nuevo príncipe heredero.

1977: el rey Khalid emite un decreto que prohíbe a las mujeres viajar por el país sin ser acompañadas por un miembro masculino de su familia. Otro decreto prohíbe a las mujeres viajar al extranjero para estudiar a no ser que vayan acompañadas de un miembro masculino de su familia.

1982: el rey muere de un infarto y Fahd es coronado rey. Abdullah es nombrado príncipe heredero.

1990: Irak invade Kuwait. Arabia Saudí permite la entrada en el reino de tropas extranjeras.

1991: Arabia Saudí se une a los aliados occidentales y árabes para combatir a Irak. Ganan la guerra y las tropas extranjeras abandonan el reino.

1992: las autoridades religiosas imponen severas restricciones a la población femenina de Arabia Saudí.

1993: los grupos de defensa de los derechos humanos de Arabia Saudí denuncian las violaciones de dichos derechos. El Gobierno disuelve los grupos y detiene a varios de sus miembros.

1993: israelíes y palestinos firman un esperado acuerdo de paz. El gobierno saudí inicia conversaciones de paz con Israel.

Arabia Saudí

Mar Mediterráneo

Israel

Jordania

Irak

Irán

Kuwait

Bahrein

Qatar

Emiratos
Árabes
Unidos

Egipto

Jubail
Al-Khobar
Dammán
Dhabran

Golfo
Pérsico

Medina

• Riad

ARABIA SAUDÍ

Jidda
• La Meca
• At Táif

Mar Rojo

Omán

Sudán

• Abha

Yemen

Mar Arábigo

Etiopía

Regiones de Arabia

SEPTENTRIONAL

Tabuk

Buraydab

ORIENTAL

Damman

Golfo
Pérsico

Yanbu

HIJAZ

Riad

NAJD

Jidda
La Meca
At Táif

Abu
Dhabi
Muscat

Mar Rojo

Abha

Rub al Khali

Omán

Najran

MERIDIONAL

Sanaa

Mar Arábigo

YEMEN

Adén

Golfo de Adén

Gobernantes de Arabia Saudí

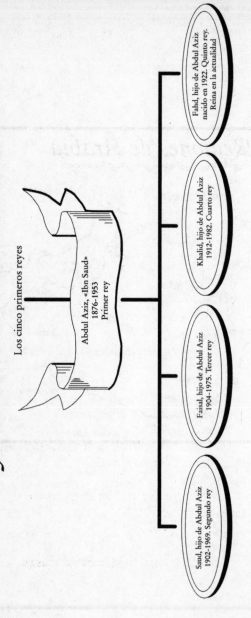

Los cinco primeros reyes

Abdul Aziz, «Ibn Saud»
1876-1953
Primer rey

Saud, hijo de Abdul Aziz
1902-1969. Segundo rey

Faisal, hijo de Abdul Aziz
1904-1975. Tercer rey

Khalid, hijo de Abdul Aziz
1912-1982. Cuarto rey

Fahd, hijo de Abdul Aziz
nacido en 1922. Quinto rey.
Reina en la actualidad

DATOS DE ARABIA SAUDÍ

Jefe de Estado: S. M. Rey Fahd ibn Abdul Aziz Al Saud.
Título oficial: Custodio de las dos Mezquitas Santas.
Superficie: 2.149.690 km².
Población: 14 millones.

Ciudades principales:

Riad (capital).
Jidda (ciudad portuaria).
La Meca (ciudad santa del Islam).
Medina (alberga la tumba del Profeta).
At Táif (centro turístico).
Dhabran (ciudad portuaria y centro comercial).
Al-Khobar (centro petrolífero).
Alkhobar (centro comercial).
Yanbu (terminal de expedición de gas natural).
Hail (centro comercial).
Jubail (ciudad industrial).
Ras Tanura (refinerías).
Hofuf (núcleo principal del Oasis Al Hasa).

Religión: Islam

Eid Al Fitr (5 días)
Eid Al Adha (8 días)

Breve historia:

Arabia Saudí es una nación formada a partir de tribus cuyos orígenes se remontan a los primeros tiempos de la civilización de la península arábiga. Los antepasados de los actuales saudíes vivían en los territorios de las antiguas rutas de comercio y sus ingresos más importantes procedían de los grupos de asalto. Divididas en regiones y dirigidas por jefes independientes, las diferentes tribus guerreras se unificaron bajo una religión, el Islam, en el siglo VII. Antes de la muerte del profeta Mahoma, la mayoría de los árabes eran musulmanes.

Los antepasados de los actuales gobernantes de Arabia Saudí reinaron en una gran parte de Arabia durante el siglo XIX. Tras perder casi todo el territorio saudí frente a los turcos, fueron expulsados de Riad y buscaron refugio en Kuwait. El rey Abdul Aziz Al-Saud, padre del rey actual, regresó a Riad y reconquistó el país, fundando la moderna Arabia Saudí en 1932.

A partir de 1938 y gracias al petróleo, Arabia Saudí inicia un rápido desarrollo que le llevará a convertirse en uno de los países más ricos e influyentes del mundo.

Geografía:

La superficie de Arabia Saudí, de 2.149.690 km², equivale a una tercera parte de Estados Unidos o a la totalidad de Europa Occidental.

Arabia Saudí se encuentra situada en la encrucijada de tres continentes: África, Asia y Europa. El país se extiende desde el mar Rojo, situado al oeste, y el golfo Pérsico, al este. Limita al norte con Jordania, Irak y Kuwait, y con Yemen y Omán al sur. Los Emiratos Árabes Unidos, Qatar y Bahrein están situados al este.

Arabia Saudí, un país desértico sin ríos y con escasos arroyos permanentes, alberga el desierto de Rub Al Khali, el desierto de arena más extenso del mundo. La cordillera montañosa de la provincia de Asir, situada al sudoeste, tiene una altitud máxima de 2.700 metros.

Calendario:

En Arabia Saudí rige el calendario islámico, basado en un año lunar, y no el calendario gregoriano, basado en un año solar.

El mes lunar es el período de tiempo comprendido entre dos lunas nuevas sucesivas. El año lunar tiene doce meses, pero es once días más corto que el año solar; por ese motivo, las fiestas religiosas se desplazan progresivamente en el calendario.

Las fechas del año lunar se derivan del 622 d. C., el año de la *Higra*, o emigración del Profeta de La Meca a Medina.

El día santo del Islam es el viernes. En Arabia Saudí, la semana laboral empieza el sábado y termina el jueves.

Economía:

Más de una cuarta parte de las reservas de petróleo del mundo se encuentran bajo las arenas de Arabia Saudí.

En 1933, la empresa Standard Oil de California recibió una autorización para realizar prospecciones petrolíferas en Arabia Saudí. En 1938 se encontró petróleo en el pozo n.º 7 de Dammán, actualmente en activo. En

1974 se fundó la Arabian American Oil Company (ARAMCO), que siguió realizando prospecciones; esta compañía sería adquirida por el gobierno saudí en 1980.

La riqueza petrolífera del reino ha permitido a sus ciudadanos mantener un nivel de vida muy alto. En Arabia Saudí, donde la educación es gratuita y los créditos están libres de intereses, casi todos los saudíes son ricos. Además, todos los ciudadanos saudíes, así como los peregrinos musulmanes, reciben atención médica gratuita. El Gobierno cuenta con programas para proteger a sus ciudadanos en caso de minusvalía, muerte o jubilación. El país forma un impresionante estado socialista. Económicamente, Arabia Saudí se ha convertido en una nación moderna y tecnológicamente muy avanzada.

Moneda:

El riyal es la unidad monetaria de Arabia Saudí. El riyal equivale a 100 *halalahs*, y se distribuye en billetes y monedas con diferentes denominaciones. Un dólar americano son 3,75 riyales.

Población:

La población aproximada de Arabia Saudí es de 14 millones de habitantes. Todos los saudíes son musulmanes. El 95 por ciento pertenece a la rama sunnita; el 5 por ciento restante, a la rama chiíta. La población chiíta de Arabia Saudí es víctima de graves discriminaciones e injusticias por parte del gobierno sunnita porque existe una gran desconfianza entre las sectas sunnita y chiíta de la fe musulmana.